JOANNA HINES

Joanna Hines est née à Londres. Elle a étudié l'histoire à Oxford et l'économie dans la capitale britannique. Après son mariage avec le poète Derrek Hines, elle a vécu dans le comté de Cornouaille, en Angleterre, où elle s'est lancée dans l'industrie du bois et des meubles. Les Hines ont ensuite monté une petite maison d'édition, Cargo Press, qui publiait essentiellement des œuvres poétiques. Après son divorce, elle est retournée vivre dans sa ville natale. Elle est l'auteur d'une trilogie historique et de romans à suspense qui ont été traduits dans une demi-douzaine de langues. *L'automne des étrangers* (1999), *Le cinquième secret* (2001), *Pour l'amour de Carla* (2002) ont été publiés en français. Ce dernier ouvrage sera adapté pour le petit écran au cours de l'automne 2003.

D1355500

LE CINQUIÈME SECRET

DU MÊME AUTEUR
CHEZ POCKET

L'AUTOMNE DES ÉTRANGERS

JOANNA HINES

LE CINQUIÈME SECRET

Traduit de l'anglais
par Christine Godbille-Lambert

BELFOND

Titre original :
THE FIFTH SECRET
publié par Hodder and Stoughton,
a division of Hodder Headline PLC, Londres.

Tous les personnages de ce roman sont fictifs
et toute ressemblance avec des personnes réelles,
vivantes ou mortes, serait pure coïncidence.

© Joanna Hines 1995. Tous droits réservés.
© Belfond 2001 pour la traduction française.
ISBN 2-266-11877-3

*Pour Diane, ma première lectrice
et pour Valerie, compagne des jours d'enfance.*

1

Avec mon optimisme souvent déplacé, j'étais presque gaie en me levant, le jour où nous apprîmes ce qui était arrivé à Esme. Rien, d'ailleurs, ne laissait présager les bouleversements à venir. Ce matin-là, les choses auraient certes pu se présenter sous de meilleurs auspices : les vacances scolaires commençaient, ce qui signifiait que Laura et Billy auraient tout loisir de se chamailler ; il tombait des cordes et, pour couronner le tout, nous avions onze mille plants de laitue à semer dans la grande serre. Mais au petit déjeuner, je me sentais capable de surmonter ces désagréments mineurs.

Owen triait le courrier. Même vêtu d'un pull-over avachi et d'un jean délavé, il restait étonnamment séduisant. Nous avons beau nous connaître depuis l'enfance et être mariés depuis près de sept ans, voir quelqu'un d'aussi beau s'occuper de choses terre à terre me fascine toujours autant.

À chaque enveloppe qu'il mettait sur la pile posée devant lui après en avoir rapidement parcouru le contenu, je voyais se creuser un peu plus le pli d'inquiétude désormais installé entre ses sourcils. Curieuse de savoir ce que nous réservait le lot du jour, je ne pus m'empêcher de jeter un coup d'œil sur la table : quatre rappels de factures en mal de règlement depuis plusieurs semaines, deux prospectus nous exhortant à dépenser l'argent que nous n'avions pas et n'aurions sans doute jamais, et une nouvelle lettre véhémente de la banque laissant entendre que nos problèmes d'argent actuels étaient le seul fait de notre négligence. Je notai qu'aucun de nos débiteurs n'avait jugé bon de nous adresser un chèque.

— Quels sagouins, dis-je.

— Mais voilà d'où il tient ce mot ! s'exclama Owen en me décochant un de ses sourires aussi larges qu'inattendus.

— Qui ?

— Billy. Hier, il a traité le facteur de sagouin. C'est toujours le messager qui trinque.

Il se tourna vers notre fils. Celui-ci avait fini ses céréales et regardait son père la bouche ouverte et l'air béat, comme tous les enfants de quatre ans qui ont du mal à respirer par le nez.

— Le facteur ne fait que distribuer le courrier, Billy, expliqua Owen. Ce n'est pas lui qui envoie les lettres. Et puis, traiter les gens de sagouins n'est pas une bonne idée : après, ils risquent de nous en vouloir.

Billy renifla vigoureusement, descendit de sa chaise et fit le tour de la table pour grimper sur les genoux de son père.

— Mais, bon sang, tu ne peux pas lui dire tout simplement d'être poli ? grommelai-je.

Owen cessa de sourire.

— Il faut frapper les enfants pour leur apprendre à ne pas être violents, selon toi ?

J'ignore s'il le fait exprès, mais sa capacité à garder son calme en toute circonstance est parfois on ne peut plus énervante.

— Arrête de rationaliser, dis-je. Tu gâches mon petit déjeuner.

— Désolé.

— Et, pour l'amour du ciel, cesse d'être désolé ! Tu ne vois pas que cela n'arrange rien ?

Je surpris dans ses yeux une lueur de colère, mais celle-ci disparut dans un battement de paupières. Laura, qui nous observait avec beaucoup d'attention depuis le début, se pencha vers son père :

— « Bon sang », c'est pas poli non plus, hein, papa ?

Owen tapota sa petite main d'un air absent et fit descendre Billy. Il se leva sans un mot et entreprit de débarrasser la table. La rigidité de son visage trahissait tout l'effort qu'il faisait pour se maîtriser – et depuis peu, il se maîtrisait presque tout le temps, du moins avec moi. Posément, comme à son habitude, il remplit l'évier, lava les tasses et les bols, puis les mit à sécher à l'envers sur l'égouttoir. De l'enfance, il avait gardé ce qui, autrefois, faisait se pâmer les vieilles dames : ses cheveux blond très clair, ses traits fins, ses yeux

11

mordorés bordés de longs cils noirs. Mais avec l'âge, son regard candide avait cédé la place à une expression si réservée qu'elle confinait à la froideur. Ce mélange de sensibilité et de réserve semblait séduire les femmes de tous âges, mais Owen ne se rendait absolument pas compte de l'effet qu'il produisait et se trouvait sans doute tout à fait ordinaire.

Tandis que je l'observais, je me demandais si je l'aimais ou si je le détestais. Ce qui ne faisait pas de doute, c'est que j'étais toujours mal à l'aise en sa présence et souvent, comme c'était le cas à l'instant, j'éprouvais une vague tension dans le dos quand il ne réagissait pas à mes provocations. Son charme ne me troublait plus ; ou plutôt, son incommensurable entêtement et son refus de reconnaître ses torts m'exaspéraient. N'était-ce pas ce qui l'empêchait encore d'admettre que nous n'aurions jamais dû nous marier ?

Il commençait à servir à Drongo, le chat, sa ration de pâtée.

— Laisse, je m'en occuperai, dis-je.

— C'est fait.

Mon irritation monta d'un cran. Je me tassai un peu plus sur ma chaise et me retins de me venger sur Drongo en lui lançant un morceau de pain grillé sur le museau.

— Les laitues ne pourraient pas attendre jusqu'à demain ?

— Nous sommes déjà en retard.

— Je sais.

La journée était irrévocablement programmée.

— Je déteste la laitue, grognai-je. Je hais la laitue, en fait, je méprise ce légume ! Je ne comprends pas ce qui pousse les gens à en acheter ! Je parie que c'est bourré de salmonelle et mauvais pour la santé.

— J'y vais, se contenta de répondre Owen.

— Je suis allergique à la laitue, je crois.

— Quoi ?

— J'ai la peau des mains toute marbrée.

— Mets des gants de caoutchouc, suggéra-t-il en enfilant sa salopette. Viens, Billy, tu vas m'aider à préparer les plateaux.

Billy enfourna les pieds dans ses bottes rouges et suivit son père d'une démarche pataude. Ils longèrent la bétonnière et les sacs de ciment, et sortirent sous la pluie. Mes bonnes dispositions fondaient comme neige au soleil à l'idée de passer une journée de plus dans l'ombre de saint Owen. « Le Gros Albert doit être en train de ronfler sous sa couette à cette heure-ci », pensai-je avec un soupir. Je me mis avec tendresse à esquisser son profil au dos de la lettre de la banque. Le Gros Albert était un de mes fantasmes préférés, le négatif parfait de Monsieur Owen Perfection. C'était un plouc égoïste, incapable d'entrevoir d'autres points de vue que le sien, qui passait des heures vautré devant la télévision. Il se grattait le ventre à travers sa blouse sale, rotait souvent, criait beaucoup, riait fort, et éteignait ses mégots dans les fonds de tasse. À ses côtés, je me débrouillais toujours comme un petit chef, et gagnais l'affection et l'estime de tous mes amis.

Quel plaisir ce serait de passer la matinée à peindre un portrait de mon Gros Albert chéri sur le pan de mur au-dessus du lave-linge ! Un paysage ensoleillé, le Gros Albert en vacances sur la Costa del Sol, son énorme bedaine rouge de coups de soleil débordant de son pantalon bariolé...

Le Gros Albert, lui, ne s'aventurerait pas à manger de la laitue.

Et le Gros Albert n'aurait pas une enfant comme Laura – qui s'était plantée devant moi. À six ans, c'était son père tout craché : mêmes cheveux blond très clair, mêmes traits fins – et même visage délicieusement confit de reproches. Sa beauté fragile me touchait, mais dès qu'elle ouvrit la bouche, je me sentis prise en faute.

— Je n'ai rien à me mettre, ronchonna-t-elle. *Comme d'habitude*. Tous mes vêtements sont sales.

— Pourquoi veux-tu te changer ?

Elle baissa un regard dédaigneux sur son pantalon usé et son pull-over feutré par les lavages.

— Et si on sort ?

— Il y a peu de chances qu'on sorte.

— Oui, mais si on sortait ?

Une année, pour la fête des Mères, la maîtresse de Laura avait demandé aux enfants de sa classe de dire qui, chez eux, s'assurait que leurs tiroirs sentaient toujours bon les vêtements propres. Au moment où Laura s'apprêtait à déclarer que ses vêtements à elle n'étaient jamais propres, ses camarades s'étaient exclamés en chœur : « C'est maman ! » Pour la première fois, Laura avait eu le sentiment d'être moins bien que les autres et, depuis lors, mon incapacité à gérer la lessive était un perpétuel sujet de conflit entre elle et moi.

J'étais occupée à farfouiller dans le tas de vêtements sales qui couvrait le sol de la salle de bains lorsque, à travers le tambourinement de la pluie, je perçus un bruit typique de verre cassé, suivi d'un hurlement d'enfant.

Quand j'arrivai dans la serre, Billy était en larmes, et Laura déjà en train de lui expliquer qu'il avait seulement *failli* être atteint par un morceau de verre : il n'avait pas été blessé et n'avait donc pas besoin de hurler. Des éclats de verre jonchaient la terre fraîchement retournée.

Je me baissai pour le consoler.

— Calme-toi, Billy, tout va bien.

— C'est ce que je lui ai dit, répliqua Laura d'un petit air vantard, mais il n'écoute pas.

— Il a eu peur.

— Comme si ça ne se voyait pas !

Elle commença à ramasser les morceaux de verre.

— Ne touche pas à ça ! criai-je. Tu pourrais te couper !

— Je ne suis pas un bébé, répliqua-t-elle, vexée.

Owen, le visage blême de colère, venait vers nous à grands pas.

— Tu les as attrapés ? demandai-je.

— Laura, ne touche pas à ce verre, tu pourrais te couper, dit-il, ignorant ma question. Franchement, Jane, tu aurais pu l'en empêcher !

Feignant de s'être piquée à un morceau de verre, Laura recula brusquement sa main et me lança un regard insolent.

— Tu ne les as pas eus, n'est-ce pas ?

— Non, pas cette fois-ci. (Owen prit Billy dans ses bras et le serra contre lui.) Mais ils ne perdent rien pour attendre, ajouta-t-il.

Le jour où nous avions déniché cet endroit, conquis par le jardin potager entouré d'un mur solide, ses allées soignées, ses appentis vieillots et la petite maison qui allait devenir notre demeure, nous ne nous étions pas demandé pourquoi toutes les vitres étaient cassées. Nous avions fait baisser le prix en conséquence et recouru aux vitriers du cru. Mais une fois installés, nous découvrîmes que, derrière le haut mur du jardin, passait une allée servant de raccourci entre le village et le nouveau lotissement. L'endroit était resté inhabité pendant des années et les enfants du coin avaient pris l'habitude de s'amuser à lancer des pierres par-dessus le mur, sans doute pour le plaisir d'entendre le bruit du verre cassé. Dès que nous parvenaient leurs gloussements entrecoupés de cris de victoire, nous foncions jusqu'à la porte d'entrée ; mais lorsque nous débouchions dans l'allée, ils avaient déguerpi. Nous apprîmes ainsi que les risques du métier de pépiniériste n'ont parfois absolument rien à voir avec l'art de faire pousser les plantes.

Ce qui, au début, n'était qu'une gêne était devenu inquiétant. Au-delà de l'espace protégé de la pépinière existait un monde hostile contre lequel les murs ne nous protégeaient pas. La police s'était jusqu'à présent montrée peu concernée par notre problème et je me demandais qui pouvait nous venir en aide.

— Laura et Billy ne sont pas en sécurité ici, dis-je.

— Mais si. Ces gamins ne viennent jamais deux fois dans la même journée.

— On ne se *sent* pas en sécurité.

Owen haussa les épaules puis commença à semer le contenu de ses plateaux de polystyrène. La pluie tombait toujours et la structure de la serre en amplifiait les effets. Elle tambourinait sur le toit, dégoulinait le long des vitres, se déversait en bouillonnant sur les côtés, s'insinuant dans les failles de verre craquelé et cassé et s'infiltrant dans les interstices disjoints. On se serait cru au milieu des chutes du Niagara. Par cette lugubre matinée de novembre, le froid, accentué par l'humidité, nous faisait claquer des dents.

« Quelle chance vous avez ! » s'émerveillent nos visiteurs en été. Ils ne voient que les enfants batifolant dans le jardin protégé par le mur, les joies de la vie en plein air et la proximité de la nature. « Ce n'est pas toujours rose », protestons-nous en vain devant leurs airs incrédules. S'ils venaient en hiver – ce qu'ils ne font jamais : la vie de bureau prétendument « ennuyeuse » doit être bien trop confortable... –, ils verraient nos doigts engourdis, nos pieds gelés, la montagne de factures impayées, ainsi que nos combats désespérés et parfois vains contre l'humidité, le mildiou et les moisissures.

J'entrepris de ramasser les morceaux de verre cassé et remarquai que la douleur dans les phalanges de ma main gauche était de retour. « Génial, pensai-je, arthritique à même pas trente ans. » Je finissais de vérifier s'il ne restait plus aucun débris par terre lorsque retentit la sonnette qui signalait l'entrée des clients.

Je me précipitai vers la loge, courant sous la pluie le long des passages aménagés entre les rangées de pots de fleurs bien alignés. Contre toute raison, je me surpris à reprendre espoir. Un client, c'était une vente potentielle, ce qui est rare à cette période de l'année particulièrement peu florissante ; et une vente potentielle, c'était une éventuelle rentrée d'argent.

Un vieil homme trapu à moustache grise, vêtu d'un imperméable serré à la taille, parcourait la brochure d'un de nos fournisseurs. Qui sait, peut-être avait-il l'intention de commander un assortiment de cinq mille primevères pour le printemps, en payant rubis sur l'ongle bien sûr ?

Je le saluai chaleureusement. Il me considéra d'un air méfiant.

— Je voudrais un sapin de Noël, annonça-t-il.

Tous mes espoirs s'évanouirent.

— Nous ne vendons pas de sapins de Noël, dis-je, et d'ailleurs, ce n'est pas encore la saison.

— J'en aurais voulu un maintenant, justement.

— Désolée.

— Qu'avez-vous d'autre à me proposer ?

— Des primevères, déclarai-je avec assurance. Nous sommes spécialisés dans les primevères – primevère jaune, polyantha, coucou, et une grande variété de fleurs de berge…

Il m'interrompit :

— Je crois qu'un poinsettia ferait l'affaire.

— Nous n'en avons pas, malheureusement. Mais si vous souhaitez faire un cadeau original, les obconicas seront disponibles dans un mois environ ; ce sont de superbes plantes d'intérieur...

— Je veux quelque chose tout de suite, je viens de vous le dire, répliqua-t-il d'un ton geignard. Vous ne m'aidez pas beaucoup !

— Peut-être aurez-vous plus de chance à la jardinerie de l'autre côté de...

— Je pensais que vous seriez contente d'avoir un client. J'habite tout près d'ici, vous savez.

— Tant mieux pour vous, rétorquai-je d'un ton peu amène avant d'avoir pu me retenir.

Il se mit à rouler des yeux furieux et à tirer sur la ceinture de son imperméable.

— Pas besoin d'être impolie. Décidément, je perds mon temps !

— Oh, je vous en prie, fis-je, prise de remords, je suis sûre que nous avons ce qui vous...

— Comptez sur moi pour vous faire de la publicité !

Je baissai les bras.

— Comme vous voudrez.

Il s'étouffa d'indignation – je l'aurais bien vu en oiseau, le plumage gonflé de colère. Il s'apprêtait sans doute à en découdre plus sérieusement avec moi lorsqu'il aperçut Owen, qui se dirigeait vers nous. Croyant sans doute que ce dernier allait prendre ma défense (ce en quoi il se trompait), il redressa le col de son pardessus et se dirigea vers la voiture de marque allemande qui luisait sous la pluie.

Je crus entendre la voix de mon frère Lucien :

Arrière, lâche-moi donc vieille barbe grise !
Tout aussitôt il laissa retomber sa main [1].

Je vis les épaules de l'homme s'affaisser malgré lui et craignis d'avoir pensé à voix haute, mais il se reprit et monta dans son véhicule.

Owen, qui doute depuis longtemps que je sois assez aimable pour m'occuper des clients, arriva à l'instant où la voiture s'éloignait.

— Que s'est il passé ?

— Rien de grave. Un vieux cinglé à moustache voulait un sapin de Noël.

— Quoi ! Mais nous sommes tout juste début novembre !

— C'est ce que j'essayais de lui expliquer. Mais c'était peut-être un signe : il en viendra sûrement d'autres comme lui. Pourquoi ne pas acheter des sapins de Noël pour les revendre ? Nous pourrions en tirer un peu d'argent…

Owen sursauta comme si je venais de lui faire une proposition tout à fait immorale.

— Jane, nous ne tenons pas une boutique, nous essayons d'être pépiniéristes, c'est-à-dire de vendre ce que nous faisons pousser. En plus, nous n'avons pas la place pour planter des sapins de Noël.

— Bien sûr, nous sommes envahis par tes fichues primevères.

— C'est cela, la spécialisation.

Nous étions au bord d'une de nos sempiternelles disputes, particulièrement fréquentes à cette époque

1. *Le Dit du Vieux Marin* (extrait), S. T. Coleridge, traduction Henri Parisot, Éd. José Corti, 1988. *(N.d.T.)*

de l'année car la fin de l'automne est toujours très déprimante. Les primevères ne sont encore que de minuscules rosettes de feuilles vertes. Il faut attendre le début de décembre pour que les obconicas et les variétés semi-hivernales commencent à fleurir et revêtent leurs teintes orange, lilas et roses. Mars arrive enfin, et je me sens revivre devant le mélange bigarré des couleurs : les pétales blancs aux yeux noirs, les rouge-roux, ocre, feu, les petites primevères ainsi que les désuets coucous indigo, bleu-vert et azur fleurant bon les vieux pâturages et les vendanges. Mais pour l'heure, nous étions loin du renouveau…

Je m'apprêtais à faire à Owen une critique en règle de sa façon de concevoir le métier de pépiniériste quand le son métallique de l'amplificateur de sonnerie du téléphone envahit le jardin. Je tenais là une bonne raison de battre en retraite dans la maison, mais mon soulagement fut de courte durée : c'était ma mère. Elle entreprit de me faire un compte rendu détaillé de sa vie passionnante, que j'étais censée écouter toutes affaires cessantes.

— Dis-moi, ma chérie, claironna-t-elle soudain, si quelqu'un se mettait à agir de façon bizarre autour de la serre, tu m'en parlerais, n'est-ce pas ?

— Non, pas nécessairement. Pourquoi ?

— Vous n'avez vu rôder personne de louche, alors ? Pas de coups de fil étranges ?

« Seulement les tiens », pensai-je.

— Qu'entends-tu par « louche », Faith ?

— Tu sais bien, quand quelqu'un agit bizarrement, on le voit tout de suite.

21

— Mais pourquoi parles-tu de cela précisément aujourd'hui ?

— Parce que ce sont des choses qui peuvent arriver. Mais puisque vous n'avez pas eu de problèmes, aucune raison de s'en faire.

— On nous a encore cassé un carreau, ce matin.

— Franchement, Jane, vous devriez avoir résolu ce problème, depuis le temps !

— Ah oui ? Et comment ?

— Enfin, Laura et Billy pourraient être blessés !

— Vraiment ? Tu vois, cela ne m'avait pas effleurée !

— Ne sois pas sarcastique, Jane, j'essaie seulement de vous aider... Si vous entendez ou voyez quelque chose ou quelqu'un de suspect, tu me le diras, promis ?

— Mais enfin, pourquoi t'inquiètes-tu, tout à coup ?

— Sans raison précise. Je peux quand même prendre des nouvelles de mes petits-enfants de temps en temps, non ? Comment vont-ils, au fait ? Je ne les vois jamais !

— Mais tu peux venir quand tu veux.

— Il ne nous est pas facile de nous déplacer, Éric a beaucoup de travail.

— Oh, mon Dieu, quelle horreur !

— Que se passe-t-il ?

Installé près de la porte de derrière, Drongo, notre adorable chat tigré, broyait, avec la méticulosité d'un gourmet, le crâne d'un petit animal à fourrure récemment exécuté.

— Rien. C'est Drongo, il est dégoûtant.

— Tu sais, Jane, tu es parfois difficile à suivre, conclut ma mère avec un soupir avant de raccrocher.

Assez culotté, de sa part, pensai-je

Habituée aux remarques sibyllines de ma mère, j'aurais dû ne pas prêter attention à ses paroles ; mais, cette fois-ci, son avertissement voilé survenait si peu de temps après qu'on nous eut lancé des pierres qu'il en était vraiment inquiétant. Elle semblait sous-entendre qu'un danger planait dans les parages. J'étais souvent perturbée quand je parlais à Faith, mais aujourd'hui, cette menace sourde accentuait mon désarroi, et je sursautai nerveusement lorsque la porte de derrière se referma en claquant.

— Hou ! hou ! Ce n'est que moi ! lança une voix de femme.

On ne pouvait imaginer moins menaçant que la ronde et pimpante Dinah. Son pull marin seyant rehaussé d'une écharpe nouée par une broche en ambre et son pantalon de velours bien repassé mettaient en valeur sa poitrine et ses hanches généreuses. Elle avait coiffé sagement ses cheveux bruns en arrière avec des barrettes et des petits nœuds de velours, pour dégager son visage, qui respirait la santé et l'optimisme – deux atouts charme bien trop souvent sous-estimés.

Son arrivée sonna momentanément le report de ma corvée de laitue.

— Salut, Dinah ! Salut, Duncan !

— Salut, Jane !

23

Duncan fit de son regard pâle et résigné le tour de la cuisine. Un adulte n'aurait sûrement pas manqué de noter la « foule de possibilités » qu'offrait cette pièce, devinant par exemple que la peinture murale commencée par mes soins au-dessus des bacs à légumes serait un jour la caricature amusante d'une nature morte hollandaise ; mais Duncan, lui, ne remarqua de toute évidence que les éléments délabrés et le carrelage sale. Rien n'est décidément plus vexant que le regard critique d'un enfant. Loin d'avoir hérité la vitalité de sa mère, Duncan tenait plutôt de son père, Aidan, avocat d'affaires à Londres. On était presque tenté d'attribuer ses cernes, non pas aux jeux sur ordinateur – qu'il préférait aux activités de plein air –, mais à de longues soirées passées sur des dossiers de contentieux.

— Café ? proposai-je à Dinah.

— D'accord, mais je ne m'attarde pas sinon je serai en retard.

— Tu es pressée ?

— J'ai rendez-vous chez le coiffeur dans une heure et comme tu m'as proposé de garder Duncan toute la journée, j'en profite pour déjeuner avec une amie.

— Zut, j'avais oublié.

— Il est trop tard pour me décommander, dit-elle d'un air contrarié.

Je m'empressai de la rassurer. Laura et Billy allaient si souvent jouer dans la luxueuse maison de Duncan que le garder une journée de temps à autre était la moindre des choses. Le hic, qui expliquait son air accablé ce matin, était qu'il détestait la

24

pépinière – ce en quoi je le comprenais : chez lui, c'était « la grande maison », du moins une de ses ailes –, et il évitait autant que possible de vivre à la dure chez les jardiniers.

Dinah et Aidan nous avaient adoptés dès notre arrivée. Au début, Owen et moi, qui menions de front le démarrage de la pépinière et les réparations de la maison, avions apprécié de faire de temps en temps un bon repas, de pouvoir prendre des bains et de passer quelques soirées agréables, sans nous demander ce que nos hôtes gagnaient au change. Mais nous comprîmes peu à peu que, même si Aidan allait travailler à Londres tous les jours, Dinah et lui se considéraient comme des campagnards dans l'âme et nous, nous étions à leurs yeux les amis paysans qui confortaient cette image. Le week-end, lorsqu'il faisait beau, Aidan, chaussé de bottes chic, arpentait la pépinière avec Owen, hochant la tête d'un air absorbé en mâchouillant un brin d'herbe pendant que ce dernier parlait terreau, acidité des sols et gelées tardives. Seule manquait malheureusement au décor la barrière que nous n'avions pas posée et sur laquelle il aurait pu s'appuyer. Ce rôle de paysans frustes nous énervait bien un peu, mais nous leur savions gré de nous faciliter la vie – et de garder nos enfants, à peu près du même âge que le leur. Nous les considérions donc comme des amis sans nous poser de questions.

Quand je n'avais pas le moral – et cela arrivait souvent –, je soupçonnais Dinah de rechercher notre compagnie pour se faire valoir à mes dépens, et moi d'accepter par masochisme. Alors que la

seule routine quotidienne suffisait à me débous-
soler, sa vie à elle semblait réglée comme du papier
à musique et elle n'était jamais prise au dépourvu –
grâce, supposais-je, aux conseils pratiques abon-
damment glanés dans les magazines. Elle avait en
effet tout un fichier de trucs et astuces domestiques,
ainsi qu'un répertoire d'adresses de boutiques
dernier cri ; quant à son congélateur, il regorgeait
de plats préparés lui permettant de faire face à tous
les imprévus.

Assise face à elle dans la cuisine, je réalisai
soudain que je n'avais pas eu le temps de me coiffer
et devais avoir l'air d'une harpie. Dinah prétendait
parfois envier ma minceur, mais à côté d'elle je me
sentais toujours pareille à un épouvantail à
moineaux pas sexy le moins du monde, avec mes
cheveux courts, mon visage maigre et quelconque,
mon T-shirt usé et mon vieux pantalon. Un jour
– je devais avoir une quinzaine d'années –, on
m'avait gentiment dit que j'étais jolie quand je
souriais ; j'en avais immédiatement conclu que, le
reste du temps, je devais être laide comme un pou.

— Dis-moi, Dinah, tu n'as vu personne de
suspect dans les parages ?

— Non, pourquoi ?

— Je viens d'avoir un coup de fil bizarre de ma
mère. Elle est toujours un peu farfelue au téléphone, mais aujourd'hui elle avait l'air particulièrement inquiète et n'a pas voulu me donner
d'explications. Il était question de rôdeurs autour de
la pépinière. Ils n'auraient rien dit là-dessus dans la
presse ?

— Mais tu as vu quelqu'un de louche par ici ? demanda Dinah, tout en ayant un œil sur Duncan, qui, d'un pas fatigué, partait à la recherche de Laura et Billy.

— Seulement une vieille barbe grise en quête d'un sapin de Noël.

— Une quoi ?

— Tu sais bien, les vers de Coleridge :

Arrière, lâche-moi vieille barbe grise !
Tout aussitôt il laissa retomber sa main [1].

Dinah me regarda sans comprendre.

— *Le Dit du Vieux Marin*, expliquai-je. Un des poèmes préférés de Lucien – comme de tous les gamins, j'imagine. Ils adorent aussi la malédiction de la Dame de l'Île [2].

Dinah ne m'écoutait plus et examinait le croquis que j'avais esquissé sur l'enveloppe.

— Qu'est-ce que c'est que ça ?

— Un portrait-robot du genre d'individus louches dont parlait ma mère.

— Mais tu viens de me dire que tu n'avais vu personne d'inquiétant...

— C'est vrai. Lui, c'est le Gros Albert, seulement le produit de mon imagination.

— Il est répugnant, déclara Dinah en repoussant l'enveloppe – ce dont je fus bêtement vexée pour le Gros Albert.

---

1. S. T. Coleridge, *op. cit.* (N.d.T.)
2. *The Lady of Shallot*, romance d'Alfred Tennyson. (N.d.T.)

» Mais ton dessin est très bon, tu sais, ajouta-t-elle pour se rattraper. Tu as du talent, franchement.

« Elle essaie d'être aimable », pensai-je.

— J'ai cru que c'était un de tes amis, reprit-elle en gloussant. Au fait, je voulais te montrer quelque chose. Il y a un grand article sur un copain à toi dans le magazine que j'ai acheté hier.

— Ah bon ? fis-je, tout en sachant immédiatement de qui il s'agissait, car, parmi tous mes amis ou anciens amis, un seul était susceptible de faire parler de lui.

Elle déplia la page découpée avec soin aux ciseaux et l'étala sur la table.

Le sourire de Rob me sauta au visage. Sur le beau cliché en noir et blanc, il avait l'air à la fois chic et détendu. Il portait une chemise sombre impeccablement repassée mais déboutonnée au col, et ses cheveux châtains bien coupés étaient tout ébouriffés. Il semblait plaisanter avec son interlocuteur et des pattes-d'oie naissantes ridaient le coin de ses yeux. On aurait dit que, trop absorbé par son travail, il se désintéressait de son image mais se débrouillait néanmoins pour avoir une classe folle et paraître en même temps profond, drôle, sympathique et terriblement séduisant.

L'article, que je parcourus rapidement, avait tous les ressorts d'une bonne intrigue. Contrairement à la saga sans surprise des pauvres devenus riches, la vie de Rob Hallam, star médiatique malgré lui, valait d'être racontée à l'envi.

Né en Australie il y avait un peu plus de trente ans, il avait été envoyé à l'école en Angleterre dès l'âge de huit ans. Entre autres conséquences de ce traumatisme précoce, il était aujourd'hui encore privé de repères et s'était en fait résigné à son statut d'éternel étranger sur la terre. (Il racontait cela sur le ton de la confidence à la journaliste qui l'interviewait, et c'était une bonne accroche, mais elle était trompeuse : Rob se « confiait » à tout le monde.) Son naturel inquiet ne l'avait cependant pas empêché de réussir dans la vie : bon écolier puis diplômé d'Oxford, il avait poussé loin ses études supérieures avant de se découvrir un goût pour les médias.

C'est alors qu'il connut sa descente aux enfers.

Lors d'une enquête sur les sans-abri au cours de laquelle, comme toujours soucieux d'authenticité, il avait partagé la vie des laissés-pour-compte, il fut arrêté, inculpé pour vol à main armée et, bien qu'ayant énergiquement protesté de son innocence, condamné à huit ans de prison. Il n'en effectua que quatre, son procès ayant été révisé grâce à un alibi probant et aux aveux du vrai coupable. Mais ses années de détention avaient transformé sa vie, et ce qui avait été un intérêt professionnel passager pour les marginaux était devenu un combat personnel. Il devint scénariste et producteur d'un « docudrame » très remarqué, nourri par sa propre expérience et celle des gens qu'il avait rencontrés en prison. Selon un commentateur, il parlait pour les exclus d'une voix que l'élite pouvait entendre, et il fit montre d'un tel talent en matière de promotion que, pendant des mois, aucun débat radiophonique ou télévisé ne put se passer de lui.

Un an et demi auparavant, expliquait l'article, il avait trouvé le moyen de concrétiser ses idées en contribuant à la création de Branden House, un concept inédit de refuge pour délinquants sans abri. On l'incitait à présent à entrer en politique ; mais, pour l'heure, il s'apprêtait à animer sa propre émission télévisée, bâtie autour de documentaires, de commentaires et de débats à thèmes, et intitulée « Dépassionner les grands problèmes ». Rob Hallam, concluait l'article, était un homme capable de changer les choses avec panache. (Pour moi, c'était un homme capable de trahir l'amitié.)

Ce qui me chiffonnait n'était ni l'article ni la photo mais le petit cliché dans le coin inférieur droit de la page. On y voyait Rob, debout dans l'allée de gravier de Branden House, en compagnie de quelques employés et « invités » – autre appellation des occupants du refuge. Il souriait là aussi d'un air profond (c'était donc une manie ?) et projetait l'image de quelqu'un d'à la fois séduisant et plein de compassion.

Il y avait une femme à côté de lui. Ces cheveux châtains raides... Ce visage impassible... Mais... oui, c'était bien Esme ! Que faisait-elle là ? Elle ne comptait sans doute pas parmi les délinquants repentis et il me sembla impensable qu'elle soit d'une grande aide au refuge. Si elle était sur la photo, c'était donc parce qu'elle et Rob étaient à nouveau ensemble.

— L'article continue au verso, indiqua Dinah.

Une autre photo les montrait effectivement tous les deux marchant main dans la main parmi des arbres, dans un paysage d'automne, apparemment.

« Depuis six mois, disait la légende, Rob Hallam a retrouvé la sécurité et le bonheur aux côtés d'une tendre amie d'enfance, Esme Drummond. »

J'eus un coup au cœur sans bien savoir pourquoi. Ce n'était pas vraiment de la jalousie ; plutôt le sentiment d'angoisse et d'abandon qu'éprouve un enfant quand ses deux meilleurs amis le repoussent et s'éloignent en rigolant. J'imaginai Rob et Esme les mains enlacées sur la nappe d'un restaurant chic, se rendant au théâtre, partant en vacances dans des endroits de rêve, se racontant des blagues et éclatant de rire, ou se remémorant le passé…

Mais qu'en avais-je à faire ? Après tout, je ne les avais pas vus depuis près de dix ans…

— C'est marrant, non ? fit Dinah.

— Quoi donc ?

— Il sort avec la fille d'un avocat, après tout ce qui lui est arrivé ! C'est ce que dit l'article, là.

Elle tourna la page vers elle pour retrouver le paragraphe en question.

— « De toute évidence, lut-elle, Rob Hallam n'a pas de rancune à l'égard des hommes de loi, à moins qu'il n'assure ses arrières, car la femme de sa vie est la fille de John Drummond, avocat de la Couronne à la retraite. »

— *Éminent* avocat de la Couronne à la retraite, précisai-je. Tous les avocats de la Couronne « sont éminents », disait Lucien. Cela ne t'a jamais frappée ?

Je réentendis la voix méprisante de mon frère : « Un avocat de la Couronne est toujours éminent, un survivant est toujours courageux, et un enfant hospitalisé est toujours petit. »

Non, Dinah n'avait pas remarqué. Je m'étais souvent fait la réflexion que Lucien aurait perdu son temps avec elle.

— Tu le connaissais bien ? demanda-t-elle.

— Rob ? Difficile à dire.

— Ton frère et lui n'étaient pas copains ?

— Si, Rob était le meilleur ami de Lucien. Enfin, pour ainsi dire son meilleur ami, rectifiai-je, en me rappelant la façon dont mon frère traitait Rob.

— Vous avez passé toutes vos vacances ensemble, tu m'as raconté...

— Quelques-unes seulement.

— Et cette Esme était là aussi ?

— Oui. La maison où nous séjournions appartenait à ses parents.

— C'était au bord de la mer, n'est-ce pas ?

— Non ! m'exclamai-je, indignée. Près d'une rivière. Près de *la* rivière.

Cette précision échappa à Dinah.

— Et Owen y était également ?

— Pas au début. Seulement les deux dernières fois.

D'un air pensif, Dinah passa la main sur les pages du magazine et ses doigts effleurèrent la joue de Rob.

— Je ne savais pas que Rob Hallam était aussi beau, minauda-t-elle. Pas aussi beau qu'Owen, mais...

— Hmm, fis-je, incapable d'exprimer un avis.

À la vérité, je découvrais aussi que le garçon au visage impassible mais au regard anxieux et au menton épais surmonté d'un gros nez que j'avais connu s'était transformé. Le militantisme social avait apparemment du bon.

— Tu ne m'as pas dit avoir été amoureuse de lui ?

Je n'avais bien sûr rien mentionné de tel, mais Dinah aimait fouiner, et elle aurait sans doute souhaité en apprendre un peu plus sur la vie privée d'une personnalité pour en papoter avec son amie pendant le déjeuner.

— Nous n'étions que des enfants, lui fis-je remarquer.

— Quel âge aviez-vous ?

— Huit, neuf ans…

— Mais plus tard… ? Tu m'as raconté qu'il avait été en fac avec ton frère, tu dois bien l'avoir vu à cette époque ?

— Nous nous sommes croisés plusieurs fois, oui.

Elle me scrutait de son regard brun.

— Et tu n'étais pas attirée par lui ?

Je pris mon air le plus candide.

— Difficile à dire, déclarai-je (ce qui était vrai). Je ne suis pas sûre de bien-savoir moi-même (c'était également vrai). En fait, nous n'étions pas indifférents l'un à l'autre, mais il y avait une sorte de barrière entre nous, comme le tabou qui peut exister entre une sœur et un frère.

J'avais du mal à conserver mon expression sincère. Je voyais bien à son œil en coin fixé sur moi qu'elle me soupçonnait de lui cacher que Rob et moi avions été amants. « Ç'aurait peut-être été plus simple si nous l'avions été », pensai-je amèrement. J'avais un souvenir très précis des hommes avec lesquels j'étais sortie, mais je n'éprouvais aucune émotion à leur égard, même pour les deux dont je m'étais crue amoureuse. Avec Rob, cela avait été autre chose. « Tu n'en sauras cependant pas plus, Dinah la commère », me dis-je.

— La dernière fois que tu l'as vu, c'était à l'enterrement ? insista Dinah.

— Il n'est pas venu à l'enterrement.

— Je croyais qu'il faisait quasiment partie de ta famille…

— Nous le pensions aussi.

— C'est à ce moment-là qu'Owen et toi êtes sortis ensemble ?

— En quelque sorte.

Je préférai ne pas m'attarder sur le souvenir douloureux de ce temps où, avec une générosité qu'il devait regretter depuis, Owen m'avait ramassée à la petite cuillère. Il n'était pas question de parler de cela à Dinah.

— C'est étrange, tu ne trouves pas ? fit celle-ci. Vous étiez quatre enfants très proches et vous êtes toujours ensemble aujourd'hui : elle avec Rob Hallam et toi avec Owen.

Je hochai la tête. Elle regardait la photo de Rob, souriant avec une expression qui affirmait claire-ment : « Ma pauvre vieille, tu n'as pas tiré le bon numéro… »

Et j'en fus agacée, car cette réflexion mauvaise me traversa également l'esprit.

Une fois Dinah partie au volant de sa petite voiture de sport, je retournai vers la grande serre.

Duncan était assis sur un pot de fleurs retourné et grelottait dans son anorak ; Billy jouait à entrer et sortir une petite voiture de la bouche d'une vieille citrouille, vestige de la fête de Halloween ; quant à Laura, elle faisait semblant d'aider son père, histoire de lui glisser dans le creux de l'oreille ce qu'elle voulait exactement à Noël.

Je me sentis coupable vis-à-vis d'Owen, qui avait commencé à semer les salades pendant que je sirotais un café sans même penser à lui en apporter un. Et puis, Dinah se faisait dorloter chez le coiffeur ; Rob et Esme, main dans la main, filaient le parfait amour : comme d'habitude, tout le monde s'amusait sauf moi, c'était profondément injuste. À la vue de la pâle frimousse de Duncan, perdu loin de son confort douillet, la honte m'envahit, et les derniers vestiges de ma bonne humeur matinale s'envolèrent.

Je descendis l'allée centrale de la serre. De part et d'autre, s'étendaient des centaines de sillons bien droits tracés dans la terre retournée et lissée au râteau, dans lesquels Owen posait à intervalles réguliers les plants de laitue dans leurs petits cubes de terre. Pour éviter de piétiner son travail, j'attendis qu'il me rejoigne dans l'allée.

— C'est d'un ridicule achevé, lançai-je.

— Qu'y a-t-il encore ?

— Comment peux-tu perdre tout ce temps avec ces fichues salades ? Tu sais pertinemment que nous pourrions faire autant d'argent en achetant et en revendant quelques douzaines de sapins de Noël.

— Nous en avons déjà parlé.

— Eh bien ? Pourquoi ne pas essayer de nous simplifier la vie ? Nous pourrions gagner un peu d'argent, pour changer, et c'est ce qui te fait peur. Dieu seul sait pourquoi, il faut toujours que tu en baves.

— Je n'en bave pas, j'aime ce que je fais.

— Alors tu es cinglé.

Il se contenta de hausser les épaules et se remit au travail. En le regardant prendre un plant, le placer dans le sillon, avancer d'un pas, prendre un autre plant, et ainsi de suite, j'étouffai de frustration à l'idée de passer la journée à faire quelque chose d'aussi mortellement ennuyeux. Le sillon terminé, Owen dut revenir vers l'allée, où j'attendais toujours.

— Tu as autre chose à me dire ? fit-il en me jetant un regard qui paraissait chargé de haine – mais en était-ce ? Je ne savais jamais à quoi m'en tenir avec lui.

— Justement, oui. Regarde Duncan. Non seulement il s'ennuie comme un rat mort, mais il risque d'être blessé par une pierre ou un morceau de verre. Tu te fiches peut-être des risques que tu fais courir à nos enfants, mais je ne te laisserai pas traiter ainsi ceux des autres. Je les emmène pour la journée.

— Où ?

— Chez ma mère, répondis-je automatiquement, et pour cause : c'était le seul endroit gratuit où nous serions au sec.

Exaspéré, Owen reprit son travail sans un mot.

Le Gros Albert, lui, aurait écumé de rage. Nous nous serions sans doute injuriés dix minutes avant de nous réconcilier joyeusement. Pourquoi, mon

Dieu, avais-je épousé le pacifiste le plus convaincu d'Angleterre ? Ayant fini de planter le premier lot de semis, Owen installait à présent le système d'arrosage suspendu et je dus le rejoindre sur le côté de la serre pour pouvoir continuer mon quasi-monologue.

— Tu ne dis rien ? Tu n'as pas envie de rouspéter à l'idée de faire le boulot tout seul ? Tu n'as jamais l'impression de devenir fou ici ?

— Tu veux me tenir cela un moment, s'il te plaît ? Voilà, ça y est.

Le système se mit à tourner, et l'eau tomba en pluie fine sur les semis fraîchement plantés. Maintenant, il pleuvait aussi à l'intérieur...

— Alors ? insistai-je.

Owen me fit face un quart de seconde.

— Mon seul problème pour l'instant, Jane, c'est que je ne sais absolument pas où tu veux en venir.

— C'est pourtant évident.

— Pas pour moi.

Comme je tardais à répondre, il entreprit de préparer le lot de semis suivant. « Ici, pour être écouté, il faut être une plante », pensai-je. Mais semer tout seul onze mille plants était néanmoins une tâche énorme et, faute de pouvoir même assumer mon égoïsme, je commençais à mollir.

— Je peux t'aider une heure ou deux, si tu veux.

— Non, ça ira.

Je fus vaguement déçue, comme si j'espérais depuis le début qu'il me demanderait de l'aider. Peut-être, en fait, s'en sortait-il seul dans l'unique but de me contrarier ? Même quand je faisais ce que je pensais vouloir faire, j'avais la désagréable impression d'être manipulée.

— Pas la peine de jouer les victimes, dis-je. Je reste, si tu veux.

Il s'arrêta de travailler un instant et, pendant quelques secondes, sembla perdu dans la contemplation d'une particule de terre à dix centimètres du bout de son pied.

— Les enfants seraient sans doute contents d'aller se promener. Fais à ton idée, déclara-t-il enfin en se remettant au travail.

Était-il en colère ? Les autres personnes trahissent généralement ce genre d'émotions, mais avec Owen, impossible de savoir, à moins d'être assez observateur pour discerner l'imperceptible palpitation d'une paupière ou remarquer le poing qui s'ouvre et se referme aussitôt. Lui en voulant de mon impuissance, je jetai un regard mauvais en direction de son dos – raide, me sembla-t-il, de vertu offensée. Pour tenter de contenir la déprime qui menaçait de me submerger, j'imaginai un portrait de « Owen, le saint martyr », dans le style médiéval allemand le plus glauque : visage courroucé, yeux au ciel, suppliant le Seigneur de le débarrasser du démon qu'il avait pour épouse et qui, les cheveux dressés sur la tête, sautillait autour de lui en le bombardant de minuscules plantes vertes.

Loin de me consoler, cela me rappela que toute ma créativité, ces dernières années, s'était bornée à imaginer des toiles que je n'aurais jamais le temps de peindre.

Jamais à court de contradictions, les enfants furent loin d'être ravis du changement de programme. Ayant quitté son pot de fleurs, Duncan construisait avec les plateaux de polystyrène un parking à niveaux pour les voitures de Billy ; quant à Laura, elle ouvrit des yeux horrifiés à l'idée d'abandonner son père.

— Pauvre papa, tu vas rester tout seul…, fit-elle en soupirant à fendre l'âme. Mais ne t'en fais pas, Wendy te tiendra compagnie.

La poupée, vêtue, pour jardiner, d'un tutu rose pâle, le cheveu raide à la verticale sur son crâne de plastique, la poitrine agressive et saillant sur son torse, ne cilla pas en se retrouvant fichée jusqu'aux genoux dans la terre fraîche entre deux minuscules laitues.

— Merci, ma chérie, répondit Owen.

À la grande joie de Laura, il la prit dans ses bras et la serra contre lui.

— Wendy ne dira rien, j'espère, si elle se fait arroser ! ajouta-t-il, et ils éclatèrent de rire.

Billy, la bouche ouverte, le nez coulant et la chemise à moitié sortie du pantalon, si différent de sa coquette sœur aînée, s'avança en traînant les pieds dans ses bottes trop grandes et, pour ne pas être de reste, planta l'avant d'une petite Cortina dans la terre. Owen posa Laura par terre pour prendre dans ses bras Billy, dont le visage s'éclaira d'un large sourire.

Ils étaient tellement heureux ensemble ! Il fallait voir Owen rire comme un gamin et s'amuser avec eux, au point que même Duncan, d'habitude si renfermé, s'éveilla en sa compagnie. Je n'étais pas du tout jalouse, mais je me sentis exclue. La spontanéité, le naturel dont Owen faisait preuve avec les enfants rendait plus évidente l'attitude maladroite et guindée qu'il avait avec moi, et cela me mit dans tous mes états. « Je devrais le plaindre, pensai-je tristement en entraînant les enfants vers la camionnette, ce doit être pénible de vivre avec quelqu'un qu'on ne supporte plus et de s'obstiner à ne pas l'admettre. »

— Pauvre papa, il est tout seul…, continuait de se lamenter Laura en grimpant à l'arrière de la camionnette.

— Pauvre papa, pauvre papa ! ripostai-je sèchement. Je lui ai proposé de rester pour l'aider mais il préfère travailler seul !

Trop occupée à s'approprier les sacs de toile les plus confortables et l'unique coussin de la camionnette, Laura ne commenta pas ce demi-mensonge.

— Nous, dans nos voitures, on a des ceintures de sécurité sur les sièges arrière, remarqua Duncan d'une petite voix triste.

— Eh bien nous, nous n'avons pas de sièges arrière, donc pas de ceintures, répliquai-je, tout en constatant que la camionnette refusait de démarrer.

Les enfants commencèrent à se chamailler à l'arrière pendant que je m'énervais à l'avant. Passait encore d'avoir à rouler dans un véhicule rouillé et près de rendre l'âme, dans l'odeur permanente de compost et de feuilles mouillées ; mais ne pas pouvoir se déplacer du tout, c'en était trop.

— Merde ! grognai-je hargneusement en frappant le tableau de bord, ayant renoncé à me taper le front contre le volant comme une hystérique.

Les enfants cessèrent de se disputer et le silence se fit – ce silence inquiet des enfants qui dépendent d'adultes débordés par la vie.

La camionnette était en panne – et peut-être même définitivement hors d'état, auquel cas je serais confinée à la pépinière sans moyen de m'enfuir. Mon sentiment de claustrophobie fut tel que je dus chercher ma respiration.

— Tu ferais bien d'appeler papa, dit sentencieusement Laura.

— Il ne s'y connaît pas plus que moi, lançai-je, en allant néanmoins chercher Owen.

— La batterie est à plat, diagnostiqua celui-ci, résumant en peu de mots tous nos rudiments de mécanique automobile.

Nous devions au garage la facture astronomique de notre dernier dépannage, et l'achat d'une batterie neuve était hors de question.

— Je vais vous pousser, proposa Owen. Une fois là-bas, gare-toi en haut d'une côte. Les câbles de démarrage sont à l'arrière.

— Je sais.

« Un jour, pensai-je, tandis que la camionnette revenait à la vie en dévalant la route qui partait de la pépinière et que les enfants, espérant sans doute que mon humeur allait maintenant s'améliorer, s'aventuraient timidement à applaudir, un jour, j'aurai les moyens de me garer où bon me semblera. »

La pluie s'était changée en une bruine tenace, les essuie-glaces couinaient et grinçaient sur le pare-brise et la camionnette bringuebalait dans un bruit de ferraille. En temps normal, le simple fait de quitter la pépinière avec les enfants dont j'aimais les babillages avait pour effet de me calmer et j'oubliais mon malaise à l'égard d'Owen. Mais aujourd'hui, impossible de me défaire de l'impression croissante et par trop familière d'être sur le point de plonger tête la première dans un trou noir.

Ce devait être Lucien qui, le premier, m'avait parlé des trous noirs, ces espaces invisibles et si sombres qu'ils absorbent la matière et la lumière. J'avais pensé : « C'est exactement ce que je ressens ; j'ai passé toute ma vie au bord d'un trou noir ; j'ai depuis toujours l'impression d'être entourée de non-dits et de mystères. » Aujourd'hui, cette sensation découlait à la fois du coup de fil de ma mère, des pierres qu'on nous avait lancées et de mon face-à-face avec le vieux fou à moustache. Probablement anodine en soi, ma discussion avec Faith faisait écho aux événements troublants dont ma vie avait été ponctuée : conversations, au téléphone ou non, s'arrêtant brusquement lorsque j'entrais dans la pièce ; déménagements perpétuels ; remarques sibyllines, et questions auxquelles ne répondaient que des silences lourds et des regards en coin. Aussi loin que je remonte dans mon souvenir, j'avais toujours eu le sentiment d'être sur la touche – simple pion d'un jeu compliqué dont jamais personne n'avait pris la peine de m'expliquer les règles.

Toujours ? Non, en fait : il y avait eu un temps – précisément quatre étés trop courts – où, dans un écrin de verdure baigné de soleil, j'avais eu le sentiment d'exister.

Avec un petit soupir d'abandon, je m'octroyai le luxe de glisser vers le passé. Un passé dont j'avais appris à brider le souvenir et j'y recourais avec parcimonie pour ne pas le galvauder. Faisons-nous tous cela ? Chacun s'échappe-t-il ainsi par le biais de la mémoire vers un monde d'autant plus précieux qu'il a disparu, un chemin qui permet d'oublier l'angoisse et la routine du quotidien – la pluie, les factures, les malentendus et les disputes où personne n'a jamais le dessus… ?

Glory Cottage… Ses fenêtres ouvertes sur les parfums du verger. La mélodie sans fin de la rivière. L'odeur de terre humide, de mousse et de feuilles. Et, entre l'abri à bateaux et le saule, la pelouse moelleuse – le centre de notre vie pendant quatre étés.

Cinq enfants sont à plat ventre en rond dans l'herbe, et quatre d'entre eux attendent que le cinquième – Lucien, mon frère, le magicien – prenne la parole.

— Pensez chacun à un mot, dit-il. Ça doit être le mot le plus incroyable, le plus merveilleux, le plus captivant que vous ayez jamais entendu de toute votre vie.

— Quel genre de mot ? demande Rob en se trémoussant d'appréhension.

— À toi de le deviner, taré !

43

Personne ne veut parler en premier, de peur de se tromper. Le murmure de la rivière ne fait qu'amplifier le silence.

— Esme, c'est toi la plus jeune, tu commences, décrète Lucien.

Esme fronce les sourcils. Elle se frotte les pieds pour les débarrasser du sable de la rivière et ses cheveux bruns cachent son visage.

— Allez ! insiste Lucien.

— Hmm…, hésite-t-elle.

Allongé dans l'herbe, les bras croisés sous sa tête blonde, Owen, le visage déjà empreint d'une expression impénétrable, contemple le ciel à travers les feuilles du saule.

— Harmonieux, murmure-t-il comme pour lui-même.

— Attends, dit Lucien, Esme d'abord.

— Hmm…, grimace celle-ci pour montrer combien elle se concentre. Chocolat ! s'exclame-t-elle en souriant.

— Cherches-en un autre, bougonne Lucien. Ça doit être un mot qui a une sonorité, du poids, un mot sur lequel on peut bâtir la journée et qui va nous faire vivre des aventures.

Esme le regarde d'un air perplexe.

— Un mot comme corne d'abondance, ou alchimie, ou catastrophe…, suggère Lucien.

— D'accord, celui-là, alors !

— Lequel ?

— Cata… Là, ce que tu viens de dire.

— Catastrophe ?

— Oui, celui-là. Mon mot, c'est catastrophe !

Contente d'elle, Esme s'assoit sur ses talons en souriant.

Je souris aussi à présent, en repensant à la passion de Lucien pour les expressions interminables. Emportés par son enthousiasme, nous échangeons des mots comme des bonbons.

— Effervescent, dit Rob.

— Énigmatique, dit Lucien.

— Arpège, dit Owen.

— Curcuma, dis-je.

— Catastrophe, répète Esme.

Mais aucun de nous ne l'approuve et elle ne comprend pas pourquoi ce mot a semblé bon la première fois mais n'a plus l'heur de nous convenir à présent.

2

Où que ma mère habitât, on reconnaissait toujours sa maison au panneau *À vendre* invariablement accroché sur la façade. Selon Lucien, elle déménageait souvent parce qu'elle espérait semer notre beau-père Éric en cours de route. Je pensais, moi, qu'elle avait un constant besoin de renouveler ses toiles de fond : chaque nouvelle demeure était décorée dans un style différent, comme au théâtre ; elle pouvait ainsi être sur scène tous les jours. Pour Owen, toujours très pragmatique, Faith trouvait là un moyen d'améliorer l'ordinaire : elle achetait à bon prix, redécorait et revendait avec une plus-value. Quoi qu'il en soit, Faith vivait depuis près d'un an – un record – dans une petite maison en mitoyenneté sur la côte sud de l'Angleterre, mais la façade était à nouveau ornée du panneau *À vendre*, signe d'un départ imminent.

Avant la naissance de Lucien, ma mère avait été actrice ; le critique d'un journal de province avait même, semblait-il (je n'avais jamais vu l'article), comparé sa voix à celle de la jeune Peggy Ashcroft. Cette période n'avait pas duré et elle n'avait pas remis les pieds sur une scène depuis plus de trente ans, mais cela ne l'empêchait pas de se sentir à jamais comédienne dans l'âme – et dans la voix.

D'après Owen, elle avait dû être très belle, mais cela ne m'avait pour ma part jamais frappée. Sa prétendue beauté devait tenir à ses yeux verts, ses cheveux bruns et son visage aux traits fins. Lucien lui ressemblait, paraît-il. Quant à moi, je n'avais rien de commun avec aucun des deux, et j'ignorais de qui j'avais hérité mon teint mat et mes traits tout à fait quelconques. De mon père, peut-être, ou de quelqu'un de sa famille ? Sur ce sujet, comme sur tant d'autres, je nageais dans le brouillard.

Depuis quelques années, Faith avait tendance à s'empâter et commençait à avoir des cheveux blancs, mais elle n'avait rien perdu de son allure, ce dont je devais moi-même convenir.

— Jane, ma chérie ! s'exclama-t-elle en ouvrant la porte.

Ses mots de bienvenue eurent un trémolo de déception en découvrant que je n'étais pas seule.

— Tu as quitté Owen ?

— Pour la journée seulement, dis-je. Où est Éric ?

— Il avait rendez-vous au club ce matin.

Contrairement à la plupart des épouses délaissées pour le golf, Faith nourrissait le plus grand respect pour la passion d'Éric, comme si ses interminables déambulations sur le green étaient un métier extrêmement important, auquel le pauvre chéri devait même souvent sacrifier ses week-ends. Éric en était flatté, sa stupidité congénitale l'empêchant de se rendre compte qu'elle était tout simplement ravie de ne pas l'avoir dans les jambes.

Elle pencha la tête de côté pour jeter un regard inquiet sur les enfants qui se tenaient derrière moi. Billy tapait du pied dans une flaque d'eau et éclaboussait Laura et Duncan ; tous deux hurlaient, sans pour autant s'éloigner de lui.

— Tu as un enfant de plus, me reprocha-t-elle.

— Mais tu as déjà vu Duncan ! On peut entrer ?

Elle s'effaça devant nous à regret et, horrifiée, suivit des yeux les trois paires de petits pieds crottés qui laissaient des traces dans son vestibule.

— Je m'apprêtais à sortir. Je suis obligée de changer tout mon programme. Tu aurais pu me prévenir.

— Je n'y ai pas pensé, je suis désolée, dis-je sincèrement.

Je compris plus tard, lorsque son amie Deirdre arriva, que ma mère n'avait jamais eu l'intention de sortir ; elle avait menti pour avoir l'air très occupée et me faire sentir que je la gênais. Elle gagna sur les deux tableaux.

Deirdre arriva alors que Faith et moi, ayant épuisé les sujets de conversation d'usage, nous ne savions plus quoi nous dire. J'avais admiré ses murs et ses rideaux imprimés d'un entrelacs de feuilles et de plantes vertes apparemment inspiré du Douanier Rousseau, ainsi que le style primitif de son mobilier composé de quelques chaises en osier, de tables et

48

de bancs en bois. Je m'étais également extasiée devant les étagères et les placards fabriqués, semblait-il, dans du bois de récupération et sans doute peints par les enfants du centre aéré de son quartier.

J'avais aussi tenté sans réelle conviction d'apprendre ce qui avait provoqué son coup de fil inquiet le matin même, mais, comme je m'y attendais, elle me resservit ses platitudes concernant le souci qu'elle avait de ses petits-enfants.

J'étais certaine de deux choses quant à ma mère : elle ne faisait jamais rien sans de bonnes raisons et elle gardait généralement celles-ci pour elle. Elle arborait son air mystérieux comme un parfum, et si j'avais le culot de lui poser des questions directes, elle me décochait son grand sourire froid métallique sur lequel mes demandes rebondissaient en vain. Elle semblait si sûre d'esquiver mes interrogatoires qu'elle me donnait parfois l'impression de les provoquer. Pire encore était l'air triste qu'elle prenait de temps à autre pour me reprocher de la harceler avec mes questions – « après tout ce que j'ai fait pour toi », me disait-elle. C'est pourquoi ce matin-là, tout en la sachant très préoccupée, et en étant certaine que les enfants et moi étions concernés de près ou de loin, je n'insistai pas.

Deirdre nous tira une épine du pied en entrant au moment où, Faith s'étant comme d'habitude crue obligée de me demander des nouvelles d'Owen et de la pépinière, je lui faisais un compte rendu de notre vie, plus loyal que conforme à la réalité pour éviter qu'elle ne donne libre cours aux reproches qu'elle nourrissait envers notre entreprise.

49

— Deirdre, ma chère ! s'exclama Faith, quel plaisir ! Je suis désolée, mais Jane a débarqué sans prévenir avec une horde d'enfants ! Il nous faudra attendre d'être un peu plus au calme pour parler.

Deirdre se contenta de virevolter d'un air gêné.

Ma mère se découvrait une nouvelle amie chaque fois qu'elle emménageait quelque part. Il y avait eu Annabel, May, Selina et, à présent, Deirdre. Hormis leurs prénoms différents, elles avaient la même admiration sans bornes pour Faith qui, contrairement au commun des mortels, en général agacé par tant de dévotion, ne demandait que cela.

Tandis que Deirdre s'extasiait devant le vert amazonien de la cage d'escalier et les petites appliques en forme de coquillages, les enfants jouaient avec l'arche.

Ma mère avait déniché l'arche dans une brocante, après la naissance de Lucien. C'était le seul vestige de notre enfance nomade. Lucien et moi jouions pendant des heures avec les animaux en bois tendre, doux au toucher à force d'avoir été manipulés, et nous ne les aurions pour rien au monde échangés contre les jouets en plastique de nos petits camarades. Très vite, ils furent disposés en colonnes par couples sur le parquet nu du salon-jungle de Faith.

Duncan, un zèbre dans la main, jetait des regards inquiets autour de lui.

— Qu'y a-t-il, Duncan ?

— Il manque l'autre zèbre.

Occupée à expliquer à Deirdre comment on fait correctement pousser les violettes africaines, ma mère s'interrompit et ses yeux rencontrèrent les miens. Dans un rare moment de complicité, nous échangeâmes un sourire.

— Tu as raison, répondis-je à Duncan, il y avait bien un autre zèbre.

Enfant prématurément épris d'ordre, Duncan fronça les sourcils et se mit à marteler le sol avec le zèbre.

— Il devrait y en avoir deux, ronchonna-t-il.

Mon frère Lucien nous souriait du haut de la demi-douzaine de portraits et de photos de lui qui décoraient la pièce. Sur les plus anciens, son petit visage en forme de cœur et ses cheveux sombres lui donnaient l'air d'un lutin au sourire assombri par son regard perspicace. Sur les photos plus récentes, il avait une expression plus tourmentée, mais on retrouvait le farfadet espiègle, tantôt plein d'humour, tantôt très sérieux, qui restait pour moi l'être le plus original que j'aie jamais connu. Il me sembla entendre son rire et je ne pus m'empêcher de me sentir observée.

— Tu sais, Duncan, dis-je, il y a très, très long-temps, quand j'étais plus petite que toi, il est arrivé quelque chose de vraiment tragique : la dame zèbre a été dévorée par un chien enragé qui s'appelait Bimbo. On a bien essayé de la sauver, mais sa tête était brisée en tout petits morceaux et on n'a rien pu faire. Alors, le pauvre monsieur zèbre est resté tout seul dans l'arche…

Incapable de contenir son agacement plus long-temps, ma mère m'interrompit :

— … et voilà pourquoi il n'y a plus de zèbres dans le Sussex, conclut-elle à ma place.

51

Poussant sa girafe sous le sofa pour lui faire brouter un mouton de poussière, Laura sourit de plaisir à l'évocation de cette histoire un peu farfelue qu'elle aimait bien. Celle-ci n'avait cependant pas convaincu Duncan, dont les yeux pâles nous considéraient avec suspicion.

— Mais il y a encore des zèbres dans le Sussex, geignit-il. J'en ai vu plein au zoo.

— Duncan, arrête de faire le pédant, répliquai-je.

— Je ne fais pas le pédant.

— Tu ne sais même pas ce que pédant veut dire.

— Si, je le sais.

— Jane, ma chérie, intervint ma mère, cesse de l'asticoter. Tu es pire que les enfants.

Je me traînai dans la cuisine pour brancher la bouilloire électrique avec l'impression que mon frère, le sourire triomphant, jubilait à mes dépens.

« Tu vois, Jane, semblait-il me dire, quand tu essaies de faire comme moi, tu te ramasses misérablement. Moi, j'aurais pu les tenir en haleine durant des heures. J'aurais fait pleurer ce petit morveux de Duncan en lui racontant l'histoire du pauvre zèbre estropié. Je lui aurais parlé des hardes de zèbres sauvages qui vivaient entre Farnham et la mer avant le Déluge. Je l'aurais fait trembler de frousse en lui décrivant Bimbo le fou, écumant de rage, les crocs menaçants, devant le pauvre zèbre sans défense. Tu peux essayer autant que tu voudras, Jane, jamais tu n'auras mon talent. »

Je fus une fois de plus anéantie par le sentiment de deuil que je connaissais bien. Le vide créé par la mort de Lucien ne serait jamais comblé. Cette horrible évidence m'exaspéra.

— Oh, ferme-la, toi ! enjoignis-je à la bouilloire qui commençait à siffler.

Ma mauvaise humeur n'échappa pas à ma mère et, par la porte entrouverte, je la vis adresser un regard affligé à Deirdre.

Comme il me semblait vain d'escompter que ma mère nous prépare à déjeuner, j'entrepris de faire des tartines de pain beurré pour les enfants, mais Éric arriva sur ces entrefaites, et Faith, tout à coup très efficace, me proposa d'améliorer le pain beurré avec du jambon, du fromage et de la salade.

Éric me tapota l'épaule d'un air jovial et se mit à se balancer sur ses pieds d'avant en arrière ainsi que le faisaient jadis les gardiens de la paix.

— Bonjour, Jane. Comment vont les petits monstres ?

— Ils vont bien.

— Tant mieux, tant mieux.

Sur ce, notre dialogue prit fin, la conversation n'étant pas vraiment son fort. Éric n'avait du tonton affable que l'apparence ; il vous fixait d'un œil pétillant de malice et vous pensiez : « Quel homme sympathique ! » ; mais vous déchantiez vite car il n'était pas très futé, et moins drôle encore. Lucien et moi nous étions toujours demandé ce que Faith avait bien pu lui trouver. Vers l'âge de dix ans, mon frère avait très doctement affirmé qu'elle l'avait épousé pour la gaudriole, mais en grandissant, nous comprîmes que la petite moustache de colonel, les blazers et les cravates semblant vaguement attester son appartenance à une grande école ou un club d'élites ne devaient pas faire d'Éric une bête de sexe. Lucien en conclut solennellement que notre mère souffrait d'une maladie mentale peu connue, l'« ennuiphilie », ou besoin pathologique de s'ennuyer, et il décerna à Éric un premier prix. Ce dernier vit naïvement là une preuve de l'affection de son beau-fils, sans se douter une seconde qu'il venait d'être consacré homme le plus ennuyeux de tout le sud de l'Angleterre.

Si sa présence ne fit rien pour stimuler la conversation, Éric servit quand même à quelque chose – même Lucien avait d'ailleurs dû reconnaître qu'il avait du bon – puisque, grâce à lui, nous eûmes droit à un déjeuner.

Nous étions à table lorsque Deirdre eut l'obligeance de me demander si j'avais le temps de peindre ces jours-ci.

— Non, pas beaucoup.

— Quel dommage ! Votre portrait de Billy était vraiment très bien.

Je buvais du petit-lait.

— J'en ai fait un de Laura il y a deux semaines, ne pus-je m'empêcher de préciser. Je l'ai, avec un peu de retard, envoyé à Faith pour son anniversaire. Vous voulez le voir ?

— Tu sais, Jane, intervint ma mère, occupée à servir une part de salade à Éric, je ne pense pas que Deirdre ait vraiment envie…

— Si, si, j'aimerais bien le voir ! assura Deirdre, inconsciente du cataclysme qu'elle était sur le point de déclencher.

— Oh ! là, là ! c'est terrible…, murmura Faith, adressant un sourire béat au centre de la table. Mon

Dieu, c'est vraiment horrible ! Il doit malheureusement être quelque part dans la pile de magazines...

— Dis, maman, tu ne l'as quand même pas jeté ?

— Calme-toi, Jane !

— Mais c'était un cadeau ! Pour ton anniversaire !

— Je sais, et cela m'a beaucoup touchée. Ce n'était qu'une feuille de papier, tu ne l'avais même pas fait encadrer... mais je ne l'ai pas jetée, bien sûr. Comment peux-tu imaginer une chose pareille ? Franchement, tu m'inquiètes parfois, tu sais !

— Il est sans doute tombé tout seul dans la poubelle...

— Cesse ces enfantillages. Personne ne t'a encouragée plus que moi...

Je serrai les dents.

— Tu as un passe-temps et je m'en réjouis, continua Faith, tout le monde devrait en avoir un, et certains de tes dessins sont réellement très bien.

Voyant qu'elle n'arriverait à rien avec moi, elle se tourna vers sa complaisante amie.

— Nous sommes une famille d'artistes, tu sais, d'où le talent de Lucien. T'ai-je dit qu'à onze ans il était si doué en dessin qu'il faisait l'admiration de son instituteur, et qu'en terminale son professeur de dessin m'a carrément suppliée de l'encourager à s'inscrire aux Beaux-Arts ?

Elle eut un petit rire.

— J'étais désolée de décevoir ce pauvre homme, mais Lucien était depuis toujours fait pour Oxford ou Cambridge ! Les Beaux-Arts, non, mais vraiment ! Il se serait tout simplement gâché !

Si on lui avait conseillé de diriger Lucien vers le métier de détrousseur de cadavres, elle n'en aurait pas parlé autrement.

Je me sentis étouffer de colère. J'aurais, moi, tout donné pour entrer aux Beaux-Arts ; mais, faute d'avoir jamais pu l'en convaincre (« Les Beaux-Arts ? Toi ? Pourquoi, grands dieux ? »), je m'étais morfondue à l'école de secrétariat du quartier. J'eus envie de lui clouer le bec mais cherchai en vain une riposte cinglante. Tout ce que je trouvai à faire un peu plus tard, en préparant les enfants pour partir au plus vite, fut de bousculer par mégarde un portrait particulièrement réussi de Lucien qui tomba sans se casser. Ma mère le ramassa et le serra contre son cœur d'un air triomphant.

— Ma pauvre Jane, toujours aussi maladroite…, constata-t-elle, ravie.

Nous nous séparions sans effusion lorsque retentit la sonnerie du téléphone. Faith sauta sur l'appareil.

— Faith Piper, allô ?

« Si c'est un pauvre type essayant de lui vendre de quoi transformer son grenier, il n'a aucune chance », pensai-je. Mais soudain, le ton de ma mère changea.

— Oh, mon cher ami, cela fait si longtemps ! Que deviens…

Sur ce, il y eut un silence, pour le moins inhabituel quand Faith était au téléphone, et je le mis à profit pour m'esquiver avec les enfants.

— Votre grand-mère ne manque vraiment pas de culot, déclarai-je en tournant la clef de contact.

— Culot-lo-lo ! approuva Billy, ravi que la voiture démarre sans problème.

Mais Laura, elle, prit l'air pincé de son père lorsqu'il me désapprouvait.

Son visage exprima soudain la consternation.

— Arrête-toi, maman ! cria-t-elle, mamie Faith te fait des signes ! Elle veut te dire quelque chose !

— Trop tard, répliquai-je en engageant la voiture dans la circulation avec une détermination qui m'étonna moi-même et obligea le conducteur du véhicule suivant à freiner brusquement.

— Mais elle te fait signe de revenir ! insista Laura.

Je jetai un coup d'œil dans le rétroviseur. Ma mère s'adonnait effectivement à des gesticulations auxquelles sa corpulence ne se prêtait pas.

— Elle a dû se rappeler un de mes défauts, sifflai-je dans un rictus.

— Mais...

Le nez collé à la vitre arrière, Laura, les larmes aux yeux, essayait de comprendre ce que disait sa grand-mère.

— Qu'est-ce que c'est, un défaut ? demanda Duncan.

— Une chose dont mon frère n'était pas affublé, dis-je tout bas.

Pour me redonner du cœur au ventre, je m'en pris à Laura :

— Pour l'amour du ciel, cesse de geindre ! Mamie Faith dramatise tout, tu le sais bien ! Si c'est important, elle m'appellera à la maison.

« Cette femme est folle, un point c'est tout »,
pensai-je, au comble de la colère. Peu importait que
l'on me taxe de dépit, de jalousie ou de je ne sais
quoi d'autre. À mes yeux, l'obsession de ma mère
pour son seul fils, même du vivant de mon frère,
était maladive. Depuis sa mort, Faith et moi nous
battions bec et ongles, chacune défendant sa vision
de Lucien pour la postérité, et lorsqu'elle vantait
le prodige surdoué, le parangon de vertus et de
talents, je sentais mon frère m'échapper. Loin de
moi l'idée de nier qu'il ait été tout cela, mais le
souvenir que je chérissais, moi, était celui d'un aîné
attentionné et tendre qui avait pris le temps de me
lire des histoires, de m'apprendre des choses, de
m'expliquer la vie quand Faith, elle, avait d'autres
chats à fouetter.

Je le vouais aux gémonies à présent. Pourquoi
la seule personne sur laquelle j'aie jamais compté
avait-elle disparu à vingt-trois ans, me laissant
l'horrible tâche de lui survivre en n'étant que son
pâle second ? Peut-être aurais-je pu donner libre
cours à mon chagrin si je ne lui en avais pas voulu
autant pour cette trahison.

Et notre père ? Les Deirdre et autres Annabel
pâmées d'admiration devant ma mère s'étonnaient-
elles parfois de ne voir aucune trace de lui à la
maison ?

Je m'étais parfois demandé si j'étais née par
parthénogenèse ou par insémination artificielle,
jusqu'au jour où, m'étant procuré un extrait de mon
acte de naissance pour les formalités de mariage, j'y
découvris le nom d'un certain Rex Turner. Ma mère
et lui s'étaient mariés bien avant que Lucien ait été

conçu. C'était donc qu'elle l'avait aimé ! Pourquoi dans ce cas ne subsistait-il absolument rien de lui chez elle – pas une photo, pas d'alliance, pas un livre, pas une lettre ? Mon père, c'était l'homme invisible. Il m'arrivait de l'imaginer venant me chercher à la sortie de l'école, habillé normalement mais sans corps et sans visage. « Bonjour, Jane, murmurait une voix sous son chapeau. Je suis ton papa ! »

J'avais en outre le sentiment que ce fantôme inconnu de moi nommé Rex Turner était le premier d'une lignée d'hommes voués à disparaître de ma vie corps et âme : il y avait eu lui, puis Lucien, puis Rob. Owen serait-il le suivant ?

Parfois, mieux valait en rire.

Ma mauvaise humeur avait déteint sur les enfants et ils étaient épuisés et grincheux lorsque nous parvînmes à la maison. Owen avait dû guetter notre arrivée car il émergea de la serre en un rien de temps. Devant son visage austère, je tentai de l'imaginer m'accueillant avec le sourire, mais je chassai immédiatement cette vision trop douloureuse et m'avisai qu'il semblait épuisé. Faisant taire mes remords en pensant aux laitues, je me préparai à l'affronter.

— Tu as appris ce qui s'est passé ? me demanda-t-il.

— Quoi, ce qui s'est passé ? répliquai-je en haussant la voix.

Les enfants étaient tellement bruyants qu'on ne s'entendait plus. En jetant son manteau en bas de l'escalier, Laura avait par mégarde cogné le nez de Billy, lequel hurlait à présent, devant un Duncan à l'air résigné.

— Billy, arrête de crier, ordonna Owen, tu n'as pas mal.

Billy ouvrit la bouche pour rouspéter mais la referma aussitôt, voyant que son père ne plaisantait pas.

— Ta mère a appelé, reprit Owen.

— Déjà ? Qu'ai-je encore fait de travers ?

— Il ne s'agit pas de toi, mais d'Esme.

— Esme ? m'écriai-je en le regardant, hébétée.

Laura profita du silence qui suivit pour se répandre en détails sur sa journée gâchée, mais Owen l'interrompit sèchement et lui enjoignit d'aller regarder la télévision avec Duncan et Billy parce que lui et moi avions à parler. Cette fermeté, inhabituelle chez lui, commençait à m'inquiéter.

Les enfants entrèrent dans le salon, et il ferma la porte derrière eux.

— Qu'est-ce que c'est que cette histoire ? fis-je.

— Il y a eu un accident…, dit-il, avant de froncer les sourcils. Enfin, pas un accident : elle s'est fait agresser. On ne sait pas encore par qui.

— Elle n'est pas…

— Elle a été frappée à la tête, elle est dans le coma. Les médecins espèrent qu'elle s'en sortira, mais…

Owen continua sans doute à parler mais je cessai de l'entendre.

« Il y a eu un accident, me répétai-je, incrédule. Un accident… Un accident… »

Comme un air oublié nous revient en mémoire pour tourner sans fin en boucle dans la tête, ce mot incongru, surgi du passé, de l'époque où Lucien avait fait cette chute, n'avait pas sa place ici...

Un accident.

Ce n'était pas possible.

— Tu es sûr d'avoir bien compris, Owen ? Pas plus tard que ce matin, j'ai vu une photo d'Esme dans un magazine, elle avait l'air en pleine forme. On a dû la confondre avec quelqu'un d'autre. Qui aurait l'idée d'agresser Esme, franchement ? Pourquoi aurait-on...

— Je sais, Jane, c'est difficile à croire, mais il s'agit bien d'Esme. Son père a appelé Faith de l'hôpital. Apparemment, elle habitait depuis plusieurs mois avec Rob dans le refuge dont il s'occupe – ou dans l'appartement y attenant. C'est là que cela s'est passé, en début d'après-midi. Bien sûr, on suspecte les occupants...

— Rob dit « les invités », ne pus-je m'empêcher de préciser.

— On le recherche à présent.

— Rob ? Qui le recherche ?

— La police. Pour tenter de savoir quelles sont les personnes susceptibles d'avoir été en contact avec Esme. Pauvre Rob. Si l'un des occupants... euh, des invités... est en cause, l'image de son refuge va en pâtir.

— Mais on se fiche de son foutu refuge ! Esme est à l'hôpital dans le coma, elle est même peut-être... et toi, tu t'inquiètes pour le refuge de Rob !

Owen fit un pas vers moi, puis hésita.

— Jane, tu es choquée, je sais. Je le suis aussi. Mais il ne sert à rien de te mettre en colère. Viens…

Il leva imperceptiblement les mains dans un geste de réconfort. Je mourais d'envie de me réfugier dans ses bras mais, craignant qu'un instant de faiblesse ne me rende incapable d'affronter les événements, je décidai de ne pas me laisser aller.

— J'ai bien le droit d'être en colère. Tout le monde ne peut, comme toi, rester d'un calme olympien quoi qu'il arrive. Dieu merci…

— Jane, pour l'amour du ciel ! Oh… (Il se détourna en haussant les épaules.) … à quoi bon… Je vais finir de planter les laitues.

Cela me mit dans tous mes états.

— Comment peux-tu penser aux laitues dans un moment pareil ? Et ne me dis pas que la vie continue, sinon je hurle !

— Cela ne te ferait peut-être pas de mal.

— Tu n'as pas de conseils à me donner. Contente-toi de me raconter ce qui s'est passé. Où était-elle ? Comment a-t-elle été attaquée ? Recherche-t-on activement la brute qui l'a agressée ?

— C'est ce que fait la police, j'imagine.

— Arrête d'être aussi rationnel, c'est insupportable !

— Écoute, Jane, tu n'es pas la seule à avoir de la peine.

— Ah, parce que tu en as aussi ? Première nouvelle ! Comment puis-je le savoir ? Pourquoi ne peux-tu…

Il sembla sur le point de trahir une émotion, mais soudain on frappa lourdement à la porte de derrière et Aidan, venu chercher Duncan, fit son apparition.

— Salut, vous deux, lança-t-il. Je ne vous dérange pas au milieu d'une scène de ménage, j'espère ? Cela dit, je peux jouer les arbitres !

Owen, les mains enfoncées dans les poches de sa salopette, tentait à présent de se reprendre sans me regarder, mais, dans le silence qui avait suivi l'entrée d'Aidan, j'avais entrevu une lueur de tristesse dans ses yeux : ce qui arrivait à Esme le touchait vraiment. Je fus tentée d'aller vers lui, mais me ravisai, persuadée d'être repoussée après la scène que je venais de lui faire. Ayant retrouvé son quant-à-soi, il mettait maintenant Aidan au courant des derniers événements. Celui-ci opinait attentivement du chef tout en me regardant du coin de l'œil pour observer mes réactions.

Comme souvent en présence d'Aidan, je commençai à me sentir mal à l'aise sans trop savoir pourquoi. Le cheveu rare, un visage pâle et des traits tirés qui rappelaient son fils, il était physiquement peu attirant, mais il avait une voix de basse assez envoûtante et la superbe des hommes qui se croient irrésistibles aux yeux des femmes, ce qui semblait en général lui réussir. Je m'étais parfois demandé s'il n'essayait pas de me draguer, tout en me disant que c'était impossible : je n'étais pas le genre de femme sur qui se retournent les hommes, même les avocats au teint cireux. En outre, Dinah et lui semblaient former un couple uni.

Ce soir, cependant, il se contenta de me regarder affectueusement en serrant ma main dans les siennes, et ce geste d'amitié me fit du bien. Il nous proposa de dîner avec Dinah et lui pour nous changer les idées mais, préférant rester près du téléphone, nous déclinâmes son invitation.

— Venez prendre un verre plus tard si vous changez d'avis, insista-t-il en allant chercher Duncan dans le salon. Vous êtes les bienvenus.

— Merci.

S'il entendait par là éviter à Owen de passer la soirée à se disputer avec moi, il s'inquiétait pour rien, car ce dernier retourna dans la serre dès son départ sans même me jeter un regard.

Les ténèbres qui avaient happé Lucien, et peut-être aussi mon père, menaçaient à présent Esme. Le trou noir se rapprochait dangereusement. « Je ne tiendrai pas le coup une seconde fois », pensai-je en me pressant le front du bout des doigts.

J'entrepris de préparer le dîner des enfants, mais mon cœur battait à se rompre et je ne pouvais m'empêcher de trembler. Que se passait-il ? Dans quelles circonstances l'agression avait-elle eu lieu ? Qui était l'agresseur ? Et pourquoi fallait-il toujours que je sois entourée de mystères, de choses inexpliquées ? C'était insupportable. Esme avait eu un accident. Cette idiote aurait quand même pu faire attention. Elle avait toujours été casse-cou, et si quelque chose me mettait hors de moi, c'était bien l'imprudence. Lucien avait été imprudent d'escalader cette falaise du Dorset, et maintenant, c'était le tour d'Esme... Tous ces gens intrépides ne pensaient donc jamais aux autres, à ceux qui s'inquiètent et doivent néanmoins continuer à vivre pendant que le monde menace de s'écrouler autour d'eux ?

Le téléphone sonna. C'était ma mère.

— Oh, ma chérie, tu es au courant ? demanda-t-elle d'une voix rauque et plus que jamais vibrante d'émotion.

— Bien sûr, Owen m'a dit, répliquai-je d'un ton sec, totalement insensible aux trémolos censés montrer combien elle était bouleversée – peut-être devait-on aussi comprendre qu'elle avait pleuré et en faire autant ?

— Je ne peux tout simplement pas le croire. Cette chère petite Esme, agressée par un maniaque ! Elle est dans le coma, la pauvre.

— Oui, je sais.

— Son père m'a appelée immédiatement. John et moi avons toujours été très proches, comme Esme et toi. Oh, dire que cette chère enfant... Je pars pour l'hôpital. Il n'y a sans doute pas grand-chose à faire, mais il faut que je sois là, je le sens...

Je serrai le combiné à m'en faire blanchir les jointures. Je ne doutais pas que ma mère ait de l'affection pour Esme et éprouve de l'inquiétude à son sujet, mais ce qui me révulsait depuis toujours, c'était toute cette mise en scène. Pendant les trois semaines que mon frère avait passées à l'hôpital avant de mourir, ma mère n'avait quitté son chevet que pour aller se refaire une beauté aux toilettes ; et à l'enterrement, toute de noir vêtue, elle était absolument superbe. Elle s'apprêtait aujourd'hui à recommencer le même numéro à peine retouché et se demandait sûrement comment s'habiller pour aller à l'hôpital. Je refusais de voir cela. Parfois, je me trouvais un peu trop renfermée, mais peut-être étais-je ainsi pour ne pas, comme elle, utiliser les autres à mon avantage. J'aimais trop Laura et Billy pour leur faire honte en jouant la comédie.

— Jane, tu es là ?

— Oui.

— Que comptes-tu faire ?

— Pour l'instant, j'essaie de préparer des tranches de poisson pané pour les enfants.

— Ah, Jane, comment fais-tu pour être toujours si pragmatique ? Moi, je ne pourrais rien avaler. La seule idée de manger me donne la nausée...

Elle se tut et je l'entendis renifler au bout du fil. Elle était sans doute en train de s'enfiler un énorme sandwich pour pouvoir ensuite refuser de dîner.

— Bon, c'est tout ce que tu voulais me dire, Faith ? J'ai pas mal d'occupations.

— Tu es tellement calme, dit-elle d'une voix teintée de la tonalité perverse que je lui connaissais bien. Rien ne te touche jamais, n'est-ce pas ? Il m'arrive de t'envier presque d'être aussi insensible. Moi, je ressens tout si intensément... Parfois, je peux difficilement...

Je lui raccrochai au nez.

— Garce ! grinçai-je. Espèce de sale garce hypocrite, moralisatrice, comédienne et menteuse !

Owen entra et se débarrassa de ses bottes.

— C'était ta mère ? s'enquit-il.

— Comment le sais-tu ?

— Sans doute le don de double vue..., répondit-il en haussant les épaules.

66

— Monsieur Je-sais-tout, fis-je, agacée.

La sonnerie du téléphone retentit à nouveau. Owen bondit sur l'appareil pour décrocher avant moi.

— Oui, Faith. (Sa voix se voulait apaisante.) Je sais… Vous avez dû être coupées ; nous avons peut-être un problème de ligne, je vais le signaler… Je sais, nous sommes aussi sous le choc… Non, je crois que nous n'avons pas encore réalisé… D'après l'hôpital, ce n'est pas la peine d'aller la voir avant demain… Non, je n'ai encore rien dit aux enfants. Ils ne la connaissent pas, vous savez : cela fait des années que Jane et moi ne l'avons pas vue.

Presque dix ans.

Depuis l'enterrement.

Le téléphone ne cessa de sonner toute la soirée mais nous n'apprîmes rien de nouveau, sinon qu'Esme avait été frappée et assommée avec un récipient en albâtre et que tout le monde était évidemment atterré. Tout ce flou était exaspérant ; constater que notre vie pouvait à ce point être chamboulée par un « accident » apparemment fortuit accentua mon désarroi et le désespoir mêlé de peur qui ne m'avaient pas vraiment quittée depuis la mort de Lucien. Pour ne rien arranger, nous eûmes à trois reprises des appels dont les interlocuteurs raccrochèrent dès qu'Owen s'annonça, et je repensai avec un sentiment de malaise aux vagues craintes de ma mère le matin même au téléphone. En tirant les rideaux sur cette nuit de novembre, je me pris à souhaiter que nos plus proches voisins habitent un peu moins loin.

Comme toujours dans les moments difficiles, Owen ne laissa rien paraître de ses propres sentiments et prit les choses en main de façon admirable. Probablement angoissés par la fébrilité qu'ils percevaient en moi, Laura et Billy ne cessèrent de se disputer et de pleurnicher. Owen s'assit au piano avec eux, et tous trois entonnèrent une chansonnette. En les voyant ainsi, serrés les uns contre les autres, les deux têtes blondes d'Owen et de Laura, si beaux tous les deux, et la bonne frimousse de Billy, rose d'excitation, je me dis que le monde n'était après tout peut-être pas si hostile ; nous pouvions encore être une famille heureuse.

Plus tard, une fois couchés, Owen et moi ne parvînmes ni à trouver le sommeil ni à nous réconforter l'un l'autre.

— Cela fait neuf ans, n'est-ce pas ? demanda Owen.

— Neuf ans que quoi ? fis-je, tout en sachant ce qu'il voulait dire.

— Que nous avons vu Esme pour la dernière fois.

— Je crois, oui.

Le jour de l'enterrement de Lucien me revint avec une extrême précision. Je revis nettement le visage des personnes présentes et la façon dont elles étaient habillées ; mais, bizarrement, mon souvenir d'Esme était flou. Peut-être nous étions-nous perdues de vue parce qu'elle avait toujours été un peu « étrange » – « hors du coup », pour dire les choses avec moins de gentillesse. En revanche, je me la rappelais parfaitement petite fille, en particulier le jour où j'avais fait sa connaissance.

Lucien, Rob et moi venions d'arriver à Glory Cottage. Pendant tout le trajet en voiture, ma mère n'avait cessé de répéter que ses amis les Drummond avaient une fille exactement de mon âge ; j'allais pouvoir jouer avec elle et éviterais ainsi de traîner sans arrêt aux basques des deux garçons. Cela m'avait plongée dans le désarroi. « Esther » (ma mère n'avait évidemment pas retenu son prénom) devait être un garçon manqué autoritaire ; elle m'en voudrait de la suivre comme un petit chien, et moi je lui en voudrais de m'empêcher de jouer avec Lucien et Rob. Elle était fille unique, et sans doute horriblement gâtée. Les vacances s'annonçaient très mal.

Ma première bonne surprise avait été Glory Cottage. Située au fond d'un verger, derrière une résidence spacieuse, c'était une maison tout à fait ordinaire, ni très vaste ni très belle, mais elle avait un je-ne-sais-quoi de fignolé qui lui donnait un petit air hardi. Elle était « sans prétention », disaient les grandes personnes ; pour moi, elle fut très vite tout bonnement parfaite. Dès ce jour-là, je lui trouvai quelque chose d'original. D'abord, comme pour nous souhaiter la bienvenue, toutes les portes et les fenêtres étaient grandes ouvertes ; le soleil et le gazouillis des oiseaux inondaient les pièces. Et puis, tout dans cette maison semblait avoir été là depuis toujours : le canapé devant la cheminée et les tapis aux couleurs fanées du salon ; les éléments à la peinture verte écaillée de la cuisine, au fond du couloir du rez-de-chaussée ; le parquet nu et les plafonds inclinés des chambres, avec leurs rideaux blancs à volants...

Pendant que ma mère entrait saluer les Drummond, les garçons et moi descendîmes jusqu'à la rivière. Lucien, qui n'avait aucun sens pratique et n'était pas très costaud, considéra avec suspicion le bateau amarré sur la berge.

— Rob et moi, on va partir en bateau sans toi, parce que ça peut être dangereux, dit-il.

— Je m'en fiche.

— Ou alors elle pourrait peut-être nous servir de lest ? suggéra-t-il à Rob avec un grand sourire.

— C'est quoi, un lest ? m'inquiétai-je.

Je m'étais, moi, déjà imaginée en tête de proue, fièrement debout à l'avant.

— Bien sûr, poursuivit Lucien en s'adressant à moi, si on prenait l'eau, on serait obligés de te jeter par-dessus bord et tu coulerais. Mais si tu insistes...

— Coule toi-même, rétorquai-je.

Je n'étais pas très brillante en matière de repartie face à Lucien, meilleur que moi en tout.

— Jane-pot-de-colle, persifla-t-il.

Rob sourit d'un air narquois. Je m'apprêtais à sauter dans le bateau pour être sûre de ne pas être laissée sur la berge, lorsque nous nous sentîmes observés. Une fillette d'environ mon âge était debout sous les branches basses d'un énorme saule. Elle portait un short de garçon beaucoup trop grand pour elle, retenu par une ceinture en plastique, et un vieux T-shirt étriqué. Elle avait une coupe de cheveux à la Mistinguett et, déjà, un beau visage grave. Un gros lapin blanc aux oreilles grises et aux yeux noirs magnifiques ombrés de petites taches sombres était allongé sur ses bras. Le nez dans la fourrure de l'animal, la fillette nous regardait en passant d'un pied sur l'autre.

— Salut, dit Lucien, c'est toi Esther ?

— Qui ça ? répliqua-t-elle, perplexe. Moi, je m'appelle Esme. Et lui, fit-elle en remontant le lapin contre son épaule, c'est Boule de Neige II. Vous voulez que je vous montre les Béliers ?

À côté de moi, Owen bougea dans le lit.

— Je n'arrête pas de penser à Esme le jour où nous avons fait sa connaissance, déclara-t-il. J'ai l'impression que c'est à une enfant qu'on s'en est pris aujourd'hui, j'imagine sa chambre d'hôpital décorée de personnages de bandes dessinées et…

— Arrête, Owen, tu dis des bêtises.

— Pas tant que ça…

Nous avions les mêmes réactions ; je trouvais cela déroutant venant de deux êtres aussi différents l'un de l'autre.

— Les jeux de Lucien n'étaient pas son truc, tu te rappelles ? demandai-je au bout de quelques minutes. Mais peut lui importait de se tromper.

— Elle devait être si contente d'avoir des copains de son âge… Elle aurait tout accepté de nous.

C'était vrai. Contrairement à moi, Esme se fichait qu'on se moque d'elle, et cela nous dissuadait de la taquiner ; et lorsqu'elle faisait les frais d'une plaisanterie, elle en riait autant que nous. Comme le jour où…

— Tu te souviens, reprit Owen, dont les pensées cheminaient comme les miennes, quand elle s'est enfermée dans le bureau de son père pour trouver un mot pour le jeu de Lucien ? Elle était persuadée de nous en mettre plein la vue !

— Et elle a réussi !

— Oui, et elle l'a même prononcé correctement. « Cunnilingus » ! Lucien en pleurait de rire. Quand il a eu fini, il lui a demandé si elle savait ce que ce mot signifiait. Au début, elle était vexée comme un pou ! (Owen prit une voix de petite fille.) « Bien sûr, ça veut dire "langue de chien", c'est évident ! » Dieu seul sait où elle avait déniché ce mot !

— Probablement dans un bouquin de droit très rébarbatif. Aucun de nous trois ne voulait lui expliquer pourquoi on riait.

— Je n'étais pas certain de le savoir moi-même. Lucien m'a dit que, quand il lui a rappelé cette histoire deux ans plus tard, elle l'a accusé de l'avoir inventée.

Ce souvenir était censé être drôle mais il ne nous fit rire ni l'un ni l'autre. Tout ce que j'éprouvais à ce moment-là, c'était de la peur. Tant d'incidents bizarres en une seule journée – les pierres lancées dans le jardin, le coup de fil étrange de ma mère, puis l'horrible et inexplicable agression d'Esme… Avait-elle surpris un cambrioleur ? L'avait-on prise pour quelqu'un d'autre et payait-elle maintenant injustement, comme tant d'innocents aujourd'hui ?

J'étais si tendue que la peau me picotait. Il aurait suffi que j'avance la main pour toucher Owen, son corps mince et musclé par le travail physique et que je connaissais si bien, ses mains rugueuses… Mais un gouffre gigantesque nous séparait, du fait de nos graves difficultés de communication.

— Mon Dieu, pauvre Esme, dis-je pour éviter qu'il ne s'endorme et me laisse seule dans le noir – mais c'était moi que je plaignais.

Me faisant face, Owen se mit à caresser du bout des doigts mon avant-bras puis glissa jusqu'à mes seins. J'eus malgré moi un élan de désir et fus sur le point de m'abandonner. Mais je me raidis.

Owen et moi avions fait l'amour pour la première fois à l'ombre du deuil. Hébétée de chagrin dans les semaines qui suivirent la mort de Lucien mais consciente de la fragilité de chaque instant, j'éprouvais aussi un furieux besoin de vivre. Et lorsque, dans ces moments d'infinie tristesse, Owen et moi nous étions enlacés, je l'avais désiré plus par instinct de survie que par recherche du plaisir. Ensuite était venu le temps de la culpabilité : nous étions en vie et pouvions essayer d'être heureux alors que Lucien n'était plus. La nouvelle menace qui planait sur nous à présent semblait s'inscrire dans cette continuité : j'étais toujours vivante, mais coupable de l'être et incapable d'accepter la main tendue.

— Mais comment peux-tu… ? murmurai-je. Je ne cesse de songer à Esme.

— Je pensais que cela nous aiderait peut-être…

— Eh bien, tu te trompes.

Il s'écarta et me tourna le dos. J'en fus un peu contrariée, et m'apprêtais à l'accuser de bouder lorsque je m'aperçus à sa façon de respirer qu'il s'était immédiatement endormi. Et j'eus la

73

sensation d'un vide immense, d'une nostalgie que je ne m'expliquai pas.

Je m'assoupis, et glissai presque instantanément dans le rêve confus que je faisais de façon récurrente, à quelques détails près. J'étais debout dans la coulisse d'un théâtre, vêtue de mes habits de tous les jours, et je regardais des gens en costumes s'agiter autour de moi. Je tenais dans la main le texte d'une pièce que je voyais pour la première fois, et suivais ce qui se passait sur scène avec un mélange croissant de curiosité et d'angoisse. « C'est à toi, vas-y ! » me soufflait-on en m'arrachant le script des mains. Je commençais à protester, mais on me propulsait sur la scène, où j'entrais en trébuchant. Les lumières étaient très vives. Dans la salle plongée dans le noir, des milliers de spectateurs attendaient en silence que je me mette à parler, mais je n'arrivais pas à me rappeler mon rôle. Que faire ? Les autres acteurs, pensant probablement que j'étais morte de trac, m'encourageaient en souriant. Et puis, l'un après l'autre, ils fronçaient les sourcils. Un mouvement d'impatience montait de la salle. « Vas-y, bon sang ! » criait une voix depuis la coulisse, « on n'attend que toi ! » Je tentais de dire quelque chose, mais je n'avais pas de voix et mes mâchoires étaient paralysées. Je transpirais à grosses gouttes.

Une sonnette retentit.

C'était le téléphone. Dormant probablement du sommeil du juste après sa journée de labeur – onze mille plants de laitue semés... –, Owen se contenta de grogner et s'enfonça un peu plus dans le lit. Je le poussai d'un geste faussement endormi – en vain. J'allumai, mais cela ne sembla pas le gêner non plus.

— C'est ton tour d'aller répondre, dis-je, espérant le convaincre.

Il soupira benoîtement.

Comme le téléphone s'évertuait à sonner, je descendis en jurant.

— Allô, lâchai-je sèchement, histoire de rappeler à mon interlocuteur qu'il était près d'une heure du matin.

— Jane ?

— Qui est à l'appareil ?

Mais j'avais reconnu la voix, et je fus soudain tout à fait réveillée. Je commençai à prononcer son nom.

— Non, ne dis rien, me coupa mon interlocuteur. Écoute…

Il se racla la gorge et eut un petit rire nerveux.

— « Derby, c'est urgent. » C'était bien cela, n'est-ce pas ?

— Oui, mais…

— Le plus vite possible. « Derby, c'est urgent. » Et pas un mot à quiconque. Pas même à Owen.

— Mais…

— Tu as bien compris : « Derby, c'est urgent. » Tu te souviens ? Je t'en supplie, ne me laisse pas tomber.

Il devait y avoir un problème de ligne, sa voix était déformée – ce n'était pas du tout celle de Rob, du moins telle que je me la rappelais.

— Mais…, tentai-je encore.

Trop tard, il avait raccroché.

« Derby, c'est urgent. »

Je m'assis sur une marche, les yeux rivés au téléphone. Peut-être allait-il sonner à nouveau. Tout était calme dans la maison. Une paire de bottes gisait dans l'entrée. Drongo surgit de la cuisine et vint vers moi d'un air digne pour se frotter contre ma jambe. Je ne doutais pas d'être bien réveillée, et j'avais bien entendu. « Derby, c'est urgent. » Ces mots surgissaient d'un passé révolu, d'un coin de pelouse entre un saule et une cabane à bateaux.

Je réentendis la voix concise de Lucien, son ton de maître d'école quand il était excité.

— Il nous faut un code, disait-il, on sera les seuls à le connaître, et même sous la plus atroce des menaces de mort, il ne faudra jamais, jamais, jamais le divulguer à personne.

C'était l'été des jeux de meurtres, et Lucien adorait les menaces de morts les plus atroces. Moi, je pensais parfois à l'huile bouillante jetée du haut des châteaux au Moyen Âge ou à l'empalement sur des piquets, comme ceux qui surmontaient les grilles de notre avant-dernière maison, mais lui devait en connaître de bien pires. La lueur de son regard au moment où il prononça ces mots donnait la chair de poule et, aujourd'hui encore, pas loin de dix ans après sa mort, il ne me serait pas venu à l'idée de trahir notre secret.

— On ne le dira à personne, jurâmes-nous en chœur.

— À partir de maintenant et pour toujours, jusqu'à ce que nous soyons tous morts, enterrés et mangés par les vers, si l'un d'entre nous est en danger – mais vraiment en danger, en danger de mort – il pourra appeler un des trois autres au moyen du code.

— Quel code ?

— Attendez, ça vient. Et celui qui entendra ces mots devra tout laisser tomber pour aller à sa rescousse. C'est promis ?

Nous promîmes.

— Alors, le code, c'est : « Derby, c'est urgent. »

— Quoi ?

— Pourquoi ?

— Mais à cause du Bélier du Derbyshire, crétins ! Vous savez bien, la chanson ! Ce sera une façon d'indiquer où il faut aller, et personne d'autre que nous ne comprendra. Et c'est là qu'il faudra aller ; c'est l'endroit secret où celui en danger sera caché : dans les Béliers.

« Mais tout cela se passait il y a très longtemps ; nous avons grandi, fait nos vies et oublié ces enfantillages, non ? pensai-je en caressant le dos arqué de Drongo. On ne croit plus à ces histoires de gamins ! »

Je n'avais pas vu Rob depuis plus de neuf ans ; il ne s'était même pas donné la peine de venir à l'enterrement. Il avait dû appeler sous l'effet de l'alcool ou de la drogue et sa blague était de très mauvais goût.

Mais cette voix bizarre qu'il avait eue… Ce n'était pas celle d'un homme ivre ou d'un plaisantin. Il avait l'air terrifié, au bout du rouleau. Peut-être l'agresseur d'Esme voulait-il à présent s'en prendre à Rob ? Il était recherché par la police, m'avait dit Owen. Était-il le témoin clef qu'on désirait empêcher de parler ? Et si oui, pourquoi ?

Les Béliers… Ils m'étaient complètement sortis de l'esprit. Ils ne devaient même plus exister aujourd'hui. Décidément, je devais avoir rêvé cette conversation.

De toute façon, vu l'heure, je n'allais certainement pas partir maintenant. En outre, même s'il y avait de l'essence dans la camionnette, celle-ci refuserait sans doute de démarrer, et je n'avais aucune envie de tomber en panne au milieu de nulle part entre ici et Glory Cottage à trois heures du matin.

« Je verrai demain, décidai-je. J'aurai les idées plus claires et cela donnera à Rob le temps de rappeler pour dire que c'était une blague. »

Une porte grinça sur le palier. Je me retournai et aperçus Laura, debout en haut de l'escalier dans sa longue chemise de nuit. Ses yeux bleus me regardaient fixement et, pendant quelques secondes, je crus qu'elle était somnambule.

— J'ai rêvé que j'étais à l'école et que la cloche d'incendie n'arrêtait pas de sonner, murmura-t-elle en me regardant d'un air plein de reproche.

J'eus un élan de tendresse pour elle. Dans la journée, c'était un petit tyran mais à présent, tirée d'un sommeil profond, elle était une adorable fillette très fragile, encore presque un bébé.

— C'était le téléphone, chérie. Viens, je vais te recoucher.

Quand elle fut dans son lit et moi de retour près d'Owen, je me rapprochai de lui pour me réchauffer.

— Mais qui appelait à cette heure-ci ? marmonna-t-il.

J'eus un instant d'hésitation.

— Quelqu'un s'est trompé de numéro, répondis-je.

Je venais de dire mon premier mensonge.

3

Le plus déconcertant dans tout cela fut peut-être la facilité avec laquelle je pus m'échapper.

Après mon étrange conversation avec Rob, je dormis à peine. Je guettais le téléphone ; s'il rappelait, il fallait que ce soit moi et non Owen qui décroche, pour l'entendre déclarer : « Désolé pour cette blague idiote, Jane, je devais être bourré. » Mais rien ne troubla plus le silence de la nuit. Quand le réveil sonna et qu'Owen s'extirpa du lit, j'étais à la fois bien réveillée et complètement exténuée.

— Quelqu'un n'a pas appelé, cette nuit ? demandai-je.

— Si, répondit Owen, qui ajouta en s'étirant et en se massant le bas du dos : Faux numéro, d'après ce que tu m'as dit.

Je me blottis un peu plus dans la chaleur du lit et tentai de me remettre les idées en place. Le téléphone avait sonné et j'avais décroché, mais peut-être s'était-il bien agi d'une erreur ; j'avais pu rêver ma conversation avec Rob, préoccupée comme je l'étais après avoir lu l'article sur lui, et après l'accident d'Esme. Que faire, à présent ? J'avais réfléchi toute la nuit sans rien pouvoir décider – les décisions ne sont pas mon fort. Je m'en remis donc au hasard : « S'il pleut, j'agis ; sinon, je ne fais rien et j'attends. »

— Quel temps fait-il ? demandai-je à Owen.

Il ouvrit les rideaux et son beau profil se détacha contre l'aube grise – nez droit, bouche parfaite ; mais il se mit à se gratter et entreprit d'enfiler un vieux T-shirt, et l'effet pictural fut un peu gâché.

— Il bruine, dit-il en émergeant du col de sa chemise de travail. Et il y a du brouillard.

En fait de présage, j'en aurais préféré un plus clair.

— Je vais te monter une tasse de thé, annonça Owen en enfilant des chaussettes dépareillées.

— Dis donc, je ne suis pas malade ! m'écriai-je en me redressant d'un bond sur le lit.

La contrariété assombrit son visage.

— On te propose une tasse de thé et te voilà en colère ! Mais comment fais-tu ?

— Je ne suis pas…

— Tu es impossible !

« Il va enfin vider son sac », pensai-je. Mais à ce moment-là, Billy poussa la porte de la chambre et entra, traînant d'une main son singe en tricot.

— Muncle a fait un vilain rêve, murmura-t-il.

Le visage d'Owen s'éclaira aussitôt. Il se pencha et prit Billy par la main.

— Pauvre Muncle, dit-il doucement. Tu vas me raconter tout ça pendant que je prépare le petit déjeuner.

Ils descendirent l'escalier à pas feutrés, et le murmure de leurs voix me parvint de la cuisine. « Si j'avais pu raconter mes cauchemars à un père, pensai-je une fois de plus en regardant tomber la pluie fine derrière la vitre, peut-être aurais-je été quelqu'un de plus sympathique. »

J'avais gagné la salle de bains et me brossais les dents quand la sonnerie du téléphone retentit. De surprise, je fis un geste brusque et le manche de la brosse me racla la gencive. Je me rinçai la bouche puis sortis dans le couloir.

— Owen, qui est-ce ? criai-je.

Laura, qui mangeait ses céréales dans la cuisine, se boucha ostensiblement les oreilles.

— Qui était-ce ? répétai-je.

— Ta mère, répondit Owen en retournant dans la cuisine. J'ai pensé que tu ne voudrais pas lui parler. Elle a eu l'hôpital. Esme est dans un état stable…

— Stable ? Elle s'est fait assommer et son état est stable ?

— C'est ce qu'on dit toujours à l'hôpital. Apparemment, elle est toujours dans le coma. J'ai dit à Faith que nous essaierions d'aller la voir cet après-midi.

— Ah…, fis-je.

Je jetai un coup d'œil par la fenêtre. Soudain, me sembla-t-il, le crachin tournait très nettement à la pluie.

— Sans moi, déclarai-je. Je vais sortir mais pas pour aller à l'hôpital. Pas aujourd'hui en tout cas. Aujourd'hui, je m'en vais.

Occupé à nourrir Drongo, Owen en resta la main en l'air.

— Tu t'en vas ?

— Pour la journée seulement. Enfin, je pense.

Il me fallut justifier ce départ précipité.

— L'accident d'Esme m'a mise sur les rotules, improvisai-je. Je ne peux pas me tourner les pouces ici en attendant d'en savoir plus, et supporter les simagrées de ma mère à l'hôpital, c'est hors de question…

— Tu es dure…

— Je connais Faith mieux que toi. Tu te laisses amadouer par son numéro de charme et son…

— Non. Pour moi, c'est une femme un peu triste et très seule qui…

— Triste ? Seule ? Elle est diabolique…

Laura et Billy s'étaient arrêtés de manger et me fixaient attentivement. Même les yeux de tricot de Muncle semblaient suivre la conversation.

— … cette façon de tout exagérer, de tout dramatiser !

Owen esquissa un demi-sourire.

— Tu n'es pas mal non plus, dans le genre, murmura-t-il.

J'accusai le coup.

— Bref, repris-je, j'ai eu mon compte de ce genre de spectacle, c'est terminé.

— Très bien. Nous ne sommes pas obligés d'y aller aujourd'hui.

— Vas-y, toi. Tu en as envie, je le sais. Moi, j'ai besoin de prendre l'air…

J'en rajoutai un peu sur le thème du « besoin d'espace » (très pratique d'ailleurs – pourquoi n'y avais-je pas recouru plus tôt ?), insistant aussi sur mon angoisse par rapport à Esme (ce qui était malheureusement vrai), et mon départ devint un fait acquis.

Il me restait un certain nombre de détails matériels à régler, ou, plus précisément, *un* problème pratique : trouver de l'argent. Il n'y avait rien à espérer de la banque, à moins de jouer les monte-en-l'air. Quant à la cagnotte – 17,40 livres sterling provenant de la vente de giroflées –, elle devait payer la nourriture et l'essence. Je persuadai Owen de faire un arrêt devant chez Dinah sur le chemin de la gare. Quoique occupée à repasser les chaussettes de son mari, celle-ci n'en fut pas moins très compréhensive ; Aidan lui avait parlé de ce qui était arrivé à Esme et, subodorant un drame, elle s'avéra toute prête à contribuer à mon escapade par un prêt de 50 livres.

— C'est bizarre, nous parlions d'Esme pas plus tard qu'hier, remarqua-t-elle en me raccompagnant à la camionnette.

Le visage barré d'une frange de femme fatale et déjà maquillée à neuf heures et demie du matin, elle semblait avoir entrepris de se faire belle, sans doute sur les conseils de son magazine. Un jour, elle m'avait raconté avoir suivi à la lettre un article qui prônait les dîners aux chandelles et les sous-vêtements sexy pour faire repartir un couple. Comme je l'imaginais servant solennellement un saumon en croûte, vêtue d'un slip et d'un soutien-gorge affriolants, j'avais éclaté de rire ; elle en avait été si vexée qu'elle avait refusé de me dire si ses efforts avaient ou non porté leurs fruits.

Elle confia à Owen qu'elle trouvait très touchantes ses attentions à mon égard, lui proposa de garder les enfants pour la matinée et, dans la foulée, offrit de leur apporter un de ses plats surgelés à midi. Owen fut visiblement enchanté à l'idée de ne pas avoir à se préoccuper du déjeuner. Quant aux enfants, ravis de jouer quelques heures au chaud sur de confortables tapis, ils déboulèrent de la camionnette pour se précipiter dans la maison en prenant à peine le temps de me dire au revoir. Je n'avais bien sûr pas envie que l'on s'inquiète pour moi ; néanmoins, je constatai que mon départ ne dérangeait apparemment personne : une fois de plus, ma présence n'était pas indispensable.

Owen me déposa à la gare. L'heure de pointe était passée, mais il eut du mal à se garer dans le parking quasiment plein. Coincée entre une Rover rutilante et un break Peugeot non moins chic, notre vieille camionnette verte affublée du nom de la pépinière en lettres rouge foncé me fit l'effet du pauvre petit plouc que l'on regarde de haut et j'eus envie de m'en insurger.

« Owen ne m'a pas demandé où je vais », songeai-je, pendant que celui-ci descendait de voiture. Je ne le lui aurais de toute façon pas révélé mais j'en fus contrariée.

— Pas besoin de m'accompagner sur le quai.

— Je n'en avais pas l'intention, répondit-il. Passe-moi un coup de fil dans la journée pour me dire ce que tu fais. Ces deux derniers mois ont été pénibles, j'en suis conscient. Tu as besoin de repos depuis longtemps. Détends-toi et profites-en.

Je le dévisageai sans un mot. La bruine faisait scintiller ses cheveux blonds sur les épaules de son pull marin. Son beau visage était empreint du touchant regard attentionné qui impressionnait tant Dinah. « Tu es content de te débarrasser de moi, espèce de chameau, pensai-je. Tu pourrais au moins faire semblant d'être inquiet. »

— Pas la peine de me demander ce que je compte faire, lançai-je sèchement, je ne le sais pas encore, et même si…

— Je ne t'ai rien demandé, me coupa-t-il d'un ton exaspéré. Tout ce que j'ai dit, c'est : Profites-en.

Avec son grand cœur, il me privait même du plaisir de m'évader. Le Gros Albert, lui, aurait fait une scène, mais au moins cela m'aurait montré qu'il appréciait de m'avoir auprès de lui.

— Tu as hâte de te débarrasser de moi, avoue-le !

— Oh, pour l'amour du ciel… (Il se retourna.) Tout cela ne rime à rien ! s'exclama-t-il en frappant le capot.

Puis il s'installa derrière le volant et claqua la portière.

— C'est exactement ce que j'essaie de te dire depuis longtemps ! criai-je à l'adresse de son profil furieux derrière la vitre fermée.

Mais il ne m'entendit peut-être pas car, passant avec rage en première, il démarra dans un bruit d'enfer.

J'aurais dû être contente – il y avait une éternité qu'il ne s'était pas emporté ainsi – mais pendant quelques minutes, seule sous la pluie au milieu du parking, je me sentis minable. « Voilà, pensai-je, il voulait peut-être faire preuve de gentillesse et j'ai encore aggravé notre éloignement. » Cependant, comme je me dirigeais vers le guichet des réservations, mon désarroi fit peu à peu place à un formidable sentiment de soulagement, et une époustouflante et merveilleuse sensation de liberté sembla me soulever du sol.

Mon dernier passage à Londres datait d'avant la naissance de Laura et, sur le moment, la campagnarde que j'étais se sentit perdue au milieu du bruit et de la foule de citadins affairés courant dans tous les sens. Je pris un ticket de métro à un distributeur automatique et me rendis sur le quai de la Circle Line, où le train arriva immédiatement. Une fois à bord, alors que je commençais à me détendre et à apprécier l'anonymat de la grande ville, je me rendis compte que j'avais pris le train dans le mauvais sens. Rouge de confusion, je descendis à Saint James's Park et rejoignis le quai d'en face, mais je constatai que personne ne s'était moqué de moi.

Au guichet de la gare de Paddington où je parvins sans encombre, j'eus un frisson dans le dos en prononçant le nom de ma gare de destination – je n'avais jamais imaginé retourner un jour là-bas… Je m'attendais vaguement que le guichetier me fasse remarquer que je choisissais un drôle de moment pour partir en vacances, mais il se contenta de me demander si je comptais revenir le jour même.

En quoi cela le regardait-il ? Je n'avais rien dit à Owen, je n'allais sûrement pas...

— Aller simple ou aller-retour ? insista-t-il en me fixant du bout de son nez interminable.

— Euh...

Il m'indiqua les tarifs, et je décidai de profiter du prix avantageux d'un aller-retour. Je rentrerais le soir même, bien sûr. Je n'étais même pas sûre de trouver Rob là-bas.

Confortablement installée dans le train, je regardais défiler la banlieue de Londres embrumée de crachin. Mais le doute m'envahit peu à peu : et si, effectivement, Rob n'était pas là-bas ? S'il s'agissait d'une mauvaise farce, j'aurais l'air fin ! Quelqu'un, que je n'avais pas vu depuis près de dix ans, chuchotait : « Derby, c'est urgent » au bout du fil, et moi, naïve, j'accourais, traversant la moitié du sud du pays pour rien !

À supposer même que Rob soit vraiment dans la mouise, en quoi cela me concernait-il ? Pourquoi devrais-je l'aider ? Qu'avait-il jamais fait pour moi, sinon me laisser choir au moment où j'aurais eu tant besoin de lui ? Au souvenir de cette trahison, la colère me prit et j'en eus mal à l'estomac. J'échafaudai un vague plan : j'allais essayer de comprendre quel était son problème et rentrerais aussitôt, pendant qu'il mijoterait dans son jus, histoire de lui montrer comment on se sent quand les amis vous laissent tomber. Pourquoi pas, après tout ?

Mais tandis que le train traversait les vertes prairies du Berkshire – j'approchais de ma destination –, la réponse à mes interrogations s'imposa d'elle-même : j'avais mordu à l'hameçon par curiosité ; car si ce coup de fil n'était pas une blague, pourquoi Rob m'avait-il appelée au secours ?

Glory Cottage, pour moi, était jusqu'à présent pareil à un conte de fées, réalisai-je en descendant du train. Je n'y avais jamais songé comme à un lieu susceptible de figurer sur une carte. Je trouvais aussi déconcertant, à l'époque, que cet endroit, fait pour les plaisirs des grandes vacances, ait perduré après l'été, sans nous.

Si je m'en souvenais bien, le cottage était à environ trois kilomètres de la gare. Le côté mystérieux de mon escapade m'interdisait de prendre un taxi : si Rob avait vraiment des problèmes, mieux valait que j'arrive discrètement.

Je fis donc la route à pied jusqu'au chemin de halage. En contrebas, dans l'humidité et la brume, un couple de canards glissait d'un air désabusé entre les hauts murs des maisons, sur la rivière presque maussade dont l'eau sombre ne rappelait en rien le doux frémissement qui faisait tout le charme de Glory Cottage.

Après avoir longé des immeubles de briques rouges et des pavillons de banlieue, je parvins au bout du chemin de halage. Le bitume fit place à un sol boueux parsemé de rares touffes d'herbe qui aboutit finalement à une étendue de champs peu propices à la marche à pied. Obligée de me frayer

89

un chemin entre les haies et les ronces, j'oubliai un moment Esme, dont la pensée s'était faite de plus en plus pressante à mesure que je progressais vers Glory Cottage.

Je longeai enfin le coude de la rivière jusqu'à l'endroit où elle s'étalait entre deux rangées de saules, et parvins en vue de Martin's Court.

Martin's Court était une grande villa carrée peinte en bleu dont la simplicité rappelait celle d'une maison de poupée géante. Dans le passé, cette demeure avait été le cœur d'un vaste domaine constitué de fermes, de métairies et de petits cottages où logeaient les ouvriers agricoles. Un incendie avait détruit le tout dans les années 20, exception faite de la bâtisse bleue qui se dressait à présent devant moi. La plupart des cottages, étables et ateliers avaient ensuite été vendus et transformés – sauf Glory Cottage, le verger qui l'entourait et deux champs en bordure de la rivière.

Toujours cachée par la haie séparant le jardin des champs voisins, j'hésitai un instant : pour atteindre le cottage et les Béliers, je devais soit traverser le bas de la pelouse, soit la contourner par la route et m'engager dans l'allée ; dans les deux cas, on pouvait me voir. Que faire ? Au-dessus de moi, des pigeons témoins de mon dilemme battirent des ailes en roucoulant d'un air moqueur.

J'optai pour le chemin le plus direct – la traversée de la pelouse. Si l'on m'interpellait, je dirais que je faisais du stop et m'étais égarée. Dans le passé, Mme Wicks, la gardienne, menait la guerre contre les marcheurs « égarés », mais elle devait être morte, depuis le temps. Quant à Clare Drummond, la mère d'Esme, elle s'était éteinte quelques années auparavant. John Drummond avait sans doute vendu la maison après sa disparition.

Je m'engageai d'un pas résolu sur la pelouse en restant aussi près que possible de la rivière. J'avais l'estomac noué – Mme Wicks n'était peut-être pas morte et pouvait à tout moment surgir, plus que jamais prête à en découdre avec les intrus... J'appréhendais aussi ce qui m'attendait... Mais surtout, surtout, je perçus soudain, presque inaudible mais bien distinct, le martèlement caractéristique des Béliers.

Esme nous avait montré les Béliers le jour même de notre arrivée.

— Vous voulez voir les Béliers ? avait-elle proposé, debout devant une rangée de saules tandis que nous errions, désœuvrés, comme tous les enfants se retrouvant dans un endroit inconnu.

Rob et moi ne répondîmes pas, préférant nous abstenir plutôt que nous risquer à dire une bêtise et être tenus à l'écart des activités de la journée.

— Pourquoi pas ? dit finalement Lucien, car il n'aurait pour rien au monde admis ne pas savoir ce qu'étaient les Béliers. Il y en a beaucoup par ici ? ajouta-t-il nonchalamment.

Esme posa sur lui ce regard impassible que je n'ai, depuis, jamais vu chez quiconque. Je fus, dès cette époque, frappée par la tranquille assurance de ses yeux bruns. Pour une raison que j'ignore

– peut-être était-ce la beauté de son visage ? –, tout le monde disait que cette expression impavide était d'autant plus intense qu'Esme réfléchissait beaucoup ; plus tard, il m'arriva souvent d'avoir des doutes à ce sujet.

Elle resta ainsi face à Lucien quelques instants puis, le gros lapin blanc toujours placidement posé dans les bras, elle descendit vers la rivière. D'un petit air de propriétaire, elle tapota le bateau du bout de sa sandale en plastique rose.

— On ne peut pas s'en servir, prévint-elle. Il prend l'eau. Ma mère n'arrête pas de dire qu'elle va le faire réparer, mais…

Elle se tut soudain.

— On en profitera pour le rafistoler, annonça Lucien.

Je fus sidérée par la rapidité avec laquelle il prenait possession du bateau, tout en me demandant qui était « on », car aucun de nous ne s'y connaissait en la matière : Lucien lisait beaucoup et savait peut-être distinguer une voile d'un mât de misaine mais il n'avait aucune expérience pratique ; Éric pouvait à la rigueur assurer un bateau ; quant à ma mère, le seul sur lequel elle ait jamais mis les pieds était un de ces décors de théâtre plats qui se balancent sur la scène d'avant en arrière en grinçant.

Esme remonta sur son épaule le lapin, qui ferma à demi les yeux comme si notre présence l'ennuyait déjà. Elle poussa un soupir et j'eus l'impression qu'elle était plus mal à l'aise que timide.

— C'est par là, indiqua-t-elle.

Nous commencions à la suivre en direction du verger, quand le lapin sauta soudain de ses bras.

— Vite, s'écria Rob, il va s'échapper !

Esme haussa les épaules.

— Il revient toujours, le soir, affirma-t-elle sans s'arrêter.

Le lapin sautillait vers la grande maison, s'arrêtant pour décapiter çà et là quelques fleurs au passage.

— Nom de Dieu ! s'exclama Rob, qui, à onze ans, avait déjà un juron préféré, emprunté à Lucien comme beaucoup d'autres choses. Des lapins sauvages !

— Et des béliers ! renchérit mon frère.

Il se mit à courir pour rattraper Esme, Rob et moi sur les talons.

Le bruit régulier de chocs sourds nous parvint.

— Qu'est-ce que c'est ? demanda Lucien.

— Les Béliers, tiens ! répondit Esme.

Lucien n'y tint plus et se précipita en avant.

— Vous entendez ça, tous les deux ?

Il se retourna vers nous, très excité, le visage rayonnant, plus lutin que jamais.

— C'est le Minotaure du Berkshire ! En Crête, c'est un taureau mais ici, c'est un bélier, le Béliotaure ! Vous entendez ? Ce sont les battements de son cœur, le tambour menaçant qui appelle au sacrifice – est-ce que vous saviez qu'on allait passer nos vacances à quelques pas d'un animal mythique ? Est-ce que celui-ci exige des sacrifices humains, Esme ? Voilà peut-être pourquoi on n'a quasiment pas vu de damoiseaux ou de damoiselles en traversant le village. Nom de Dieu ! Pas étonnant que ta mère ait insisté pour qu'on vienne cet été ! Elle a dû penser que Jane serait ainsi sacrifiée à ta place. Qu'est-ce que tu dis de ça, Jane ? Si j'étais toi, je m'exercerais à faire des bonds et des sauts périlleux. Un bélier, c'est plus petit qu'un taureau mais tout aussi difficile à esquiver ! Bien sûr, tout cela ne fait que reculer le moment fatal, car de toute façon on meurt. Alors, certains danseurs préfèrent en finir plus vite et restent plantés là en attendant que la corne leur transperce l'estomac, si tu vois ce que…

— Tais-toi, Lucien, dis-je.

J'avais beau savoir que toute cette histoire sortait tout droit de son imagination, je commençais à frissonner de peur.

— C'est pour l'eau, se contenta de préciser Esme.

Le calme avec lequel elle avait résisté au premier grand discours de Lucien était impressionnant.

— C'est drôlement bien camouflé, répliqua mon frère sans se laisser démonter. En Crête, il paraît que le Minotaure se déguise en générateur électrique. C'est seulement quand il a très faim et soif de sang qu'il surgit et attrape les villageois innocents qui travaillent dans les champs, ou le touriste sans défense trop éloigné de son luxueux car à air conditionné. Ça explique que les gens du cru aiment mieux choisir leurs victimes – c'est beaucoup moins aléatoire…

— Ils sont ici, l'interrompit Esme avant de pousser une petite barrière permettant de passer du verger dans un champ.

C'était un champ de renoncules et, de toute évidence, il n'y avait là aucune bête, mythique ou pas.

— C'est ça, là-bas, indiqua Esme, désignant les deux monticules apparemment en tôle ondulée qui se dressaient au loin. Ils pompent l'eau de la rivière et l'amènent jusqu'aux réservoirs au-dessus de la maison. Ensuite, l'eau passe à travers du sable et des tas de filtres, et après on peut la boire... Personne, absolument personne, n'a le droit d'y entrer, sauf M. Wicks.

Nous venions peupler sa petite vie solitaire et c'était son cadeau de bienvenue : le secret d'un endroit interdit.

Le crachin se changeait en pluie et dégoulinait dans ma nuque tandis que je pataugeais à travers champs en direction des pulsations, de plus en plus fortes à mesure que j'approchais des Béliers. Le grillage métallique qui les entourait avait l'air récent et efficace, mais la tôle ondulée recouvrant la fosse semblait aussi rouillée que dans le temps.

Je longeai la première fosse, me faufilai par le grillage qui clôturait la seconde et jetai un coup d'œil alentour : si l'on me surprenait en train de parler à une station de pompage vide, on me prendrait pour une vraie folle.

Je m'accroupis, soulevai une feuille de tôle ondulée et me penchai au-dessus du trou noir et humide, essayant d'y voir quelque chose.

— Il y a quelqu'un ?

95

Le silence me répondit d'abord, puis je perçus un bruit, une sorte de froissement bref. On aurait dit – oh, mon Dieu, non ! – des rats en train de détaler… « J'essaie encore une fois, pensai-je, et ensuite je retourne à la gare et réintègre le monde normal avec la conscience du devoir accompli. »

— Hou ! hou ! fis-je dans la direction du bruit. Derby, c'est urgent. Je suis là !

— Ah, Jane, enfin ! répondit une voix surgissant du noir. J'ai cru que tu n'arriverais jamais !

— Rob !

De surprise, je fis un bond en arrière et accrochai mon blouson aux barbelés.

— Chut ! Quelqu'un t'a vue ?

— Il n'y a personne.

— Alors descends.

— Tu ne peux pas sortir, toi ? Il ne pleut presque plus.

J'avais toujours détesté ces fosses, non parce qu'elles nous étaient interdites mais parce qu'il y régnait une nuit d'encre sinistre et que l'on s'y gelait.

— Bon sang, Jane, tu crois que je suis ici pour admirer le paysage ?

Son ton agacé eut raison de mon appréhension. Je me glissai à travers la fente ménagée par la feuille de tôle soulevée et descendis dans la fosse en m'agrippant à la paroi.

Accroupi dans le coin le plus éloigné, Rob était immobile. Son visage était plongé dans l'ombre et je ne distinguais pas son expression.

— Salut, Rob, dis-je.

— Salut ?

Il vivait depuis longtemps en Angleterre mais il avait gardé un fort accent australien et donnait l'impression de poser des questions même quand il disait bonjour.

Nous restâmes sans rien dire pendant quelques minutes. Je lui en voulais depuis des années, mais la curiosité me fit oublier ma rancœur. Nous avions tant de choses à nous raconter…

— Comment va… Esme ? demanda-t-il soudain, toujours sans bouger.

— Pas de changement.

— Pas de changement par rapport à quoi, bon sang ?

— Elle a été assommée.

— Ça, je sais. Mais est-elle…

— Elle est à l'hôpital, toujours dans le coma. On ne sait apparemment pas grand-chose de plus.

Il s'affaissa en gémissant et enfouit son visage dans ses mains. Il resta ainsi quelques instants avant de relever la tête.

— Tu n'as rien apporté à manger, par hasard ?

— Non. Je doutais en fait de te trouver ici.

— Ce n'est pas grave, dit-il d'une voix où je perçus les signes avant-coureurs de l'inanition.

— Ton appel… j'ai cru à une blague.

— Si seulement c'était le cas, mon Dieu…

— Alors, que s'est-il passé ?

— Par où veux-tu que je commence ?

— D'abord, répondis-je après un instant de réflexion, dis-moi ce que tu fabriques ici et ce que je peux faire pour t'aider.

« Ensuite, pensai-je, tu me diras entre autres pourquoi tu nous as laissés tomber durant près de dix ans. »

— D'accord.

Mes yeux s'étaient faits à la pénombre et je le voyais maintenant un peu plus distinctement. Son visage était hagard. Les yeux si pétillants d'intelligence et d'humour sur la photo que Dinah et moi avions admirée la veille étaient circonspects, impassibles et n'inspiraient pas la compassion. Rob paraissait aussi plus mince, moins costaud. Je réprimai une petite pointe de satisfaction à la vue de la vedette médiatique dans cette situation peu enviable. Pas rasé et débraillé, Rob était néanmoins encore plus séduisant qu'en photo.

Il se mit à frissonner.

— La police va me considérer comme suspect, lâcha-t-il.

— Quoi ? Mais c'est dingue !

— Bien sûr, c'est dingue, mais tout semble… contre moi. C'est compliqué, je ne vais pas entrer dans les détails maintenant, mais…

— Je n'ai jamais rien entendu de plus insensé !

— Je sais, mais…

— Écoute, tu es complètement idiot de te terrer ici comme un criminel ! C'est la meilleure façon de faire porter les soupçons sur toi !

— C'est ça, déballe tes évidences, comme toujours !

Ses émotions sortirent enfin et je fis les frais de sa colère.

— Vas-y donc ! Je creuse ma propre tombe, c'est ça ? La vérité gagne toujours à la fin ? Allez, vas-y ! Tu sais, Jane, j'ai croupi en prison pour un crime que je n'avais pas commis, alors la taule, je connais ! Je sais aussi que la révision d'un procès prend du temps. Plutôt crever que revivre cela même une seule nuit !

Sa sincérité ne faisait aucun doute, mais il y avait une certaine théâtralité dans son ton véhément, et je ne pus m'empêcher de penser qu'il jouait également un rôle. Je chassai cette idée, la mettant sur le compte du cynisme hérité de Faith.

— D'accord, d'accord, je comprends, dis-je. Mais je ne saisis toujours pas pourquoi tu te caches ici. Je ne vais quand même pas t'apporter à manger jusqu'à ce qu'on mette la main sur le coupable ? Cela peut prendre des mois !

— J'y ai pensé, figure-toi. Je vais t'expliquer. Esme n'allait pas bien quand nous avons recommencé à sortir ensemble, et je lui ai conseillé de voir un psy. C'est ce qu'elle fait depuis quelques mois. D'après ce dernier, il était temps pour elle de faire face à son passé, et il lui a suggéré de retourner à Martin's Court. Elle y est revenue il y a un mois et demi à peu près.

— Son père possède toujours la maison ?

— Oui, et il s'y est installé à la mort de Clare. Esme est donc revenue et s'est mise à écrire une sorte de journal : son testament, disait-elle.

— Quel rapport avec...

— Une seconde ! Tu es toujours aussi impatiente, ma parole ! Je veux que tu me trouves ce journal – enfin, ce testament. Elle y parle de son agresseur, j'en suis sûr.

— Mais n'importe qui peut l'avoir attaquée !

— Non. Elle était dans l'appartement – chez nous – et il n'y avait aucune trace d'effraction. De deux choses l'une : ou l'agresseur avait la clef, ou Esme le connaissait et lui a ouvert.

— Il s'est peut-être fait passer pour un employé du gaz...

— Très drôle. En plus, Esme était prudente. Il fallait qu'elle le soit, elle s'est beaucoup droguée pendant un temps. Depuis deux jours, elle était bizarre et laissait entendre que quelqu'un faisait pression sur elle, sans plus de précisions. Mais comme elle m'a juré ses grands dieux qu'elle ne touchait plus à la drogue, elle n'allait pas me dire si elle était toujours en contact avec ce milieu.

Tout cela était absolument rocambolesque. La calme et élégante Esme, en relation avec de dangereux dealers ? Inimaginable !

— Il me reste à espérer que le journal nous mettra sur la voie, déclara sincèrement Rob avec conviction.

— Pourquoi serait-il ici ?

— Elle me l'a dit.

— Donc, déclarai-je après avoir réfléchi, je suis censée aller frapper à la porte de Martin's Court : « Monsieur Drummond, vraiment désolée de ce qui arrive à votre fille mais, si vous n'y voyez pas d'inconvénient, je voudrais fouiller votre maison au cas où elle y aurait laissé son journal. En effet, il pourrait – je dis bien il pourrait – contenir des indications sur certains personnages louches de son entourage, susceptibles de disculper Rob Hallam qui, par le plus grand des hasards, se cache dans vos fosses hydrauliques et... »

— Pas besoin de dire que je me cache ; mais sinon, oui, c'est à peu près cela.

— Et en attendant, tu restes là-dedans et frôles la pneumonie ?

— Sans doute, répondit-il en serrant sa veste contre lui.

— Ton plan ne tient pas debout.

— Tu as mieux à proposer ?

— Laisse-moi réfléchir.

Le fait de voir Rob dans un état si pitoyable décupla peut-être mon imagination ; toujours est-il que j'échafaudai un autre plan en un rien de temps.

— Ce n'est peut-être pas génial, déclarai-je, mais cela me semble cent fois plus faisable que ce que tu proposes.

« Mon plan est meilleur que le tien »... Pendant quelques secondes, il me sembla que nous avions à nouveau neuf ans.

— Le seul problème, continuai-je, c'est que je n'ai pas un rond.

— S'il n'y a que cela..., répliqua Rob d'un ton parfaitement détaché. L'argent est le cadet de mes soucis.

Il n'était pas endetté jusqu'au cou et n'avait pas dépassé son découvert autorisé, lui.

« Drôle de conversation pour des retrouvailles », pensai-je en retraversant le champ plongé dans la pluie et le brouillard. Rob savait-il que j'avais eu deux enfants depuis notre dernière rencontre ? Il était au courant de mon mariage car, avant que je m'en aille, il m'avait demandé poliment : « Au fait, comment va Owen ? » ; à quoi je m'étais sentie obligée de répondre : « Oh, ça va », ce qui n'était pas tout à fait vrai. Et voilà comment furent résumées près de dix années de ma vie.

4

Je retournai à la gare, consciente que plus l'après-midi passait, plus je m'amusais. « C'est indécent, me dis-je dans un sursaut de culpabilité horrifiée : Esme se bat contre la mort (j'avais appelé l'hôpital : pas de changement, m'avait-on dit), Rob moisit dans les Béliers, j'ai abandonné Owen et les enfants sans leur dire où j'allais ni quand je comptais rentrer, et moi, je me délecte de tout cela ! »

Au buffet de la gare, les sandwichs qui m'auraient normalement dégoûtée me mirent l'eau à la bouche : l'heure du déjeuner était largement passée et j'avais faim ! J'en achetai deux.

Une fois renseignée sur l'heure de départ du prochain train pour Londres, j'entrai dans la cabine téléphonique et composai le numéro de Martin's Court. On décrocha immédiatement.

— Allô ? fit une voix d'homme.

— Monsieur Drummond ?

— Oui.

— Jane Baer à l'appareil. Je…

— Qui ?

— Jane Baer.

— C'est l'hôpital ?

Il devait camper près du téléphone. Il avait l'air mort d'inquiétude et je m'en voulus d'avoir été abrupte.

— Monsieur Drummond, dis-je, je viens d'apprendre ce qui est arrivé à Esme. Je suis vraiment désolée…

Je trouve cette expression stupide, mais la préfère cent fois aux litanies de ma mère.

— Ah… oui, lâcha-t-il d'une voix moins tendue, ayant compris que je n'avais rien de nouveau à lui apprendre.

À mon grand soulagement, il ne tenta pas de minimiser son chagrin par un cliché du genre « C'est le genre de choses qui arrivent, vous savez ».

— Je suis la fille de Faith Piper.

— Ah, bien sûr, l'amie d'Esme ! J'ai parlé à votre mère pas plus tard qu'hier. Je suis idiot de ne pas vous avoir reconnue tout de suite. Excusez-moi…

« Je n'ai pas à vous excuser alors que je suis sur le point de vous mentir », pensai-je, en m'efforçant de ne pas me représenter l'homme aux cheveux grisonnants, rongé d'inquiétude, en faction près du téléphone dans l'entrée de Martin's Court.

— Monsieur Drummond, déclarai-je, cela va vous paraître bizarre, mais… ce qui est arrivé à Esme m'a tellement chamboulée… Je suis incapable de... à vrai dire, cela ne va pas très bien entre Owen et moi depuis quelque temps (rester autant que possible proche de la vérité est la règle de base du mensonge...). Je me demandais si... vous me permettriez de loger à Glory Cottage un jour ou deux. Mais peut-être avez-vous des locataires ?

— Non, il n'y en a pas, répondit-il d'un ton évasif.

Cette conversation où il n'était pas question d'Esme ne le concernait pas.

— Personne n'y habite. Nous avons bien logé là un jeune jardinier pendant quelque temps mais nous l'avons renvoyé, il n'était pas très efficace. Seulement, il doit y faire un peu humide.

— Oh, monsieur Drummond, comment vous remercier ? (Ma voix lui semblait-elle aussi fausse qu'à moi ?) Je vous appelle de Londres, mais si vous êtes d'accord, je pourrais arriver en début de soirée.

— À votre guise. Je ne serai sans doute pas là. Je suis juste passé prendre quelques affaires avant de retourner à l'hôpital. Mme Wicks vous ouvrira.

Je vis soudain Mme Wicks émerger de la tombe où je l'avais prématurément expédiée, et reprendre les rênes de Martin's Court.

— Je ne la dérangerai pas, j'espère.

— Non, elle vit ici maintenant.

— Ah, très bien. Monsieur Drummond, puis-je vous demander de ne parler de tout ceci à personne, surtout pas à Owen ou à ma mère, juste aujourd'hui ?

— Comme vous voudrez.

Je me confondis en remerciements jusqu'à ce qu'il m'interrompe poliment : si je n'y voyais pas d'inconvénient, il aimerait bien libérer la ligne, au cas où…

Je raccrochai. La partie la plus aléatoire de mon plan avait marché comme sur des roulettes. La présence de Mme Wicks à Martin's Court n'était, certes, pas idéale, mais j'aviserais plus tard. Assez fière de moi, je me dirigeai vers le quai et attendis le train pour Paddington en mangeant un sandwich.

Owen et moi avions parfois douté de jamais posséder une carte de retrait : nos finances avaient de tout temps été précaires, et les choses avaient encore empiré en début d'année avec la faillite de notre principal client, lequel nous devait toujours une somme importante. Nous étions depuis obligés de négocier le remboursement de nos dettes et de vivre au jour le jour du produit de nos ventes. L'idée d'utiliser un morceau de plastique pour accéder à une richesse incalculable me sembla donc particulièrement grisante.

J'étais à présent en plein Piccadilly avec en poche non pas une mais deux cartes de retrait, dont Rob avait gribouillé les codes secrets au dos de mes mains. Nous avions opté pour ce quartier central de Londres simplement parce qu'il indiquait que Rob n'avait pas quitté la capitale. J'avais craint que ses comptes ne soient bloqués, mais, m'avait-il judicieusement fait remarquer, il n'y avait aucun risque : s'il était effectivement recherché, les retraits d'argent serviraient au contraire à retrouver sa trace. Ce que la police ignorait, c'était qu'il avait une complice.

En attendant devant le premier distributeur, je n'en menais pas large : non seulement la lourde main d'un représentant de la loi pouvait à chaque instant s'abattre sur mon épaule, mais tous ces gens apparemment rompus au retrait d'argent allaient s'apercevoir de ma maladresse notoire, et je serais démasquée et traitée de voleuse. Grands dieux…

Mon tour arriva. Contrairement au caissier de la banque qui m'humiliait en allant vérifier le solde de notre compte avant de me tendre la modique somme que je demandais, la machine – ça alors ! – s'avéra on ne peut plus obligeante. Elle se répandit en « S'il vous plaît » et « Merci » avant de me demander : « Combien voulez-vous ? » Je poussai la flèche proposant 200 livres sterling et m'attendis au message : « Vous plaisantez ? » Mais non : l'appareil ronronna tranquillement quelques secondes et cracha dix billets neufs de 20 livres. Je souris aux anges ; aucune des personnes qui attendaient patiemment derrière moi n'applaudit cependant mon tour de passe-passe. Je partis en hâte à la recherche du second distributeur pour réitérer mon exploit.

Un peu plus tard, réfugiée dans les toilettes publiques, je vérifiais que j'avais bien 380 livres et cachais les billets dans mes chaussures, mon soutien-gorge et au fond de mon sac lorsque je réalisai qu'avec près de 400 livres je pouvais faire des folies – mais ma curiosité à l'égard de Rob et Esme et, bien sûr, mon honnêteté foncière m'en dissuadèrent. De toute façon, les magasins allaient bientôt fermer.

Ainsi capitonnée de billets de banque, j'avais l'impression d'être le point de mire général et, sur le chemin de la gare, j'épiai mon entourage de peur d'être agressée.

À Paddington, je m'aperçus que j'avais caché trop d'argent et que je n'en avais pas assez pour payer mon billet ; je dus m'éclipser une nouvelle fois aux toilettes pour en repêcher au fond de mon sac.

— Un aller simple, dis-je au guichetier, sans hésiter cette fois, et d'une voix assurée que je ne me connaissais pas.

C'était l'heure de pointe et le train de banlieue était bondé. Coincée entre des voyageurs aux mines renfrognées, je sentis soudain que cette journée interminable passée par monts et par vaux m'avait exténuée. À la pépinière, Owen devait en ce moment se partager entre le dîner des enfants, leur coucher et les corvées du soir. N'ayant jamais été séparée des enfants une seule nuit, je tentai de savoir s'ils me manquaient. En fait, j'éprouvais avant tout un vague sentiment d'angoisse – probablement toujours lié à l'avertissement voilé de ma mère, au verre cassé dans la pépinière, à l'accident d'Esme et, surtout, à la façon déplorable dont Owen et moi nous étions quittés. Je m'efforçai de ne plus y penser, mais sans pouvoir me défaire de la dernière image de Laura et Billy s'engouffrant chez Dinah. J'avais le cœur serré à la pensée que j'étais incapable de donner à ces deux petits êtres si fragiles et si précieux, de même qu'à Owen, ce dont ils avaient besoin. « C'est la fatigue qui me déprime », me dis-je. Mais cette lassitude était presque excitante à côté de l'ennui mortel, du travail éreintant et surtout de l'inquiétude qui étaient mon lot quotidien à la maison.

Je pris un taxi à la gare. Le chauffeur, qui avait une tête très étroite et, de dos, ressemblait à une poupée de chiffon pendue à un fil, me déposa à un Huit à Huit et m'attendit devant. Dans le supermarché, j'hésitai : quelle quantité de nourriture acheter ? Il me fallait donner l'impression de faire des courses pour moi seulement, mais à cette heure-ci Rob devait mourir de faim… Finalement, je ne pus résister à la tentation de m'offrir tout ce que nous ne pouvions nous permettre à la maison – olives, fromages sortant de l'ordinaire, vrai café et vin fin… Persuadée que tous les yeux étaient braqués sur moi, je me crus obligée de préciser à la caissière que les vacances me donnaient toujours un appétit d'ogre, mais elle se contenta de me regarder d'un air médusé sans faire de commentaire.

Le chauffeur de taxi m'aida à transporter mes sacs, et eut droit à la même explication sur les vacances et les ogres.

— Où va-t-on maintenant ? s'enquit-il après m'avoir informée qu'en vacances, lui, il buvait comme une outre.

— À Martin's Court. Vous voyez où c'est ?

— La grande maison bleue… ?

— C'est cela.

Je m'écroulai sur le siège arrière. « Je ferais bien de lui demander de m'arrêter à une cabine téléphonique pour appeler Owen », m'avisai-je. Mais c'était bizarre, je ne savais pas quoi lui dire ; autant, donc, ne pas me compliquer la vie. « Il n'attend sans doute pas mon appel avant demain », me dis-je, et cette pensée s'avéra déprimante.

Cependant mon malaise s'évanouit complètement lorsque, perçant le brouillard, les phares de la voiture éclairèrent la sobre façade de Martin's Court. Je fus assaillie par un mélange de nostalgie au souvenir de nos arrivées ici, de chagrin à l'égard de Lucien et de panique quant à ce que j'étais en train de faire...

Mme Wicks avait non seulement oublié de mourir mais il était également évident qu'elle avait omis de changer en quoi que ce soit. Je ne l'avais pas revue depuis près de vingt ans. Pendant toutes ces années, moi, j'avais grandi, vu mon frère mourir, je m'étais mariée, j'avais eu deux enfants, et créé une entreprise assez peu florissante. Elle semblait s'être contentée de continuer à remplir le cardigan bleu marine et la jupe marron qu'elle portait tous les jours lors de notre dernier été à Glory Cottage. Elle avait aussi gardé le visage pâle et sans expression que Lucien, méchant et néanmoins objectif, qualifiait de chou-fleur constipé. Petite fille, je pensais qu'elle n'était pas gentille avec nous parce qu'elle faisait partie de ces gens qui n'aiment pas les enfants, mais il ne me fallut pas cinq minutes pour comprendre qu'elle ne portait pas non plus les adultes dans son cœur.

J'arrivais à un drôle de moment et ne semblais pas avoir de valise, me fit-elle remarquer comme s'il s'agissait de fautes impardonnables.

— Je suis partie sur un coup de tête, répondis-je.

Elle prit un air renfrogné : Glory Cottage n'avait pas été aéré et il y ferait humide ; cela dit, l'hiver n'était pas la saison idéale pour y habiter. Avais-je pensé à prendre une lampe de poche ? Je ne devais pas compter sur elle pour traverser le verger à cette heure-ci, en plein mois de novembre, ça, certainement pas. Sur ce, elle poussa un gros soupir.

Je n'avais bien sûr pas de lampe de poche, et, ignorant que je devrais marcher à travers champs pour parvenir jusqu'aux Béliers, elle n'eut pas idée du problème que ce détail représentait pour moi.

— Oh, fis-je, aussi humblement que possible, il ne me viendrait pas à l'idée de vous demander de m'accompagner à cette heure-ci. Auriez-vous une lampe de poche à me prêter ? J'en achèterai une dès demain matin, c'est promis.

Elle me considéra d'un air furieux.

— Et qu'est-ce que je ferai, moi, s'il y a une coupure d'électricité ? répliqua-t-elle d'un ton dur.

Je me gardai bien de lui faire part des activités susceptibles d'être entreprises en cas de coupure d'électricité, ou même d'avoir l'air de me poser la question. Je réussis finalement à obtenir sa lampe torche. Elle me remit aussi la clef de Glory Cottage – une vraie grosse clef d'antan.

Avant de sortir par la porte de derrière chargée de mes sacs à provisions, de la lampe torche et de la clef, je m'enquis des dernières nouvelles concernant Esme.

Elle inspira brièvement d'un air méprisant.

— Je me demandais si vous vous en inquiéteriez. Pas de changement. Je n'en sais pas plus.

— Pauvre M. Drummond, dis-je. Il doit être tellement inquiet !

— S'il souffre, c'est qu'il le mérite, lâcha-t-elle en reniflant avec insistance.

Je parvins à lui souhaiter poliment bonne nuit avant qu'elle ne claque la porte derrière moi, et j'attendis d'être dehors pour, d'une voix étouffée par le brouillard, lui adresser la bordée d'injures que j'avais contenue.

Au grand jour, j'apprécierais sans doute que Glory Cottage soit caché des regards, mais, en pleine nuit, y parvenir relevait littéralement du parcours du combattant. De deux choses l'une : j'avais oublié où se trouvait l'allée contournant le verger, ou quelqu'un de malintentionné l'avait fait disparaître. Quoi qu'il en soit, je me tordis une cheville, pataugeai dans deux flaques d'eau, accrochai un des sacs en plastique aux branches et, enfin arrivée à la porte d'entrée, me cognai un tibia contre le gratte-pieds.

Je posai mes sacs par terre et mis la clef dans la serrure. La porte s'ouvrit sans bruit. Le rai de la lampe torche troua l'obscurité pour se poser çà et là sur des objets. Tremblant de peur pour la première fois, je tâtonnai à la recherche de l'interrupteur. La lumière se fit, et je me sentis un peu plus rassurée.

À la lueur de l'unique ampoule pendue au plafond de la grande pièce qui occupait tout le rez-de-chaussée, je reconnus les quelques meubles fatigués : deux sofas rebondis, une table en bois non loin de la cheminée, les éléments verts de la kitchenette, les carpettes bon marché jetées sur le linoléum... Rien n'avait changé. Mais je cherchai en vain les bruits et les senteurs de nos vacances estivales. Le murmure des voix venant des chambres du premier étage, le cliquetis des couverts entrechoqués tandis que l'on débarrassait, l'effervescence, la vie – tout cela s'était volatilisé. Le silence et le vide s'étaient installés avec l'humidité et la poussière.

Je m'octroyai un moment de répit pour frotter mon tibia endolori avant de ressortir chercher Rob dans les Béliers, mais, alors que j'ouvrais la porte, une ombre se détacha dans le noir.

— Dis donc, s'exclama Rob, tu as pris ton temps !

— Ça fait du bien d'être attendue, répliquai-je, contrariée.

Il ferma la porte derrière lui et, sans même me jeter un regard, commença à fouiller le contenu des sacs. Tombant sur la baguette de pain, il s'en coupa un gros morceau. Je fus atterrée par ses mains sales et ses gestes fébriles. « Je n'aurais jamais imaginé revoir Rob dans ces conditions », songeai-je en l'observant quelques secondes.

— Je vais faire des pâtes, annonçai-je. Je n'en aurai pas pour longtemps.

— Super.

Il sortit d'un des sacs la bouteille de vin et jeta un regard dédaigneux sur l'étiquette.

— Où est le tire-bouchon ? demanda-t-il.

— Comment le saurais-je ?

Il le trouva dans un tiroir vert à l'autre bout de la cuisine. Je le regardai enfoncer la pointe métallique dans le bouchon. Il avait du mal à ouvrir la bouteille. Ses mains tremblaient. Il devait être à bout de forces.

— Et merde, fit-il.

Ses épaules s'affaissèrent. Il détourna la tête. Il n'était pas loin de craquer.

Il ne restait rien du Rob Hallam au sourire carnassier, ambitieux et sûr de lui, que l'on voyait depuis des années à la télévision ou dans la presse. Sa veste pendait tristement sur ses épaules, le faisant paraître plus frêle qu'il ne l'était. Les yeux cernés, l'air hagard, les cheveux sales et dépeignés, il était méconnaissable. Et il ne frissonnait pas seulement de froid, non ; il tremblait véritablement.

Il se tourna vers moi et me jeta un regard anxieux.

— Tu sais, Jane, me dit-il en essayant de sourire, cette fois-ci, je suis vraiment dans le pétrin. (Sa voix trébucha.) Si tu n'étais pas venue, je ne sais pas ce que…

Il ne put aller plus loin.

Le sentiment d'abandon et de trahison que j'éprouvai soudain devant sa vulnérabilité ne dura qu'un instant. Je traversai la pièce, lui pris la bouteille et le tire-bouchon des mains, les posai sur la paillasse et, l'entourant de mes bras, je le serrai contre moi. Au bout d'un moment, il posa ses paumes dans mon dos. Il tremblait toujours, et la joue qu'il pressa contre la mienne était glacée.

— C'est cette foutue fosse…

— Tout va bien, dis-je doucement. Tu te sentiras beaucoup mieux après avoir mangé. (« Je suis en train de jouer à la maman », pensai-je.) Je vais ouvrir la bouteille de vin.

Comme je m'écartais de lui, ma poitrine fit un bruit de papier froissé.

— Qu'est-ce que c'est que ça ?

— Ah oui…

J'appuyai ma main sur mes seins et provoquai le même bruit.

— Je croyais que seuls les clochards mettaient du papier journal sous leurs vêtements, remarqua-t-il.

— Je n'en suis pas encore là.

J'ouvris la bouteille de vin, en emplis un verre et le lui tendis.

— À ta santé !

Il but d'un trait et se resservit.

— J'ai trouvé plus prudent de planquer l'argent, expliquai-je.

Je soulevai mon pull-over et, non sans regret, sortis les billets de mon soutien-gorge. Éberlué, Rob me regarda m'asseoir, retirer mes chaussures et libérer quelques billets de plus. Je les lui tendis.

— Tout ceci est à toi.

— Tu n'as pas un sac, ou un porte-monnaie ?

— Si. Attends…

Je fourrageai dans mon sac, y pris les derniers billets et les posai sur la pile.

— Je n'ai jamais eu autant d'argent, j'ai préféré éviter de me le faire voler.

— Je comprends.

Je crus qu'il allait éclater de rire, mais il était trop angoissé pour cela. Une note enjouée avait néanmoins percé dans son humeur sombre.

Dynamique et efficace, je me mis à m'activer dans la maison. Faisant momentanément acte d'humanité, Mme Wicks avait allumé le chauffe-eau et je pus faire couler un bain pour Rob. Il s'y installa avec le reste de la baguette de pain et la bouteille de vin. Pendant ce temps, je fis du feu dans la cheminée, mis les vêtements de Rob à sécher devant l'âtre, déballai mes emplettes et nous préparai à dîner. Sur la table en pin agrémentée de deux bougies fixées sur des sous-tasses, je posai avec fierté mon plat généreusement rehaussé d'ail, d'olives et d'anchois. Mais mes petites attentions n'impressionnèrent pas Rob, si affamé qu'il aurait avalé n'importe quoi. Il se mit à dévorer sans prendre le temps de parler ; quant à moi, la seconde bouteille de vin que j'avais commencée en préparant le repas m'avait rendue loquace, et je lui racontai mes prouesses de néophyte aux distributeurs d'argent et mes peu réjouissantes retrouvailles avec Mme Wicks. Le front barré d'une mèche de cheveux mouillés, Rob marmonnait de temps à autre pour indiquer qu'il m'écoutait. Le bain et la lueur des bougies lui donnaient l'air beaucoup plus présentable ; il avait en tout cas cessé de ressembler à un clochard. Tandis qu'il mangeait, je pus à loisir l'observer. Dans l'ensemble, il s'était plutôt arrangé malgré les dix années passées. Son visage avait maigri et acquis plus de caractère, ses mâchoires jadis un peu trop fortes lui donnaient à présent l'air volontaire : le second de Lucien avait appris à commander ! « Cela lui va bien », pensai-je, consciente que son charme avait sur moi le même effet qu'avant. Je me resservis à boire.

Enfin rassasié, il s'appuya au dossier de sa chaise et poussa un long soupir.

— À toi maintenant, dis-je. Raconte-moi exactement ce qui s'est passé.

Il fronça les sourcils puis, repoussant son siège, se leva et traversa la pièce pour s'effondrer sur le canapé d'un air exténué.

— Tu y tiens vraiment ? demanda-t-il en fixant le feu d'un air désarmé. Bon sang, je n'en peux plus !

J'ajoutai quelques bûches dans la cheminée et m'installai sur le tapis près du canapé. Il est, paraît-il, plus facile d'exprimer des choses graves quand on ne regarde pas son interlocuteur. Et j'étais bien décidée à faire parler Rob.

— Comment puis-je t'aider si je ne sais pas ce qui se passe ?

— Contente-toi de trouver le journal d'Esme.

— Pourquoi ?

— Je te l'ai dit.

— Mais je ne vois toujours pas…

Il changea de position d'un air agacé.

— C'est pourtant évident. Son psy, auquel j'ai l'impression qu'elle ne se confiait pas plus qu'à moi, lui a conseillé de noter tout ce qui l'angoissait.

— Pourquoi est-elle allée voir un psy ?

— C'était mon idée. J'ai pensé que cela l'aiderait.

— Bien sûr.

— Esme et moi, nous nous sommes retrouvés il y a un an environ. L'idée de commencer une relation nous faisait, je crois, peur à tous les deux, après ce qui s'était passé. Mais nous y sommes arrivés. Nous vivons ensemble depuis six mois.

— Je suis au courant, j'ai lu cet article...

— Elle ne se confie jamais beaucoup – mais je savais qu'elle avait vraiment galéré pendant des années. J'espérais qu'une psychothérapie l'aiderait à reprendre confiance en elle.

— Et qu'est-ce que cela a donné ?

Il ne répondit pas à ma question.

— Ça n'explique pas pourquoi tu as fini caché dans les Béliers, insistai-je.

— On ne pourrait pas en parler plutôt demain ?

Je commençais à me sentir une âme d'inquisiteur, mais je n'en avais cure.

— Tu m'appelles en pleine nuit pour me laisser un message aberrant, tu me fais traverser la moitié de l'Angleterre pour t'aider – tu me dois bien quelques explications.

— Hmm, j'ai dû paniquer, voilà tout.

— Pourquoi ?

Il poussa un soupir.

— Hier après-midi, j'avais rendez-vous au ministère de l'Intérieur à propos du refuge. Esme et moi nous étions disputés au cours du déjeuner...

— À quel sujet ?

— Hein ? Oh, je ne sais plus. Mais je n'arrêtais pas de penser à elle pendant cette réunion. J'avais hâte d'en finir avec ces types pompeux qui discutent des heures durant de choses auxquelles ils ne comprendront jamais rien... En rentrant, j'ai acheté un bouquet de fleurs – des chrysanthèmes –, j'avais envie d'être avec Esme. Je sentais peut-être qu'il lui était arrivé quelque chose. Une fois à l'appartement, j'ai ouvert la porte et je l'ai trouvée, là, allongée par terre, recroquevillée sur elle-même. Je n'étais même pas sûr qu'elle respirait. Il y avait du sang... J'ai ramassé le bol en albâtre. J'ai... J'ai...

— Tu as appelé une ambulance, ou la police ?

— Je... peut-être... je ne me rappelle plus.

— Quoi ?

— Je sais, c'est à peine croyable, mais j'ai tout simplement oublié ce qui s'est passé ensuite. Il faisait presque nuit quand je me suis retrouvé en train de marcher au bord de la Tamise. J'étais incapable de penser. Je commençais à comprendre que je m'étais mis dans de sales draps en m'enfuyant : les fleurs restées par terre, mes empreintes sur le bol en albâtre... J'ai marché pendant des heures le long de la rivière. J'ai songé à m'y jeter, pour en finir avec tout cela. Je n'aurais pas pu supporter d'être interrogé et réinterrogé pour quelque chose dont je n'étais pas responsable ; voir les flics douter de moi... m'entendre bafouiller... J'ai vraiment failli sauter. Et puis, j'ai entendu la voix de Lucien. On aurait dit... Peut-être était-ce le fait d'avoir été près de la rivière... Je l'ai entendu prononcer le code. Alors, je suis venu ici. Et je t'ai appelée.

— C'est toi qui as raccroché hier soir en entendant la voix d'Owen ?

— Oui. Je n'ai pas osé lui faire confiance. Après t'avoir parlé, je me suis caché dans les Béliers. Voilà, c'est tout.

Ce n'était visiblement pas « tout », mais c'était un début.

Sa main effleura mes cheveux. J'inclinai la tête pour faire durer sa caresse.

— J'avais l'intention de tout te raconter, reprit-il, mais en entendant ta voix j'ai eu l'impression de faire un bond en arrière de dix ans... J'ai été pris de court... Tout ce que j'ai pu dire, c'est le code. Après, j'ai eu peur que tu ne me croies fou.

— J'y ai pensé, oui, avant de me dire que la folle, c'était peut-être moi et que j'avais rêvé notre coup de fil.

— Il n'empêche, tu es venue. C'est tout ce qui importe.

— Oui.

Je me retournai et levai les yeux vers lui. Pour la première fois aujourd'hui, il semblait presque détendu. L'ébauche d'un sourire adoucissait son visage ; son regard brun perdait peu à peu l'air égaré qu'il avait eu jusque-là. Il me fixa avec une certaine affection... mais soudain son expression changea. On aurait dit que je lui rappelais quelque chose de terrifiant. L'air choqué, paniqué même, il retira brusquement sa main de mes cheveux.

— Que se passe-t-il ? Qu'est-ce que tu as ? dis-je.

— Lucien... Tu as eu...

Je fis face de nouveau à la cheminée.

— Ce n'est pas la première fois, murmurai-je.

Lucien et moi ne nous ressemblions pas beaucoup. Il avait le charme du vif-argent et j'étais disgracieuse ; et lorsque nous réfléchissions, lui avait l'air pensif tandis que je donnais presque l'impression de bouder. Mais nous étions indéniablement frère et sœur ; nous avions, paraît-il, la même bouche et cette expression changeante dans le regard...

Je ramenai mes genoux contre ma poitrine.

— Je sais, c'est dur. Malgré le temps, la douleur nous saute dessus quand on s'y attend le moins...

— Tu ne comprends pas, dit-il.

Mais si, je comprenais.

— Parfois, j'ai l'impression de voir Lucien dans la rue, continuai-je. Il suffit que quelqu'un lui ressemble de dos ou ait la même démarche que lui. Tu te souviens, il faisait des petits bonds de côté quand il était pris d'une idée ou d'une intuition géniale...

— Tu parles même comme lui...

C'était inexact. J'avais seulement certaines intonations de mon frère quand je parlais de lui, et cela m'arrivait de plus en plus rarement.

— Tu te rappelles cette interminable histoire un peu bébête que racontait Lucien, sur la disparition des zèbres dans le Sussex ? demandai-je. Pas plus tard qu'hier, je la racontais au fils d'une amie. Il n'a rien compris, évidemment : je ne suis pas Lucien et n'ai pas son talent de conteur.

Les mots me venaient comme des larmes longtemps contenues. J'avais tant besoin de parler de mon frère avec Rob ! Lui seul pouvait comprendre, car lui seul avait connu Lucien, cet être non seulement intelligent et drôle mais aussi infiniment tendre et aimant.

— C'est horrible, mais parfois je lui en veux à mort d'avoir à ce point compté pour moi. Mes souvenirs les plus lointains sont de lui, pas de ma mère. C'est lui qui me racontait des histoires, qui me rassurait quand j'avais peur, lui qui s'est occupé de moi quand j'ai commencé à aller à l'école... Si j'avais eu un père, ou si Faith et moi avions été plus proches, peut-être n'aurait-il pas été aussi important. Et puis, il est parti et j'ai tout perdu. Et sais-tu ce qui m'est le plus insupportable et me reste vraiment en travers de la gorge ?

Rob ne répondit pas, mais je continuai sur ma lancée.

— Tu te souviens de l'été où il nous a assommés avec ses secrets ? Nous devions tous en dire un, mais lui a absolument refusé de nous confier le sien. Il répétait : « Si je vous le révèle un jour, vous en serez babas. » Et, bien sûr, on ne l'a jamais su. Cette histoire m'était, avec les années, à moitié sortie de l'esprit, mais chaque fois que j'y repensais, je me disais : « Un jour, il finira bien par le lâcher, son "cinquième secret" ! Seulement voilà, il ne pourra plus le faire. Ce chameau – partir sans dévoiler son secret à personne ! Même pas à moi ! Il te l'a dit, à toi ?

Silence radio.

— Rob ?

Je poussai son genou du coude. Il y eut comme un long soupir, et il bascula en arrière sur le canapé. Je me retournai : il dormait profondément.

— Sympa..., grommelai-je.

Je me levai, remplis mon verre, et me pelotonnai dans un fauteuil tapissé de chintz usé imprimé de roses. J'avais bu, j'étais lasse mais je n'avais pas la moindre envie de dormir. Voilà dix ans que j'attendais de parler à Rob, et, maintenant qu'il m'était donné de le faire, il dormait. Tant pis, il était là, c'était mieux que rien. Comme aimait répéter Mme Wicks, « Nécessité fait loi » – ce que, au grand dam d'Esme, Lucien avait transformé en « Les pédés ne font pas la loi »…

Je regardai le corps assoupi de Rob. Il était bien parti pour dormir au moins deux jours – juste ce qu'il me fallait pour tenter de voir où j'en étais avec lui. En fait, je n'avais jamais su quels étaient mes sentiments pour Rob.

C'était le meilleur ami de mon frère. J'avais huit ans et lui onze quand il entra dans nos vies. Nous devînmes très vite aussi proches qu'un frère et une sœur. Enfin, presque. Tant que Lucien et lui me traitèrent en garçon, les choses furent simples ; ils me permettaient de participer à leurs jeux, et en échange, j'étais ravie d'abdiquer mon statut de fille, allant jusqu'à trahir mes amies, dont je n'hésitais pas à raconter les confidences pour gagner leur approbation. Notre dévouement à Lucien était tout ce qui nous unissait, Rob et moi.

C'est du moins ce que nous prétendîmes jusqu'à l'adolescence. Après, notre relation devint plus trouble, et je surpris parfois Rob à me regarder bien autrement que comme un frère. Nos bagarres étaient à certaines occasions teintées de dépit et nous faisions semblant d'être surpris d'en émerger avec des bleus.

Lucien encourageait ce petit jeu. Quand nous étions seuls, il était assez gentil avec moi, mais il clamait par ailleurs haut et fort que « les sœurs » étaient une sous-espèce de la race humaine. Il m'arrivait de protester, mais en mon for intérieur j'étais d'accord avec lui. Lorsque Lucien et Rob commencèrent à s'intéresser aux filles – plus tard que la plupart des garçons de leur âge –, je devais avoir douze ans. Je me trouvais laide, avec mes yeux noirs et mon air hagard, je manquais de confiance en moi et osais à peine me regarder dans la glace. Lucien eut beau me dire un jour, pour me remonter le moral, que mon visage maigre me donnait l'air d'une « gamine », je savais que la différence entre une gamine et un épouvantail était mince et ne jouait pas en ma faveur. Ma mère, quant à elle, ne cessait de m'appeler « Pauvre Jane », et cela n'arrangeait pas mon cas.

Et puis, vers l'âge de dix-sept ans, le vilain petit canard se transforma et je découvris que, sans escompter devenir jamais une gravure de mode, je pouvais être jolie. C'est alors qu'Esme, le cygne majestueux, refit surface parmi nous. Elle était d'une beauté époustouflante – une peau sublime, des yeux de biche, des jambes interminables, et un air tranquillement sûr de soi. J'en restai bouche bée ; et pour Rob, ce fut le coup de foudre. Je ne sais combien de fois il me raconta que, un jour où Esme – elle travaillait alors dans une galerie à Londres – visitait Oxford avec son chevalier servant du moment, il faillit tomber par la fenêtre en essayant d'attirer son attention. Ce fut la première fille qui créa la zizanie entre Lucien et lui, mais elle ne le fit certainement pas exprès. Bref, ne pouvant espérer faire le poids en matière de bonté et de beauté, je décidai de m'enlaidir – et c'est plus difficile qu'on ne le pense. Je me rasai le crâne, me fis tatouer un petit rapace sur l'épaule et évitai autant que possible le beau trio infernal.

Rob et Lucien entrèrent en terminale. Je les voyais peu et ne sus jamais comment Rob et Esme en vinrent à sortir ensemble… ni comment, un an plus tard, Esme quitta Rob, alors étudiant à Londres, pour devenir la petite amie de mon frère, lequel tentait de trouver où employer ses multiples talents. Toujours est-il que Rob se mit à rechercher ma compagnie. Au début, j'en fus flattée – notre attirance réciproque non dite allait enfin peut-être s'exprimer ? Mais il s'avéra très vite qu'il ne voulait être avec moi que pour pouvoir parler d'Esme. C'était très bizarre.

Il était toujours très gentil au téléphone.

— Salut ? On dîne ensemble ce soir ?

Comme une idiote, j'acceptais. Nous nous donnions rendez-vous dans un restaurant. Il me demandait comment j'allais, ce que je faisais, je commençais à me détendre. Et puis, après deux verres de vin, il passait au véritable sujet de la soirée : Esme. « Je me demande comment Esme… », « T'ai-je raconté la fois où Esme et moi… » L'absente se faisait omniprésente, et moi, j'en étais réduite à jouer les potiches. J'avais beau tenter de changer de conversation, il revenait obstinément à elle. J'essayais d'en plaisanter, plaçant

125

une troisième chaise à notre table et donnant à Esme le rôle de Banquo, le fantôme de *Macbeth*[1], mais Rob me regardait sans comprendre. Petit à petit, je perdais pied et éprouvais l'horrible impression de me désagréger, de me fondre hors de la réalité. Sur le moment, c'était imperceptible, je ne m'en rendais vraiment compte qu'une fois seule dans ma chambre et m'en révoltais.

— Et moi ? gémissais-je en vain, j'existe aussi ! Regarde-moi !

Et puis, un dimanche après-midi d'été, nous nous promenions dans Hyde Park lorsqu'il s'arrêta soudain, le visage empreint de l'expression mélancolique que je lui connaissais bien.

— Esme et moi venions ici tous les jours quand il neigeait l'hiver dernier, déclara-t-il. Nous faisions des batailles de boules de neige, j'ai construit une luge...

La touffeur de Londres eut soudain raison de moi.

— Ça suffit ! m'écriai-je, j'en ai marre !

— Mais qu'est-ce qui t'arrive ?

— Si tu ne peux t'empêcher de rabâcher tes sempiternels souvenirs avec Esme, va voir un psy ou achète-toi un dictaphone ! Moi, je ne veux plus te servir d'exutoire !

Il se raidit.

— Mais tout ce que j'ai dit...

---

1. Pièce de Shakespeare. Macbeth, général usurpateur et tyran, tue le roi d'Écosse Duncan et son compagnon Banquo, dont le spectre le hante. *(N.d.T.)*

— Je sais, je sais, je connais ta rengaine : Esme à la montagne, Esme à la plage, Esme et la drogue, Esme chez l'antiquaire ! J'en ai assez de t'entendre radoter sur l'éternelle Esme ! Je me fiche qu'elle décroche le prix Nobel de la paix ou épouse le pape ! Je ne veux plus en entendre parler !

Il était consterné. Il ignorait, me dit-il, que certains sujets étaient interdits. Il aurait évidemment dû me demander l'autorisation d'évoquer une amie d'enfance commune. Pourquoi étais-je tout à coup si excessive ? Si sa compagnie me pesait autant, conclut-il, il éviterait dorénavant de me l'imposer.

— Parfait ! lâchai-je d'un ton cassant, faute de trouver autre chose à répondre.

Mais en le regardant s'éloigner, je compris soudain que je préférais passer des soirées à l'écouter parler de son chagrin d'amour plutôt que ne pas le voir du tout.

À ma stupéfaction, il m'appela au bureau le lendemain. Il reconnaissait avoir été très égoïste en se servant de moi pour faire le deuil d'Esme, mais ma colère lui avait permis de comprendre qu'il était guéri du passé. Il voulait se faire pardonner : pouvions-nous fêter cela et dîner ensemble le soir même ? J'acceptai, bien sûr.

Il avait fait une chaleur caniculaire et Londres, ce soir-là, était une étuve. J'avais mis une robe légère à fines bretelles et, en me regardant dans la glace avant de sortir, je notai que mon visage semblait plus ouvert, plus plein. Je me trouvai presque belle. Et puis, alors que je m'apprêtais à écouter Rob parler pendant des heures de l'incomparable Esme, il ne fut pas une seule fois question d'elle. Il n'eut d'yeux que pour moi, et je me rendis peu à peu compte qu'il me faisait la cour. J'étais sur un petit nuage.

Il me proposa d'aller finir la soirée chez lui, mais je refusai gentiment. Il avait changé si vite – je nous imaginais faisant l'amour, et lui ne pensant qu'à Esme.

— La prochaine fois, dis-je.

Le baiser qu'il posa doucement sur mes lèvres faillit me faire changer d'avis.

— C'est promis ? murmura-t-il en me buvant des yeux.

— Promis, affirmai-je.

Après tout, un ou deux jours ne faisaient pas grande différence.

Il s'absentait pour le week-end, et nous convînmes de nous revoir le dimanche soir à son retour.

Je passai les deux jours suivants dans un état de bienheureuse torpeur. La canicule persistait, et Londres chatoyait dans l'air poussiéreux et chaud qui montait des rues et empêchait de dormir. Comme une adolescente en émoi, je pris des bains interminables, restai des heures affalée sur mon lit, trop excitée pour dormir, trop alanguie pour faire quoi que ce soit ; je marchai seule dans les rues bondées, m'émerveillant de tout.

C'est dans cet indicible état de bonheur anticipé que la nouvelle me parvint : mon frère avait eu un accident. Il était tombé d'une falaise, on l'avait emmené aux urgences dans un état critique.

Sous le choc et ne réalisant pas encore, j'eus un mouvement de colère à l'encontre de Lucien : une fois de plus, il faisait capoter mes projets. Mais dans le train qui traversait la campagne brûlée par la sécheresse et m'emmenait vers l'hôpital du Dorset où Lucien luttait, entre la vie et la mort, j'avais confiance : mon rendez-vous avec Rob était seulement reporté.

Comment aurais-je su qu'à partir de ce jour je ne verrais plus Rob, qu'il disparaîtrait de ma vie comme si lui, et non Lucien, avait eu cet accident ?

Rob faisait quasiment partie de ma famille et personne, pas même Éric, ne comprit sa soudaine défection ; pour une fois, je partageai l'affliction de ma mère qui fondit un jour en larmes en murmurant : « Rob a toujours été comme un deuxième... » Elle ne put prononcer le mot « fils ». « ... comme un neveu, rectifia-t-elle. Comment peut-il disparaître sans rien dire ? »

C'était pourtant bien ce qu'il avait fait.

Rob ronflait doucement. Le temps a beau marquer un visage, il reste étrangement le même. Malgré les rides plus prononcées autour de sa bouche, sa peau un peu épaissie, ses joues amaigries, Rob, abandonné au sommeil, n'avait pour ainsi dire pas changé. « Il me suffirait peut-être de tendre la main et de le toucher pour que nous redevenions les enfants que nous avons été », pensai-je fugitivement, les larmes aux yeux.

— Rob, murmurai-je, passe encore que tu ne sois venu ni à l'hôpital ni à l'enterrement, mais après, tu aurais pu donner signe de vie, nous dire que tu ne nous avais pas complètement oubliés. On ne disparaît pas comme cela de la vie des gens. Ça ne se fait pas...

Il émit un petit grognement béat.

— Pour l'amour du ciel, dis-moi ce qui t'est arrivé ! implorai-je en vain.

Le feu s'était éteint et je commençais à avoir froid, mais je renonçai à essayer de trouver des bûches. Soudain, j'étais très lasse et j'avais mal à la tête.

Me levant avec difficulté, je passai devant la cheminée pour m'accroupir près de Rob. Apaisé, son visage avait perdu l'expression égarée qui m'avait fait prendre conscience des années passées ; à présent, je ne voyais plus que les traits si familiers. Ses vêtements séchés devant l'âtre sentaient le feu de bois et ses cheveux avaient encore l'odeur de savon des enfants après le bain. Je me sentis portée par une énorme bouffée de tendresse et de soulagement. Peu importait la raison qui avait remis Rob sur mon chemin : une partie essentielle de ma vie m'avait été rendue. Rob était le seul qui eût aimé Lucien aussi inconditionnellement que moi, lui seul pouvait comprendre et partager mon chagrin.

Je pris sa main et la pressai contre ma joue. Il la retira sans s'éveiller et me tourna le dos. La frustration que j'en éprouvai, mêlée à celle que je contenais depuis des années, me donna envie de le réveiller et de l'obliger à écouter ma colère. Comment avait-il pu me laisser tomber alors que j'avais eu tant besoin de lui ! J'envisageai un instant de passer la nuit à son côté sur le canapé, dussé-je me faire toute petite et mal dormir, pour éviter qu'il ne disparaisse à nouveau avant d'avoir entendu tout ce que j'avais à lui dire. Mais j'abandonnai cette idée – j'étais bien trop fatiguée pour ce faire.

« Ses explications sont quand même un peu courtes, réalisai-je soudain, en dépit de mon ébriété. Et si l'agresseur d'Esme, c'était Rob ? Cela expliquerait sa peur d'être interrogé par la police... Et si tel était le cas, alors j'étais peut-être en train d'aider un assassin... Les maris et les amants font toujours des coupables très plausibles, j'étais certaine de l'avoir lu quelque part... Mais cette pensée disparut aussi vite qu'elle m'était venue. Je connaissais Rob depuis trop longtemps pour jamais le soupçonner d'une tentative de meurtre.

Je me relevai.

— Rob... tu es vraiment nul, fis-je, d'une voix où l'affection avait à présent pris le pas sur la colère.

Montant à l'étage, je pris un édredon sur un des lits puis redescendis. Rob dormait profondément, et il se contenta de bouger un peu quand je l'étendis sur lui et enlevai ses chaussures.

Après avoir empilé la vaisselle sale dans l'évier – mieux valait ne pas laisser de traces d'un repas pour deux –, je m'assurai que tous les rideaux étaient tirés et fermai la porte.

Je me glissai dans un des lits – celui que, petite fille, j'avais occupé – et m'enfouis sous la couverture. J'aurais dû réfléchir à ce qu'il me faudrait faire le lendemain, mais la fatigue eut raison de moi et je m'endormis, bercée par le chant familier de la rivière.

5

— Jane, réveille-toi !

Rob était assis sur le bord de mon lit et devait m'avoir appelée plusieurs fois avant de parvenir à me faire ouvrir les yeux. Je tournai mon poignet vers la faible lueur qui filtrait à travers les vitres embuées et jetai un coup d'œil sur ma montre.

— Mais il n'est pas encore huit heures, protestai-je.

— Je suis debout depuis des lustres. Allez, remue-toi, tu as du pain sur la planche !

— Je n'en ai pas fait assez hier ?

— Hier, c'était hier.

— On dirait Owen, grognai-je en me réfugiant sous la couverture.

Il sauta sur ses pieds et se mit à tourner en rond dans la pièce, allant d'une fenêtre à l'autre pour jeter un coup d'œil dehors, passant les doigts sur les quelques meubles de la pièce comme pour vérifier qu'on les avait dépoussiérés... La nuit l'avait décidément revigoré et il débordait d'énergie. J'avais la gueule de bois et son agitation me fut insupportable.

— Ne t'approche pas de la fenêtre, idiot. On va te voir. Pourquoi as-tu ouvert les rideaux ?

— Jane, nous sommes au premier étage et il y a un pommier juste en face. Le petit déjeuner est prêt.

— Je n'ai pas faim.

— Je te donne cinq minutes.

Je fermai les yeux très fort, mais, trop impatiente de savoir ce que nous réservait la journée, je ne pus me rendormir et descendis. En bas, il ne subsistait aucune trace du dîner de la veille ; le coin-cuisine était impeccable et sur la table recouverte d'une nappe à carreaux dénichée Dieu sait où, il y avait du pain grillé, du jus de fruits et des œufs brouillés. La pénombre préservée par les rideaux toujours fermés convenait à ma cervelle en capilotade – contrairement à la radio, qui hurlait les informations. Je l'éteignis.

Rob bondit sur ses pieds et la ralluma d'un geste sec.

— C'est pour étouffer nos voix, dit-il, me voyant près de protester.

Les rôles étaient inversés. Vulnérable et épuisé la veille, Rob, qui devait avoir petit-déjeuné ou n'avait pas faim, faisait montre d'une efficacité dont j'étais dépourvue.

— Quelle est ma mission aujourd'hui ? demandai-je docilement tandis qu'il me regardait manger avec impatience.

— Aller chercher le journal d'Esme, bien sûr.

J'avisai ses vêtements froissés et sa barbe de plusieurs jours.

— Je pourrais peut-être aller en ville et t'acheter de quoi te raser et t'habiller convenablement, proposai-je.

— Il y a plus urgent. D'abord, le journal d'Esme, répliqua-t-il en se levant pour commencer à débarrasser la table.

— Que vas-tu faire en attendant ? soupirai-je devant tant de fébrilité.

— Je n'en sais rien. Traîner là-haut en essayant de ne pas devenir fou.

Je le suivis jusqu'à l'évier.

— Comment peux-tu être aussi sûr que ce journal sera d'une aide quelconque ? Peut-être ne mentionne-t-il personne, et même si...

— C'est mon problème. Contente-toi de mettre la main dessus.

— Je ne comprends vraiment pas, insistai-je. Si ce journal est, comme tu l'assures, la clef de toute cette histoire, pourquoi ne pas en parler à la police ? Ils ont, eux, les moyens de le chercher et...

— Mais tu es stupide ou quoi ? s'exclama-t-il en devenant tout pâle.

— Pourquoi ?

— Jane, pour l'amour du ciel, cesse de discuter et va chercher ce foutu journal !

Il lâcha sur l'égouttoir le reste de la vaisselle, alla décrocher mon blouson pendu derrière la porte et me força à l'enfiler. « Si tu me bouscules, tu devras chercher le journal toi-même », m'apprêtai-je à dire, mais il m'agrippa soudain par les deux bras.

— Fais ce que tu veux, Jane, dit-il âprement, mais surtout ne lis pas le journal d'Esme. Tu saisis ?

Je me dégageai.

— Non, je ne saisis rien du tout. Il faudra bien que j'y jette un coup d'œil pour vérifier que c'est lui. En plus, je croyais que le but était de savoir ce qu'Esme a écrit sur...

Rob prit une longue inspiration. Garder son calme exigeait visiblement de lui un énorme effort.

— Bon, fit-il. Excuse-moi. Mais je te demande de m'écouter. Il s'agit du journal intime d'Esme. Elle y a noté ce qu'elle a de plus personnel, le genre de trucs qu'elle n'a même pas pu me dire, et qu'elle avait tout juste commencé à confier à son psy. Tu connais Esme, c'était – enfin, c'est – quelqu'un de très secret. Si elle apprenait qu'on a lu ses pensées intimes, elle ne s'en remettrait pas. Elle a beau être à l'hôpital, elle a droit à un minimum de respect.

— Oui, mais...

— Tu ne te souviens peut-être plus d'Esme. Moi, je vis avec elle depuis six mois. Elle serait bouleversée, je le sais, d'apprendre que toi ou une bande de flics avez lu son journal. Promets-moi de ne pas le faire. Pour elle, pas pour moi.

Être mise dans le même sac que des policiers inconnus ne me plaisait pas vraiment, mais à quoi bon protester ? Cette discussion ne nous menait à rien.

— Imagine-toi, à sa place, dans le coma, insista Rob.

— D'accord, déclarai-je en ajustant mon blouson. Je vais faire aussi vite que possible.

135

— Tu ne liras pas le journal, n'est-ce pas ?

— Sauf si...

— Promets-le-moi, Jane.

— C'est promis.

Son visage se détendit et il esquissa un sourire.

— Bonne chance, dit-il.

Je sortis sans un mot. « Je ne doute pas une seconde de sa sincérité, pensai-je en serrant mon blouson plus fermement contre l'air froid du matin ; alors, pourquoi ai-je l'impression qu'il me raconte des histoires et en rajoute dans le genre mélo ? »

La bruine avait cessé et le brouillard s'était levé par endroits, laissant çà et là filtrer de pâles rayons de soleil détrempé. Une fois certaine de ne plus être dans le champ de vision de Rob, je m'arrêtai sous les pommiers nimbés de brume pour reprendre ma respiration. Il m'avait communiqué son stress et mon cœur battait la chamade. C'était peut-être monstrueux, vu les circonstances, mais je fuyais pour la première fois depuis des années ma routine quotidienne et j'avais bien l'intention d'en profiter. En outre, il me fallait du temps pour réfléchir à la meilleure façon de circonvenir Mme Wicks. Je l'imaginais, les yeux écarquillés comme des soucoupes, assise derrière une table, montant la garde devant la chambre d'Esme.

Prenant soin de ne pas être vue, je descendis vers la rivière, traversai la rangée de saules, et fus bientôt près de la cabane à bateaux, sur le petit carré d'herbe moussue témoin de nos jeux d'enfants. Il était moins grand que dans mon souvenir et, aux yeux de l'adulte que j'étais aujourd'hui, il n'avait rien de remarquable. Un peu déçue, je m'accroupis et fermai les yeux, sans parvenir à retrouver la magie d'antan.

Ce fut alors que j'aperçus le bateau. Il devait être hors de l'eau depuis des années et piquait du nez dans la terre – le bois pourrissait, l'herbe poussait entre les sièges… Pauvre bateau, personne ne s'en souciait plus. Il nous avait pourtant bien servi pour monter et descendre la rivière. Oh, pas très loin : les eaux dont nous étions les explorateurs se limitaient à trois kilomètres alentour. Après, il y avait des plages de galets et des endroits habités, et nous tenions à rester loin de la civilisation.

Il avait eu des rôles divers et variés, ce bateau, me rappelai-je en souriant. Nous en avions fait une galère romaine – la *Marie-Céleste*. Lucien avait en partie appris le *Dit du Vieux Marin* à l'école et, pendant un temps, il ne jura plus que par ce poème. Celui-ci nous inspirait moins que lui car il offrait peu de rôles intéressants. Mon frère était bien sûr le Vieux Marin et, ficelé au bateau, l'apathique Boule de Neige faisait l'Albatros. Je réentendis Lucien déclamer de sa voix claire :

> *Tous ces hommes si beaux !*
> *Tous ils étaient étendus, morts :*
> *Et des millions d'êtres visqueux*
> *Continuaient à vivre, et je vivais avec eux* [1].

Quoique réticents, Rob et Owen acceptaient d'être tous ces hommes si beaux et de mourir à

1. S. T. Coleridge, *op. cit.* (N.d.T.)

chaque fois. Esme et moi faisions évidemment les millions d'êtres visqueux, et j'en voulais beaucoup à Lucien pour cela.

À notre grand soulagement, Lucien annonça, un jour où nous étions assis en rond sur l'herbe, comme d'habitude, qu'il était lassé du *Dit du Vieux Marin* ; il avait inventé autre chose : les jeux de meurtres. Rob le suivit, comme toujours. Mais Owen, lui, déclara avoir mieux à faire que réfléchir aux différentes façons de tuer les gens. Aucun de nous n'ayant jamais osé contester les idées de Lucien, nous regardâmes Owen avec effarement. Ainsi, sa sensibilité, ses traits fins et ses manières douces cachaient quelqu'un d'obstiné ! Lucien plissait les yeux. Abasourdie, je me demandai comment il allait gérer cette atteinte à son autorité.

— Et pourquoi ça ? lâcha-t-il enfin.

— C'est trop facile de détruire, dit Owen après mûre réflexion. Il vaut bien mieux construire.

— Non, mais, qu'est-ce que tu te prends au sérieux ! s'exclama Lucien.

Mais sa remarque était si déplacée qu'elle n'eut aucun effet et s'éteignit comme un pétard mouillé. Owen se contenta de hausser les épaules et nous laissa jouer aux meurtres sans lui.

« Aucun de nous n'en fut conscient à l'époque, songeai-je à présent, mais ce fut ce jour-là qu'Owen, sans même l'avoir cherché, gagna le respect de Lucien. »

Un ou deux jours plus tard, intriguée par la fascination un peu obsessionnelle de Lucien pour les jeux de meurtres, je me pris à regretter l'innocence du *Dit du Vieux Marin* et mon rôle de chose visqueuse…

Tandis que je baguenaudais parmi mes souvenirs, le soleil sortait de la grisaille et miroitait sur l'herbe et les tiges de saule mouillées. Un merle se mit à chanter au-dessus de moi et son gazouillis vint rythmer le chuchotis de la rivière et les pulsations continues des Béliers.

Les oiseaux, la rivière, les Béliers – pour la première fois, j'eus l'impression d'être de retour au Glory Cottage de mon enfance.

Mme Wicks n'était pas assise derrière une table mais en train de repasser une nappe, et je pris cela pour un signe positif, même si l'expression de son visage n'augurait rien de bon. Je m'accrochai un sourire aux lèvres et fis semblant d'être concernée par son arthrose, ses cors aux pieds – bref, ce qui lui donnait cet air compassé.

— Bonjour, madame Wicks, lançai-je. Comment allez-vous ce matin ?

— Ça va.

— Quelles sont les nouvelles ? fis-je, l'air grave. Concernant Esme, j'entends.

Elle posa sur moi ses petits yeux durs et, de ses doigts boudinés, se mit à triturer les boutons de son cardigan.

— Toujours dans le coma. Elle ne réagit à rien, ne m'a même pas reconnue, hier soir… Son père essaie de l'aider, qu'il dit, ajouta-t-elle, extrêmement sceptique quant aux efforts de M. Drummond.

Je ravalai ma colère et, me rappelant qu'Owen avait été son chouchou, tentai d'imaginer la façon dont il aurait procédé.

— Et comment M. Drummond fait-il face ? m'enquis-je, du ton compatissant d'Owen.

Une lueur presque bienveillante adoucit son regard de marbre pour disparaître aussitôt.

— Il fait face, lâcha-t-elle froidement.

— Est-ce qu'il est là ?

— À l'hôpital.

— Pauvre M. Drummond. Quel choc pour lui !

— Vous avez pensé à la lampe torche ? demanda-t-elle en recommençant à repasser fré-nétiquement.

Aïe !

— Mon Dieu, j'ai complètement oublié, avouai-je. Je peux aller la rechercher tout de suite, si vous voulez ?

— À vous de voir.

Mes efforts pour l'amadouer produisaient l'effet inverse.

— Pensez-vous que M. Drummond verrait un inconvénient à ce que j'emprunte un livre ? Il doit y en avoir dans la chambre d'Esme.

— Peut-être bien.

— Merci, dis-je, m'empressant de voir dans cette réponse un laissez-passer. Je n'en aurai pas pour longtemps.

— Je m'en vais dans une demi-heure, pré-cisa-t-elle.

Bonne nouvelle.

— Ne m'attendez pas, proposai-je, je fermerai en partant.

— Non, c'est moi qui fermerai après vous, rétorqua-t-elle. Si M. Drummond apprenait que je laisse entrer des étrangers dans la maison quand je n'y suis pas... Il y a eu des cambriolages dans la région récemment.

Préférant m'abstenir de tout commentaire, je me dirigeai vers la porte.

— Esme avait toujours la chambre qui jouxte la salle de bains, remarquai-je.

— Ça n'a pas changé, dit-elle.

Je sortis de la cuisine et m'engageai dans l'entrée. Il y avait là un tapis à rayures que je ne connaissais pas. Je fus frappée par cette nouveauté, car pour le reste Martin's Court n'avait presque pas changé en vingt ans : même mobilier clairsemé, même sobriété un peu froide, seulement égayée par le rai de soleil teinté tombant du vitrail de la cage d'escalier. John Drummond avait apparemment souhaité conserver le style austère de sa femme après la disparition de celle-ci.

Je passai la tête par les portes entrebâillées des pièces donnant dans l'entrée. L'une était un grand salon au parquet ciré, meublé de quelques sièges avachis avec deux gravures ternes accrochées aux murs. L'autre était l'endroit où travaillait M. Drummond ; elle ne renfermait qu'un bureau et quelques livres posés çà et là. La seule note vivante de ces deux pièces, c'étaient de grandes portes-fenêtres donnant sur la vaste pelouse qui descendait vers la rivière bordée de saules.

Aux deux tiers de l'étage, on atteignait un petit palier où la cage d'escalier formait deux coins en angle droit ouvrant respectivement sur une salle de bains glaciale et sur la chambre d'Esme. Je poussai la porte de celle-ci et entrai.

La pièce n'était guère plus meublée que le reste de la maison. Un lit étroit en métal, probablement trouvé par Clare Drummond chez un ferrailleur, occupait un coin. Il y avait aussi une coiffeuse peinte en blanc, une chaise en bois, une bibliothèque et un petit guéridon. Deux affiches collées aux murs, une vieille table de chevet et l'écharpe drapée sur la chaise semblaient indiquer qu'à l'adolescence – époque où nous avions cessé de nous voir – Esme avait dû batailler ferme pour donner à sa chambre une touche personnelle.

Un peu secouée de me trouver là, je m'assis sur le bord du lit dont les ressorts grincèrent. Mais, contrairement à ce que j'aurais pu craindre, le danger qui planait sur Esme ne m'était pas plus pesant ici, car cette chambre ne me révélait rien sur elle. « J'ignore quasiment tout d'Esme », constatai-je. Bien qu'elle fasse partie de mes souvenirs d'enfance les plus chers, nous n'avions jamais été amies. Elle avait été amoureuse de mon frère – du moins le pensais-je – peu avant la mort de ce dernier, mais cela ne nous avait pas rapprochées. Depuis lors, elle avait disparu de la circulation, même si, contrairement à Rob, elle donnait de ses nouvelles de loin en loin. Ma mère et elle devaient avoir déjeuné ensemble une ou deux fois à Londres ; mais je ne l'avais, pour ma part, jamais revue.

Les gens sortaient vraiment de ma vie avec une facilité déconcertante et je n'avais jamais le temps de les connaître : Faith ne me faisait pas la moindre confidence, Owen était par bien des côtés encore un étranger, Lucien avait emporté son fameux cinquième secret dans la tombe. Et si j'avais fréquenté Esme pendant des années, elle ne s'était pas pour autant ouverte à moi ; si elle mourait, je ne saurais définitivement rien d'elle. C'en était presque frustrant, comme un tour de passe-passe – hop, pas vu, pas pris !

Quant à Rob, au dire duquel elle avait « galéré » des années durant, et qui avait vécu six mois avec elle, il n'en parlait pas comme un homme dont la maîtresse est entre la vie et la mort... On ne me disait décidément pas tout.

Le crissement de pneus s'arrêtant dans l'allée qui longeait un côté de la maison me rappela ce que j'étais venue faire. Je m'agenouillai pour examiner la bibliothèque. Une pile de livres écornés – tous achetés pour trois fois rien dans une boutique caritative – indiquait des goûts assez disparates en matière de lecture, mais il n'y avait pas trace de journal.

Je passai en revue le contenu de la commode. Dans le premier tiroir, quelques paires de chaussettes et la moitié d'un bloc de papier à lettres ; dans le deuxième, un album de photos dont seulement trois pages avaient été remplies (des clichés de Boule de Neige mais aucun de moi) et quelques timbres étrangers ; et dans le dernier, des albums de bandes dessinées. Sans grand espoir, j'entrepris de fouiller la coiffeuse. Mais ce fut là, dans le tiroir du bas, caché sous deux pull-overs tricotés main, que je découvris presque immédiatement un grand cahier bleu ciel. Sur la couverture cartonnée, le mot « Testament » était écrit à la main. Aucun doute, c'était le journal.

« Comment subtiliser quelque chose d'aussi grand au nez et à la barbe de Mme Wicks, obsédée par les cambrioleurs ? » me demandai-je, mais juste à cet instant des pas se firent entendre dans l'escalier.

Prise de panique, je fourrai le journal dans le tiroir, que je refermai bruyamment, puis jetai un coup d'œil autour de moi et saisis au hasard deux livres de poche. La porte s'ouvrit en grinçant et un homme entra. C'était John Drummond.

J'avais passé quatre étés à deux pas de chez les parents d'Esme mais n'avais jamais eu l'occasion de faire leur connaissance. Faith, qui les considérait comme ses amis, était en fait surtout proche de John ; Clare, que l'on disait bizarre et discrète, semblait lui inspirer le regard curieux et perplexe que l'on porte sur une pièce de musée. Mon souvenir de la mère d'Esme était celui d'une grande femme digne traversant la pelouse d'un pas solennel ; une ou deux fois, je vis Mme Wicks la ramener gentiment dans la maison. Elle ne répondait pas toujours lorsqu'on lui adressait la parole. Il n'était donc guère surprenant que John Drummond passe la semaine à Londres, ne rentrant que pour de courts week-ends afin de faire laver son linge. Aucun de nous n'avait jamais vu son pied-à-terre londonien. Selon mon frère, l'éminent avocat habitait un appartement baroque richement meublé, tendu de brocart et de velours rouge vif et pourpre ;

il y donnait des repas fastueux arrosés de champagne. Plus tard, Lucien ajouta quelques maîtresses exotiques au décor.

Pour l'heure, M. Drummond et moi nous faisions face dans la petite chambre d'Esme, lui reprenant sa respiration et moi essayant d'avoir l'air aussi naturel que possible. « Le grand avocat invisible (à présent retraité) a dû être très bel homme », pensai-je. Quoiqu'un peu bouffi et poilu avec l'âge, son visage aux traits fins et réguliers me rappela ceux des pilotes de chasse des vieux films sur la Seconde Guerre mondiale.

D'abord interloqué en m'apercevant, il sembla me reconnaître et vint vers moi.

— Vous êtes la fille de Faith ! Jane ! Sur le moment, je ne savais plus trop... Je perds un peu les pédales depuis... depuis l'accident.

— Comment va Esme ?

Il haussa ses épaules étroites et les laissa retomber d'un air accablé. Puis il s'assit sur le bord du lit, dont les ressorts couinèrent à nouveau, et posa ses mains sur ses genoux. L'angoisse que reflétait son visage me fendit le cœur.

— Si seulement je le savais, répondit-il. D'après l'infirmière-chef, on a vu des patients plus sérieusement atteints se remettre complètement, « Tout dépend d'elle à présent, affirme-t-elle, selon qu'Esme veut se battre ou non. » Mais qu'entendent-ils par se battre ? Sans appareil, la pauvre enfant peut à peine respirer...

— Oh, fis-je en m'asseyant sur la petite chaise et en cherchant quelque chose d'optimiste à dire. Tout est si...

Il ne m'entendit pas.

— Ils n'arrêtent pas de poser des questions, à l'hôpital, continua-t-il. Par exemple, quel est son type de musique préféré ? Apparemment, un morceau de musique apprécié du patient peut parvenir à sa conscience plus sûrement qu'une voix… Comment saurais-je quelle est la musique préférée d'Esme ? Vous en avez une idée, vous ?

— Non, répondis-je.

— Bon sang, comme je voudrais que Rob soit là ! s'exclama M. Drummond, irrité, en frappant son genou du plat de la main. Il a vraiment choisi le mauvais moment pour aller se balader ! Si seulement je pouvais le contacter, pour lui apprendre ce qui est arrivé à Esme… Il doit savoir, lui, quelle est sa musique préférée. La police le recherche, paraît-il, mais peut-être est-il parti pour plusieurs semaines. (Il me regarda d'un air suppliant.) Vous ne connaissez pas l'endroit où il est, par hasard ?

— Non, je suis désolée.

— Hmm…, fit-il. Les jumeaux arriveront dans un ou deux jours. Je n'ai pu les contacter qu'hier soir. Mais ils ne seront sans doute pas d'une grande aide – ils en savent encore moins que moi sur Esme.

D'abord surprise qu'il mentionnât ses fils, je réalisai que ces derniers avaient eu un rôle si anodin dans ma vie lors de nos vacances à Glory Cottage que je les avais plus ou moins gommés de mes souvenirs. Dire que ces deux brailleurs pleins d'énergie devaient avoir fini leurs études !

— Où en sont-ils, les jumeaux ? demandai-je sans même me rappeler leurs prénoms, si tant est que je les aie jamais sus.

146

— Ils voyagent, avant d'entrer à l'université, l'an prochain, répondit M. Drummond d'un air absent.

Mon principal souci au cours de nos vacances à Glory Cottage ayant été d'empêcher les turbulents jumeaux de tomber dans la rivière, je me surpris à m'inquiéter à l'idée qu'ils voyagaient sans être accompagnés. Loin de mes préoccupations, M. Drummond cherchait quelque chose dans la pièce.

— À l'hôpital, on m'a demandé si elle avait un ours en peluche… Comment savoir ?

Constater qu'il ne connaissait pas Esme devait lui être encore plus douloureux qu'à moi : c'était sa propre fille…

— Pas d'ours en peluche ici, remarqua-t-il avec un soupir. Peut-être en a-t-elle un à Londres… Mais où est donc Rob ? Lui seul peut nous aider… (Il se leva.) Essayons de trouver quelque chose à boire, proposa-t-il. Au fait, que faisiez-vous ici ?

— Je cherchais de quoi lire.

Nos regards tombèrent en même temps sur les deux livres que j'avais attrapés au hasard : *Pauline et son poulain* et *Le Guide du lapin domestique*.

Il eut l'air perplexe. Puis, pour la première fois, il esquissa un sourire.

— Je suis de votre avis : les livres pas compliqués, c'est ce qu'il y a de mieux en vacances.

Il passa devant moi et nous descendîmes.

Le journal d'Esme resta caché sous les vieux pull-overs dans le tiroir de la coiffeuse.

6

Revigorée par le digestif matinal que m'avait proposé John Drummond (et dont lui s'était servi deux verres), je traversai la pelouse et le verger en sens inverse. Les derniers pans de brume s'étaient levés et le soleil était presque chaud sur mon visage. Des feuilles pendaient encore aux pommiers et les branches qui m'avaient barré le chemin la veille au soir tendaient quelques mûres tardives. Quand j'ouvris la porte de Glory Cottage, ma décision était prise : je mentais à tout le monde depuis vingt-quatre heures, aucune raison de ne pas faire de même avec Rob ; et puis, lui-même ne me disait visiblement pas toute la vérité, alors chacun ses secrets.

Il devait faire les cent pas sur le palier en m'attendant car il dévala l'escalier dès que je pénétrai dans la maison.

— Je n'ai pas trouvé le journal, lui annonçai-je.
— Quoi ?

La bouche crispée, le regard fixe, il était très tendu et sa déception me fit à moitié regretter mon mensonge.

— Ne t'en fais pas, m'empressai-je d'ajouter, j'y retournerai plus tard et chercherai sérieusement. Il doit bien être quelque part.

— Mais qu'est-ce que tu as fichu pendant tout ce temps ?

— J'ai surtout discuté avec John Drummond. Écoute, tu ne peux pas rester caché ainsi.

— C'est mon problème.

— Ce n'est plus seulement le tien. M. Drummond t'attend désespérément. À l'hôpital, on lui pose des questions concernant Esme ; ils voudraient, entre autres, connaître sa musique préférée – et il ne sait pas quoi répondre. Il a besoin de toi.

— De la musique ? Pourquoi ?

— Apparemment, on s'en sert parfois pour faire sortir les patients du coma.

— Ah…

Il se mit à aller et venir dans la pièce, soulevant des objets pour les reposer sans les avoir regardés.

— Tu sais, observa-t-il, cela paraît incroyable mais je n'ai aucune idée des goûts d'Esme.

— Même après six mois de vie commune ?

— Oui. Et cela ne se limite pas à la musique. Les repas, les films, les livres, les gens, quoi faire… c'est toujours moi qui décidais. Esme n'était pas difficile. Après les scènes que j'avais eues avec ma petite amie précédente, c'était assez reposant, je dois dire. En tout cas au début. Récemment, c'était parfois… agaçant.

Il fronça les sourcils et, du bout du pied, aplatit le coin du tapis posé devant la cheminée.

— Elle doit bien avoir un morceau de musique préféré, insistai-je. Quelque chose que tu aimes, toi, et qui pourrait lui rappeler vos bons moments.

« Mais ont-ils eu de bons moments ? » me demandai-je. Je commençais à en douter.

Je le vis soudain saisir le dos du fauteuil et le serrer de toutes ses forces.

— Que se passe-t-il ?

— Ils pourraient peut-être essayer...

— Quoi donc ?

Il se tourna vers moi et m'adressa un sourire gêné, puis détourna rapidement les yeux, mais j'avais eu le temps d'y voir de la détresse.

— Dis-leur d'essayer le générique de « Jour de foot ».

— Tu plaisantes ?

— Non. S'ils veulent la faire réagir, dis-leur d'essayer ça.

— Esme aime le football ? Je l'ignorais...

— Ne fais pas l'idiote, Jane.

— Parfait, mais dans ce cas, va le leur dire toi-même. Je ne vois pas comment, n'ayant pas vu Esme depuis l'enfance, je suis censée savoir que son morceau de musique favori est le générique de « Jour de foot ». Je ne suis pas Madame Irma.

— Je ne peux pas aller leur parler.

— Tu ne *veux* pas.

— D'accord, je ne veux pas. J'ai peut-être l'air très égoïste mais je te demande de me faire un peu confiance : je te promets de réapparaître dès que tu m'auras donné son journal. En disparaissant le jour

150

même de son accident, je me suis mis dans de sales draps. Tu comprends cela, non ?

Je comprenais sans comprendre...

En revanche, il me parut, pour la première fois depuis la veille, évident qu'il tenait vraiment à Esme.

Il restait debout face à la cheminée, les mains agrippées au dossier du fauteuil. Je traversai la pièce et mis mes bras autour de lui.

— Elle va s'en sortir, dis-je bêtement. Je le sais.

— Trouve son journal, c'est tout.

— Je vais le trouver.

Il se détendit enfin et, m'entourant les épaules de ses bras, il mit sa joue contre la mienne. Mon intention, je pense, avait été de le rassurer, et rien d'autre, mais à son contact, j'eus la chair de poule. Surprise, je me serrai contre lui et passai ma joue sur son menton rugueux. Je sentis alors son corps me répondre et, en un imperceptible mais formidable instant, glisser du réconfort vers le désir. Comme si l'attirance que nous avions éprouvée l'un pour l'autre dans le passé n'avait jamais disparu ; elle avait attendu ce moment pour resurgir, telles ces graines qui dorment sous le sable du désert pendant des années et s'épanouissent la pluie venue.

J'avais la gorge sèche. « Nous sommes en train de faire une bêtise », pensai-je.

Je m'écartai doucement de Rob. Les yeux baissés sur moi, il souriait.

— Jane...

— Allonge un peu d'argent, monsieur Plein-aux-As, déclarai-je. John Drummond m'a proposé de me déposer en ville, je vais faire deux ou trois courses.

— M'acheter un rasoir, entre autres ? demanda-t-il en passant une paume sur sa mâchoire.

— Par exemple. S'il s'en étonne, je dirai que je me rase les jambes tous les jours. Et je vais renouveler ta garde-robe. Je peux toujours prétendre acheter des cadeaux pour Owen.

— Et le journal ?

— Mme Wicks trouverait bizarre de me voir revenir si vite. J'y retournerai plus tard.

— Je pourrais aller le voler, suggéra-t-il.

— Tu es fou ? Il doit y avoir des alarmes partout. Tu veux te mettre un procès de plus sur le dos pour vol avec effraction ?

— Tu as raison, admit-il à regret.

Il sortit de sa poche de pantalon une poignée de billets, et m'en tendit dix de 20 livres.

— Cela suffira ?

— Je pense, fis-je d'une voix étranglée à la vue de cette fortune.

— Achète-toi quelque chose aussi, conseilla Rob, me faisant regretter de ne pas lui avoir demandé plus. Et dépêche-toi de revenir, ajouta-t-il pendant que je boutonnais mon blouson et m'apprêtais à sortir. Je deviens dingue ici tout seul.

Son baiser effleura le coin de ma bouche tandis que nous nous enlacions rapidement.

Comme je m'en aperçus vite, l'offre de John Drummond de me conduire en ville n'était pas tout à fait désintéressée : il avait passé toute la nuit au chevet d'Esme et préférait se changer les idées plutôt que retourner immédiatement à l'hôpital. Il appela néanmoins celui-ci toutes les vingt minutes pour se renseigner sur l'état de sa fille.

Être avec lui après tant d'années me donna l'impression de retomber en enfance, mais mon plaisir de faire des courses fut un peu gâché car il insista pour m'accompagner dans les magasins. Il ne fut pas autrement surpris de me voir, en épouse attentionnée, acheter un jeu complet de vêtements pour le mari dont je fuyais la présence. Me rappelant la suggestion de Rob, je m'offris une tunique en laine fine d'un rouge flatteur et des caleçons rayés.

Pendant que nous prenions un café au bar de l'hôtel où John était entré pour téléphoner à l'hôpital, il me questionna poliment sur ma vie. Je me mis à lui raconter comment nous tirions le diable par la queue à la pépinière ; mais, devant son étonnement, je dus mettre un bémol à mon récit pour rendre plausibles les dépenses somptuaires que je venais de faire. Décidément, j'avais beau essayer, il m'était difficile d'être honnête ces jours-ci.

— Nous passions de si belles vacances à Glory Cottage, dis-je, comme pour me faire pardonner mes mensonges. Quels merveilleux moments pour nous tous !

Son visage s'anima.

— Vraiment ? s'écria-t-il. Cela me fait plaisir. J'étais inquiet de savoir Esme si seule. J'ignorais comment agir au mieux. J'évitais d'être trop pesant, mais...

C'était bizarre, il parlait d'Esme comme un oncle lointain, pas comme un père.

— J'aurais voulu qu'Esme et moi soyons plus proches mais nous n'y sommes jamais parvenus, ajouta-t-il soudain comme s'il s'était fait la même réflexion. C'est dommage, mais c'est ainsi. Elle passait la plupart de son temps avec sa mère, bien sûr, et avec Mme Wicks. Je n'ai jamais su de quoi parler avec elle. En revanche, votre frère – Lucien –, quel enfant étonnant c'était ! Il avait toujours quelque chose à raconter.

— Oui, fis-je automatiquement. Il était très intelligent.

— Pas seulement. Il avait un tel goût de vivre, une vitalité impressionnante.

« Maintenant, pensai-je, il va, comme tout le monde, en rajouter sur le caractère tragique de la mort prématurée de Lucien. » Mais il me regarda, l'œil en coin.

— On ne pouvait pas lui en raconter, n'est-ce pas ? reprit-il. Il allait droit à l'essentiel. Faith doit vous avoir dit…

Il s'interrompit soudain.

Je le regardai d'un air ahuri. Il profita de mon silence pour glisser adroitement sur sa gaffe évitée de justesse, et changea de sujet. Plus tard, je m'en voulus à mort d'avoir laissé passer l'occasion ; si j'avais eu l'à-propos d'assurer avec le plus grand naturel : « Oui, bien sûr, elle m'a tout raconté depuis longtemps », John Drummond m'aurait sans doute révélé quelque chose qui, peut-être, me concernait directement.

154

Une énigme m'avait souvent tarabustée, et j'y songeais à présent. Petite fille, j'essayais de comprendre ce qui se passait entre les adultes de mon entourage. Je me revis faisant remarquer à Lucien que Faith semblait différente en présence de M. Drummond. Ils paraissaient être vraiment bons amis, avais-je observé, tout en étant incapable d'expliciter ma pensée. Un après-midi, j'étais tombée sur eux alors qu'ils se promenaient sur le chemin de halage, et j'avais entendu ma mère déclarer avec un parfait accent de sincérité : « Dieu merci, même les cauchemars ont une fin. Je ne crois pas que j'aurais pu supporter cela plus long-temps. » M. Drummond n'avait rien répondu, mais il avait posé sur elle un regard plein d'admiration et avait pris sa main dans les siennes. Je n'avais pas eu le temps de me cacher, et l'air agacé de ma mère quand elle m'aperçut m'avait exaspérée. J'avais raconté cette scène à Lucien. Du haut de ses douze ans qui en avaient déjà tellement vu, il avait dit : « C'est sans doute un de ses anciens amants. Faith a dû le laisser tomber comme une vieille chaus-sette et maintenant leur relation est purement plato-nique. » Cette affirmation m'avait semblé très hermétique. Plus tard, cet été-là, me trouvant excep-tionnellement seule à seul avec John Drummond, je lui confiai : « Faith trouve que vous lui remontez beaucoup le moral. » Le plaisir que je lus sur son visage sembla confirmer ce que je commençais à pressentir : le grand avocat était en réalité le père que nous avions perdu de vue. Cette idée persista dans mon esprit jusqu'au jour où je découvris le nom de Rex Turner sur mon extrait d'acte de naissance. J'avais fini par me demander si Esme était réellement la fille de Clare, et si Faith n'avait pas été obligée d'épouser le médiocre Éric… mais j'avais heureusement gardé ces réflexions pour moi.

« Il y a eu plus que de l'amitié entre ma mère et John Drummond, pensais-je à présent, après la remarque avortée de ce dernier. Ils ont en fait été l'un avec l'autre comme deux personnes qui se laissent aller parce qu'elles n'ont plus besoin de feindre. »

— Vous rappelez-vous, dis-je, la fois où je vous ai confié que Faith trouvait que vous lui remontiez le moral ?

Il me fit un sourire – peut-être se contentait-il d'être poli ?

— Vous étiez une drôle de petite fille ! Vous aviez presque toujours l'air en colère, mais quand vous souriiez… et puis, vous étiez la meilleure amie qu'Esme ait jamais eue.

— Vraiment ?

Il confirma d'un hochement de tête.

— S'est-elle beaucoup confiée à vous ? me demanda-t-il.

— Non, pas tellement.

— Elle ne s'est jamais confiée à moi, avoua-t-il. C'est sans doute ma faute : j'aurais dû passer plus de temps à la maison. Et puis, elle m'en a sûrement voulu de l'avoir mise en pension. Je pensais que c'était mieux pour elle, mais elle n'était pas du même avis. Vous en a-t-elle parlé parfois ?

— Non, jamais.

— Elle était un peu à part à l'époque, expliqua-t-il. Elle n'avait pas l'air d'avoir beaucoup d'amis.

156

J'ai essayé d'être plus proche d'elle quand elle a emménagé à Londres mais il était trop tard. C'est à l'époque où elle sortait avec Lucien qu'elle est devenue plus accessible. Elle n'a jamais eu une très haute idée de moi, je crois.

— Pourquoi ? À cause de la pension ?

Il eut l'air pensif, me jaugea rapidement comme s'il était tenté de me confier quelque chose, mais il changea d'avis.

— Entre autres. Allons-y, voulez-vous ? ajouta-t-il rapidement.

Il passa un énième coup de fil à l'hôpital (aucun changement) puis nous ressortîmes. Sur le chemin du parking, j'entrai dans une grande papeterie et achetai un cahier semblable au « Testament » d'Esme.

— J'ai besoin de noter mes pensées, de commencer une sorte de journal intime, expliquai-je à John Drummond, auquel rien n'échappait.

— C'est drôle, marmonna-t-il d'une voix enrouée, Esme a fait exactement la même chose, la dernière fois qu'elle était ici.

Comme nous roulions vers Martin's Court, John (pouvais-je continuer à l'appeler M. Drummond après notre après-midi de shopping ?) me proposa de l'accompagner à Londres.

— Esme réagirait peut-être à votre voix, précisa-t-il.

— J'en doute. Nous ne nous sommes pas vues depuis des années.

— Venez quand même. Cela me ferait plaisir.

Il prenait l'air détaché, mais il redoutait de se retrouver seul à l'hôpital.

— Demain, plutôt, dis-je froidement.

— Comme vous voudrez, répondit-il d'une voix où perçait la contrariété.

Je restai un moment sans rien dire. Je m'en voulais d'agir ainsi, mais je ne pouvais abandonner Rob, et j'avais peur de tomber sur ma mère ou sur Owen à l'hôpital. Il était grand temps que j'appelle ce dernier, d'ailleurs ; et mon inquiétude pour les enfants et lui n'avait rien pour alléger mon malaise. Je tentai de chasser tout ce monde de mon esprit.

— Je sais, ce n'est pas très courageux de ma part, déclarai-je en me tournant vers John, mais depuis l'accident de Lucien j'ai une phobie des hôpitaux. Je n'en supporte pas l'odeur, le fait d'attendre sans pouvoir rien faire et la bonne humeur de mise des soignants...

— Je comprends, vous savez, assura-t-il, interrompant mon monologue.

Je me conduisais comme une petite dégonflée, comme aurait dit Lucien du temps où il lisait ses livres d'aventures un peu ringardes, et le tact de John me renforça dans cette conviction.

« Petite dégonflée, me répétai-je alors que la voiture s'engageait dans le chemin menant à la façade bleu pâle de Martin's Court, tu n'es qu'une sale petite dégonflée. »

Si dégonflée que je sois, j'étais quand même assez fière d'avoir trouvé le moyen d'emporter le journal d'Esme. Je n'étais cependant pas au bout de mes peines.

— Je vais porter vos sacs jusqu'au cottage, décida John.

J'eus beau protester, je ne parvins pas à le faire changer d'avis et il ne me resta plus qu'à tenter de communiquer avec Rob par télépathie.

— Je passe d'abord un coup de fil à l'hôpital, ajouta John d'un air impatient.

Je saisis l'occasion au vol.

— J'emprunterais bien un autre livre à Esme. Ceux que j'ai pris ce matin sont vraiment un peu trop légers à mon goût.

— Bien sûr, faites, répondit-il sans revenir sur mon surprenant choix d'ouvrages précédent. Allez voir dans le salon, me conseilla-t-il avant de composer le numéro de l'hôpital.

Je pris soin d'emporter le sac de la papeterie et montai dans la chambre d'Esme. Récupérer le journal dans le tiroir de la coiffeuse et mettre à sa place le cahier que j'avais acheté fut un jeu d'enfant. Je redescendis, sans oublier de prendre auparavant un vieux roman policier, et glissais le sac de la papeterie dans celui contenant mes vêtements neufs au moment même où John Drummond raccrochait le combiné du téléphone.

— Quelles sont les nouvelles ? me sentis-je obligée de demander, bien que la réponse se lise sur son visage navré.

— Aucun changement. Mais je vais quand même passer à l'hôpital. On ne sait jamais.

J'eus un instant d'hésitation, puis me lançai :

— J'ai réfléchi, au sujet du morceau de musique préféré d'Esme. Il y a peu de chances que cela réussisse, mais... vous pourriez essayer...

Je me raclai la gorge. Il fallait que je le dise.

— Suggérez-leur de lui faire entendre le générique de « Jour de foot ».

— Pardon ?

— « Jour de foot », l'émission sur les matchs de football. La musique du générique est très gaie... Esme l'aimait bien... enfin, je crois me rappeler...

Mes explications ne firent que le déconcerter un peu plus, mais John Drummond était un homme courtois.

— Je vois, affirma-t-il. Eh bien, je vous remercie, je vais le leur dire. Ils seront certainement...

« ... éberlués », pensai-je pour finir sa phrase.

Nous nous mîmes en route à travers la pelouse pour rejoindre Glory Cottage, et j'entrepris de raconter à John certains de mes souvenirs les plus émouvants liés à cet endroit. Par chance, sa distraction l'empêcha de noter l'étrangeté croissante de mon comportement. Pour avertir Rob du danger, je parlais de plus en plus fort ; au milieu du verger, j'en étais ainsi à hurler en faisant traîner mes phrases, ce qui me donnait un ton affecté. Une fois devant la porte, je fis du bruit dans la serrure avec la clef pour faire bonne mesure et la tournai à plusieurs reprises dans le mauvais sens. John, décidément très patient, intervint.

— Laissez-moi faire, proposa-t-il.

— Ah ! là, là ! m'exclamai-je, ma voix augmentant de plusieurs décibels. Je suis d'une maladresse avec les clefs ! Je les perds, je ne sais pas m'en servir...

— Voilà, dit John, la porte n'était pas fermée.

Me précipitant avant lui dans la pièce du rez-de-chaussée, je vérifiai d'un rapide coup d'œil qu'aucune trace de vie à deux ne subsistait – une précaution d'ailleurs inutile, car Rob y avait veillé.

— Je vous fais une tasse de thé ? proposai-je en reprenant ma voix normale. C'est si gentil à vous de me permettre de séjourner ici.

— Je préfère filer à l'hôpital, répondit-il ; puis, sur le point de sortir, il se ravisa : Mais je peux passer ce soir, si vous n'y voyez pas d'inconvénient, suggéra-t-il presque timidement. Ou vous pourriez venir prendre un dernier verre à la maison ? Je vous dirais... où en sont les choses...

— Je comptais me coucher tôt ce soir, affirmai-je, faisant mon possible pour ne pas me laisser ébranler par sa solitude. Je passerai vous voir demain matin et serai contente de prendre des nouvelles d'Esme.

— Comme vous voudrez.

— Dites, John, ajoutai-je, vous ne révélerez à personne que je suis ici, n'est-ce pas ?

— Comptez sur moi, répondit-il en souriant.

« Je ne peux pas en dire autant », pensai-je amèrement en regardant sa frêle et digne silhouette s'éloigner entre les pommiers.

Rob était dans une des chambres de derrière, debout sur un monceau de papier en lambeaux, une éponge dans une main, un couteau de table dans

161

l'autre : il avait décollé la tapisserie d'un des murs ! Il était hagard et semblait avoir vieilli de plusieurs années en l'espace de quelques heures.

— Mais qu'est-ce que tu fabriques ? m'écriai-je.

Furieux, le visage tendu, il s'avança vers moi.

— Non, mais je rêve ! Tu l'invites à prendre le thé ! Tu es complètement cinglée ou quoi ?

— Tu oublies qu'il est ici chez lui.

— Tu es partie depuis des heures, et moi, j'attends claquemuré ici toute la journée en me rongeant les sangs !

— Arrête de râler. Je te rappelle que je suis venue t'aider.

— Sans blague ! Et tu ne t'es pas encore occupée du journal, j'imagine ?

Mon intention première avait été de lui donner le journal dès mon retour, mais son accès d'ingratitude me mit dans une telle colère que je décidai de le faire patienter encore un peu, et répliquai :

— Effectivement.

— Bon sang, j'aurais dû me débrouiller seul !

— Je ne te le fais pas dire ! m'écriai-je, en flanquant son sac de vêtements sur le tas de papier.

Puis j'entrai dans la chambre où j'avais dormi la veille pour cacher dans un tiroir le sac renfermant mes vêtements et le journal.

Pendant quelques minutes, les seuls bruits audibles furent le raclement d'un couteau décollant du papier sur un mur et, au loin, le gazouillis de la rivière. Puis, comme je m'y attendais, des pas traversèrent le palier.

— Excuse-moi, Jane.

Je ne répondis pas.

— Je n'aurais pas dû me mettre en colère. Mais tu sais, tourner en rond toute la journée à se faire un sang d'encre…

— … et à démolir la maison…

Il vint se planter devant moi en souriant.

— Ce papier est là depuis au moins vingt-cinq ans, expliqua-t-il. Je le détestais. De toute façon, il se décollait par endroits. Et puis, si on veut éviter de devenir fou, il faut avoir une occupation. J'ai appris cela en prison.

— Mme Wicks va en faire un infarctus.

Il haussa les épaules.

— Merci pour les vêtements, déclara-t-il. Tu fais de ton mieux pour m'aider, je le sais.

Comme dix ans auparavant lorsqu'il me parlait d'Esme, je me sentis fondre devant son sourire chaleureux et câlin. « Ce n'est pas à moi qu'il sourit, pensai-je. Tout ce qu'il voit, c'est ce que je peux faire pour lui. »

— Alors, si c'est thérapeutique, je vais te donner un coup de main, dis-je.

En milieu d'après-midi, nous eûmes fini de décoller le papier du deuxième mur.

Je vidais les sacs de nourriture achetée le matin même avec John lorsque mon regard tomba sur la lampe torche de Mme Wicks. « Ah, flûte ! » fis-je entre mes dents. Allant à la fenêtre, j'écartai un peu le rideau : le jour tombait déjà, obscurci par des nuages sombres annonciateurs de pluie. Il sembla soudain faire très bon dans la maison et je n'eus pas la moindre envie de sortir. En outre, Rob et moi avions paisiblement travaillé ensemble tout l'après-midi, et j'avais l'intention de lui remettre le journal en sirotant un verre de vin...

Néanmoins, je lui annonçai que je devais aller rendre sa fichue torche à Mme Wicks et, anticipant sa réaction, je lui promis de trouver un moyen de me mettre en quête du journal.

Mme Wicks sembla déçue que j'aie tenu parole.

— J'avais promis de vous la rendre avant la tombée de la nuit, fis-je, assez fière de moi.

Incapable d'un merci, elle reprit l'objet sans un mot. Elle était debout, barrant de sa silhouette massive l'accès à la cuisine, ce qui me poussa à insister.

— Est-ce que je peux entrer ? demandai-je en jetant un coup d'œil dans la pièce à la recherche d'un prétexte. Je voudrais appeler mon mari. M. Drummond m'a proposé d'utiliser le téléphone si j'en avais besoin.

— Il ne m'a rien dit à ce sujet.

— Il a dû oublier. Le pauvre a d'autres choses en tête en ce moment.

Après l'avoir contournée, je traversai la cuisine pour passer dans le vestibule tandis qu'elle marquait sa réprobation en soufflant bruyamment. Je ne la voyais pas mais l'imaginais m'épiant à travers une fente de la porte – je risquais sans doute d'emporter quelque objet de valeur : les appliques lumineuses ou l'annuaire du téléphone, par exemple...

Je composai le numéro de la pépinière.

164

— Salut, Owen !

— Jane ! Mais où es-tu ?

— Bof... Comment vont les enfants ?

— Ils vont bien. Tu ne devais pas appeler hier soir ?

— Je ne sais plus. J'en avais l'intention mais... cela m'était difficile.

— Cela t'était difficile ? Pourquoi ? Que se passe-t-il ? Tu n'es pas en danger ?

— Mais non, bien sûr ! Quelle question !

— Je me demandais, c'est tout... Ta mère a appelé... Elle avait l'air très inquiète et voulait savoir où tu étais. Il semblerait que quelqu'un essaie d'entrer en contact avec toi, mais elle n'a rien dit d'autre. J'ai eu l'impression qu'elle craignait un...

— Un danger ?

— Oui, plus ou moins.

— Oh, encore un des petits mélodrames de Faith, lançai-je, tentant d'ignorer une bouffée d'angoisse.

— Bon, si tu n'as pas été enlevée ou...

— Mais enfin, pourquoi m'enlèverait-on ?

Il y eut un son étouffé au bout du fil, un peu comme s'il s'étranglait, et il marmonna quelque chose. Je crus vaguement comprendre : « Ta personnalité rayonnante, peut-être », mais je n'aurais pu en jurer. Depuis le début de notre conversation, Owen avait une drôle de voix...

— Owen ? Tu vas bien ?

Je perçus un bruit de frottement, on aurait dit qu'il se mettait au garde-à-vous.

— Poste A, paré, répondit-il prestement.

Je ne l'avais jamais entendu parler ainsi… Ma sensation de malaise empira.

— Et les enfants ?

— Oh, ils vont bien. En ce moment, ils font du pop-corn.

— Du pop-corn ? Mais pourquoi ?

— On a pensé que ce serait amusant.

En bruit de fond me parvinrent des rires et des cris d'enfants. Je commençais à me détendre, souriant avec amour à ces signes de plaisir innocent, quand, au milieu de ceux-ci, je perçus la voix d'une adulte.

— Owen, qui est avec toi ?

— Ici ?

— Oui.

— Eh bien, Laura et Billy…

— Oui, je sais, mais qui d'autre ?

— Personne. Quelqu'un est passé nous voir mais ne va pas tarder à s'en aller. Jane, quand rentres-tu ?

— Il y a quelqu'un ou il n'y a personne ? *Qui est là*, nom d'une pipe ?

— C'est Dinah, en fait. Elle ne devrait pas tarder à partir, elle doit rentrer. Elle passe seulement. N'est-ce pas, Dinah ?

— Dinah ? fis-je.

Le trou noir que je tentais depuis toujours d'éviter se rapprocha soudain de façon effrayante. Je m'assis sur les dernières marches de l'escalier, manquant entraîner le téléphone à terre.

— Dinah ? répétai-je.

— Oui. Elle est venue déposer Laura et Billy. Elle s'en va dans une minute.

— C'est la troisième fois que tu dis cela.

— Ah bon ? Alors, c'est que c'est vrai ! Ça fait du bien de voir que tu m'écoutes.

Surtout, ne rien répondre. Les mots me pousseraient jusqu'au bord du trou noir et me forceraient à me pencher dessus.

— J'ai eu envie de m'amuser un peu avant le naufrage, déclara Owen après un silence.

— Qu'est-ce que tu veux dire ?

— Cela me paraît évident. Ce doit être le *gin sling*, ou peut-être le *sidecar*.

— Quoi ?

— On a trouvé un tas de recettes de cocktails dans un magazine. J'ignorais qu'il en existait autant. Tu devrais les essayer, Jane. Apprendre à te détendre un peu. Ne t'inquiète pas pour moi. Je ne me suis jamais senti aussi bien. Je m'amuse comme un petit fou. Je devrais peut-être t'envoyer une carte postale.

— Tu es soûl.

— Tu crois ? Tu n'as rien à regretter, alors.

Estourbie, j'eus l'impression que j'allais vomir. Owen ne voulait pas de moi à la maison. Personne n'avait jamais vraiment voulu de moi. Seul Lucien, parfois...

— Jane, je me fais du souci pour toi...

— Arrête ton char. Tu mens comme un arracheur de dents. Je te rappelle demain.

— Quand rentres-tu ?

— Bonjour à Dinah.

Je raccrochai en tremblant.

Les poings serrés, j'étais sur le point de suffoquer.

Garce. Espèce de sale garce !

Je me faisais sans doute des idées. La culpabilité me poussait à tout dramatiser. Dinah avait déposé les enfants et était restée un moment : quoi de plus naturel ? Et si Owen et elle s'étaient détendus en prenant un verre, cela ne signifiait pas que…

« Comment ose-t-il être aussi irresponsable alors qu'il est en charge des enfants ? » me dis-je pour essayer d'attiser ma colère. Mais en vain : même en le voulant, Owen était incapable d'irresponsabilité. Les enfants étaient en sécurité avec lui, ils l'avaient toujours été et le seraient toujours, je n'étais pas inquiète pour eux. Ce qui me chavirait était l'impression qu'Owen avait vraiment l'air de s'amuser. Et il s'amusait avec Dinah. Ce qu'il n'avait pas fait avec moi depuis… Depuis quand ? Le pire était que je ne le savais même plus.

Après avoir raccroché, il avait dû rejoindre Dinah, les enfants, le pop-corn et les cocktails expérimentaux… Je l'imaginais souriant, détendu, les cheveux en désordre. Quand Owen se laissait aller, il n'y avait pas plus beau, plus attirant que lui. Je le voyais d'ici, disant quelque chose de si drôle que Laura éclatait de rire. Il prenait Billy sur ses genoux et l'embrassait sur ses bonnes joues tout en souriant de loin à Dinah, l'air de dire : « Tout va bien, la voie est libre jusqu'à demain, une sacrée veine ! »

Quelle garce ! Non, mais QUELLE GARCE !

Mme Wicks sortit de la cuisine en chaloupant et alluma dans le vestibule, ne fût-ce que pour mieux voir mon visage hébété.

— Des problèmes chez vous, mon petit ? susurra-t-elle, sa face de vieille naine pour la première fois éclairée d'un sourire.

— Non-non, affirmai-je. Tout va bien.

Son rictus me suivit néanmoins jusqu'à ce que j'aie passé la porte.

7

Au lieu de retourner au cottage, je partis à pied en direction de la ville. Rob m'était complètement sorti de l'esprit et je n'avais qu'une envie : rentrer chez moi au plus vite et dire son fait à Owen. Comment osait-il me mettre sur la touche ! Comment osait-il essayer de me mentir à propos de Dinah ! J'en avais assez d'être depuis toujours traitée comme une enfant à laquelle on cachait tout ! Faith ne m'avait jamais rien appris à moins d'y être obligée ; John Drummond, aujourd'hui même sur le point de me confier quelque chose concernant le passé de ma mère, s'était tu, réalisant soudain que je n'étais au courant de rien ; et maintenant, Owen me racontait des histoires. Assez de mensonges ! J'en avais marre, des mensonges ! Je détruirais tout s'il le fallait mais on me révélerait la vérité. De toute façon, je n'avais pas besoin d'Owen. Une fois en possession de la vérité, je n'aurais plus besoin de personne.

Je parcourus plus d'un kilomètre avant de réaliser que, n'ayant pas de quoi acheter un billet, je ne pouvais rentrer chez moi – sauf à faire du stop, ce qui ne me disait rien par une glauque soirée de novembre. « Encore la faute d'Owen », pensai-je vaguement en piétinant d'indécision sur la route déserte. Au bout d'un moment, je fus cependant bien obligée de me rendre à l'évidence : je devais faire demi-tour et regagner le cottage. Rob me prêterait de l'argent ; après tout, il me devait bien cela. Je lui remettrais son fichu journal, prendrais son fric et le laisserais se débrouiller tout seul. J'avais assez donné.

Mais, parvenue aux abords de Martin's Court, je sentis ma colère fondre. Une de mes bizarreries a toujours été de me mettre dans tous mes états pour trois fois rien alors que les choses les plus révoltantes me laissent sans voix. Maintenant, j'étais pleine de ce sentiment de résignation écœurée que l'on éprouve parfois en voyant nos pires craintes se réaliser. Après tout, ne m'étais-je pas depuis des années – depuis le début, pour ainsi dire – attendue qu'Owen me quitte ? (Pas pour Dinah en particulier – en fait, je n'aurais jamais suspecté Dinah.) J'éprouvais même une sorte de satisfaction morbide : j'avais eu raison d'être pessimiste. « Tu vois, se vanta intérieurement une voix, je te l'avais bien dit. J'ai toujours su qu'Owen et toi, cela ne durerait pas. »

Je ne me voyais pas en tête à tête avec Rob pour l'instant. Je n'avais envie de voir personne.

Il ne faisait pas tout à fait nuit. Je descendis l'allée qui longeait la maison et la pelouse, parvins à la rivière et commençai à déambuler parmi les arbres familiers en fulminant contre Owen, ce nul qui m'avait tant promis mais ne valait pas mieux que les autres.

Owen m'avait dès le début fait miroiter tellement de choses.

J'étais au chevet de Lucien depuis trois jours seulement tout en ayant l'impression d'y être depuis bien plus longtemps. Absolument incapable de réaliser ce qui s'était passé, je vivais comme un zombie, parlant aux infirmières, me chamaillant avec Faith, me nourrissant, appelant – en vain – l'appartement de Rob... quand, soudain, Owen fut là. Nous ne l'avions pas vu depuis des années mais il avait apparemment appris l'accident. Il était incroyablement beau : blond, bronzé, en pleine forme – il travaillait au grand air chez ses oncles pépiniéristes. S'asseyant de l'autre côté du lit, il prit la main de mon frère.

— Je t'aime, Lucien, murmura-t-il. Tu m'as tellement donné...

Je m'apprêtais à dire une banalité du genre : « Tu as fait bon voyage ? », mais je vis qu'il pleurait. Les larmes glissaient le long de ses cils noirs et il ne faisait rien pour les maîtriser. Ce fut alors que je pris conscience de ma propre douleur.

« Comment aurions-nous fait sans Owen ? » remarqua ensuite Faith à plusieurs reprises et, pour une fois, sa réflexion était fondée. Owen nous consolait sans jamais nous donner de faux espoirs, sachant quand nous réconforter et quand laisser notre chagrin s'exprimer. C'est lui qui discuta avec les médecins, les amis, la presse, les pompes funèbres, et se chargea de ma mère et de moi. (Éric eut quant à lui la bonne idée de s'esquiver au club de golf et d'y vivre quasiment des semaines.) Et plus tard, lorsque les cendres de Lucien eurent été rendues à la terre et que je ne sus où aller – je n'avais ni la force de retourner vivre à Londres ni l'envie de rentrer « à la maison » avec Faith et Éric –, Owen m'emmena habiter avec lui chez ses oncles pépiniéristes. Je ne sus jamais très bien comment fut prise la décision, mais tout le monde trouva normal que nous vivions ensemble. Pour moi, il était logique qu'Owen se soit occupé de tout, et qu'il prenne désormais soin de la petite sœur de Lucien. Je tombai enceinte, et nous nous mariâmes.

Pourquoi donc notre relation avait-elle glissé insensiblement vers la rancœur et le désenchantement ? Était-ce parce que nous ne nous étions jamais vraiment parlé au début ou parce que, obsédés par la mort de Lucien, nous ne vîmes pas le fossé se creuser entre nous ? Rire, nous amuser, avoir du plaisir à faire l'amour alors que nous sortions à peine de cette tragédie me semblait monstrueux. Peut-être n'étions-nous pas faits l'un pour l'autre ; peut-être notre couple ne pouvait-il résister aux nuits blanches qui avaient suivi l'arrivée prématurée de Laura et aux journées plombées par nos problèmes d'argent…

J'étais arrivée devant le tourniquet menant au champ des Béliers, dont les martèlements réguliers me rappelèrent des temps plus sereins. Indifférente à la pluie qui commençait à tomber, je m'assis dans l'herbe en serrant mon blouson pour me protéger du froid et me laissai emporter vers le souvenir de ces journées estivales.

Les deux premiers étés à Glory Cottage, Owen n'était pas là. Quand, tout excités, Lucien, Rob et moi arrivâmes le troisième été, Esme nous attendait avec deux surprises : premièrement, sa mère avait eu des jumeaux – mais cela, nous le savions déjà –, et, deuxièmement, elle était occupée à faire une dépression nerveuse. Comme nous n'avions encore jamais vu de dépression nerveuse en chair et en os, cela ne laissa pas de nous intriguer au plus haut point, et nous passâmes pas mal de temps à chercher des prétextes pour approcher de la maison et apercevoir Clare Drummond. Mais nous ne vîmes rien de plus excitant que Mme Drummond dormant sur le sofa, ou fumant des cigarettes debout, les yeux gonflés, ou encore, assise et pleurant en silence (elle pleurait la plupart du temps, au dire d'Esme). À la longue, nous en conclûmes que sa dépression était particulièrement peu intéressante. Lucien eut beau nous dire avoir été témoin de scènes de violence hystérique, nous ne le crûmes pas. Quant aux jumeaux, confiés à Mme Wicks, ils ne présentaient aucun intérêt pour nous.

Rappelé de Londres par ma mère et fermement exhorté à prendre les choses en main, John Drummond se montra d'accord sur le principe, mais sans paraître le moins du monde concerné personnellement ; sa seule priorité était plus que jamais de retrouver son havre londonien. Lucien nous confia que M. Drummond avait là-bas une maîtresse, ou, pour utiliser un de ses mots de prédilection cet été-là, une concubine. Plus tard, il nous raconta que Clare Drummond avait eu vent du harem de son mari, d'où sa dépression. John Drummond repartit, laissant sans doute à Fáith le soin d'agir au mieux. Mais, comme ma mère n'avait absolument pas l'intention de passer ses vacances à soigner une amie malade, et encore moins de s'occuper de deux bébés, elle consacra deux jours à chercher une aide familiale.

C'est ainsi que nous vîmes débarquer Angela Baer, sa machine à écrire, ses deux valises pleines de livres et de manuscrits, ses deux sacs de vêtements et son fils prénommé Owen.

Angela Baer était une des plus belles femmes que j'aie jamais vues. Son visage aux immenses yeux bruns auréolé de cheveux blond doré lui donnait cette féminité aérienne tant appréciée des agences de publicité. S'efforçant cependant au maximum de faire oublier son physique, elle s'habillait n'importe comment, roulait elle-même ses cigarettes et était très maladroite. Je compris plus tard que, pour cette femme intelligente, radieuse, passionnée par les poètes latins mineurs et issue d'un milieu très modeste, la beauté était un énorme handicap : lorsqu'elle postulait un emploi ou demandait une bourse à l'université, elle intriguait, et les professeurs les plus desséchés se transformaient en don Juans aux pensées lubriques.

Son fils avait hérité ses magnifiques yeux bordés de cils noirs et son halo de cheveux dorés et les vieilles dames l'adoraient. Il se dégageait cependant déjà de lui quelque chose de rébarbatif et de rigide qui n'avait rien à voir avec Angela. À l'époque, il ne fut pas question de son père et, si nous nous interrogeâmes à ce sujet – ce dont je doute –, nous dûmes en conclure que les parents d'Owen avaient divorcé, puisque tous les parents semblaient exceller dans ce domaine.

La première semaine, l'intrusion d'Owen ne fut pas du tout de notre goût. En dépit des tentatives à moitié convaincues de Faith pour nous inciter à de meilleurs sentiments envers ce « petit garçon si gentil », nous tînmes le nouveau venu à l'écart et, lui faisant payer cher ses airs d'enfant de chœur, nous susurrions à son passage : « Voilà le petit ange. »

Je l'aperçus une ou deux fois se promenant seul près de la rivière ou lisant à plat ventre dans l'herbe, et il me fit de la peine ; dans mon for intérieur, je pensais que ma mère n'avait pas tort : il avait vraiment l'air gentil. Mais, n'osant pas enfreindre la quarantaine décrétée par Lucien, au risque d'être moi-même mise à l'écart, je fus aussi méprisante et cruelle que les autres à l'égard d'Owen.

De temps en temps, le son d'un piano provenant de la grande maison nous parvenait parmi les vagissements de bébés et les cris de femmes, mais nous n'y prêtions pas attention.

Et puis, un soir où la pluie venait de s'arrêter, Rob et moi partîmes nous promener près de la rivière en nous demandant où étaient Lucien et Esme : être laissés à part, même pour peu de temps, ne présageait jamais rien de bon. Il ne nous vint pas à l'idée de jouer seuls, mon frère tournant invariablement en ridicule la moindre velléité d'indépendance. Un peu anxieux, nous nous mîmes à nous chamailler, avant de retourner à tout hasard vers le coin de verdure près des saules. Là, nous trouvâmes Lucien et Esme, étalés sur les grands coussins sortis de la cabane à bateaux. Et Owen était avec eux.

— Salut, vous deux, dit Lucien sans même nous regarder. Je vous présente Owen. Plus tard, ce sera sans doute un grand musicien.

Ce fut, par certains côtés, le plus beau de tous nos étés à Glory Cottage. Accaparées par les jumeaux et la dépression de Clare, les grandes personnes renoncèrent à nous emmener faire des balades ennuyeuses ou voir des gens, et nous fûmes livrés à nous-mêmes. Lucien inventa une histoire compliquée concernant le couple d'un certain âge dont le pavillon se trouvait à sept cents mètres en direction de la ville. Le vieil homme apparemment inoffensif qui, son caniche impatient sur les talons, passait son temps à bichonner ses chrysanthèmes était, au dire de mon frère, un ancien nazi, responsable d'un camp de concentration où il avait fait souffrir et mourir des milliers de personnes. Nous eûmes pour mission de l'épier et de constituer un dossier à charge, en notant en particulier s'il lui arrivait par mégarde de lâcher des mots comme *Gott in Himmel* ou *Achtung*, qui constituaient alors toutes nos connaissances en allemand. Nos autres jeux consistèrent à transformer le bateau en vaisseau de guerre, à construire des barrages, et

177

à chaparder de la nourriture quand Mme Wicks avait le dos tourné. Nous entreprîmes aussi de confectionner des paniers d'osier destinés à être vendus au bord de la route ; ils ressemblaient à de pauvres nids et restèrent invendus – sauf celui de Lucien, que Faith acheta et exposa pendant plusieurs années dans ses salons successifs, parvenant même à convaincre certains visiteurs qu'il était l'œuvre d'un grand sculpteur contemporain. Persévérant dans nos tentatives de survie, nous fîmes des pièges pour attraper des hérissons et les faire cuire à la braise ; Esme en fut horrifiée, jusqu'à ce qu'elle réalise que les hérissons du coin étaient bien trop malins pour se laisser prendre. Nous tentâmes également de dresser Boule de Neige II à participer à des tours de magie et, paresseux comme il était, il ne demanda pas mieux que de rester longuement assis dans un vieux haut-de-forme ; mais nos tours de magie ne furent qu'un succès partiel, car aucun de nous n'était doué en prestidigitation, même si Lucien imitait très bien les roulements de tambour.

La présence d'Owen dans notre groupe transforma celui-ci plus qu'aucun de nous ne l'aurait admis. Visiblement ravi d'appartenir à notre bande, Owen ne s'en remit cependant jamais aussi aveuglément à Lucien que Rob et moi – Esme, quant à elle, se contentant de suivre le mouvement. Owen approuvait les bonnes idées de Lucien mais, à l'inverse de nous, il discutait les mauvaises. Ainsi défié, Lucien se mit à concocter des projets encore plus ambitieux, tout en se servant d'Owen pour nous maintenir à nos places.

Et puis, cet été-là fut aussi l'été des secrets.

Tout commença un matin où il ne faisait pas très beau.

— Réfléchissez à un secret, nous enjoignit Lucien. Ce doit être quelque chose d'absolument personnel, que vous n'avez jamais, jamais dit à personne. Je vous donne vingt-quatre heures. Vous avez intérêt à ce que ce soit bon. Et pas de triche !

— Et toi ? s'enquit l'un de nous.

— Moi, j'ai déjà mon secret. Et il est vraiment génial.

Il ne m'en fallut pas plus pour être saisie de panique. Lucien avait la manie des secrets et ne supportait pas que je puisse lui cacher quelque chose. Mais il était très exigeant, et je savais que je ne pourrais pas me contenter d'une banalité du genre « Je veux une paire de patins à roulettes pour Noël ». Il me fallait inventer un secret à la fois intéressant et convaincant. Je passai la moitié de la nuit à m'angoisser.

Le lendemain matin, nous dûmes chercher refuge dans la cabane à bateaux car il tombait des cordes. Aujourd'hui encore, le mot « secret » éveille en moi l'odeur de coussins de tissu et de bois humide, la vision de toiles d'araignées, et je réentends le tambourinement de la pluie sur le toit.

Tout rouge, les yeux brillant comme ceux de Merlin l'Enchanteur, Lucien était au comble de l'excitation tandis que nous formions notre rond habituel ; je me demandai s'il était impatient de connaître nos secrets ou de révéler le sien.

— Esme, déclara-t-il, c'est toi la plus jeune, donc tu commences.

— C'est pas juste, répliqua celle-ci en serrant Boule de Neige II dans ses bras. C'est toujours moi qui commence.

Lucien réfléchit.

— Dans ce cas, dit-il en se tournant vers Rob, c'est toi qui commences. On parle à tour de rôle en finissant par moi.

Rob parut mal à l'aise.

— Je peux commencer si tu veux, ça m'est égal, intervint Owen, le visage tendu.

— Non, Rob d'abord.

— D'accord, admit ce dernier.

Il était visiblement décidé à faire de son mieux pour se tirer d'affaire mais lança un regard inquiet à Lucien.

— C'est au sujet du vieux monsieur, annonça-t-il, l'ancien nazi, comme tu dis… Eh bien, j'ai vérifié : ce n'est pas vrai. Il n'a jamais traversé la Manche, vu que sa femme a peur de voyager. Il n'a même pas fait la guerre parce qu'il était trop jeune. J'ai vu des photos. Il s'appelle Holborough et il est né à Beverley, un village du Yorkshire.

— Je sais tout ça depuis le début, crétin, répliqua nonchalamment Lucien. J'attendais seulement de voir combien de temps vous mettriez tous à réagir. Comment tu as trouvé ? ajouta-t-il.

— Je suis allé le voir, répondit Rob. Je lui ai raconté que j'avais un devoir de vacances à faire sur la guerre. Il était si content de m'aider qu'il m'a tenu la jambe pendant des heures, c'était vraiment barbant.

Lucien ne fit pas de commentaire mais il était agacé, je le savais. Rob avait osé briser l'enchantement de cette histoire, et il paierait sûrement plus tard ce premier – et dernier – acte de rébellion.

— C'est ton tour, Owen, rappela Lucien.

Celui-ci, le visage plus grave que jamais, hocha la tête.

— Je ne serai pas musicien, nous révéla-t-il.

— Pourquoi ?

— Parce que.

— Mais je croyais que tu adorais jouer du piano et tout ça ?

— Oui, j'aime bien. Mais les musiciens passent leur vie à voyager, ça fait partie de leur métier. Moi, quand je serai grand, j'aurai une vraie maison et un vrai métier, et je ne serai pas obligé de voyager sans arrêt.

— C'est tout ? C'est ça, ton secret ?

— Oui.

— Pas très marrant, lâcha laconiquement Lucien.

Je vis à l'expression d'Owen que celui-ci n'était pas de cet avis. Vint le tour d'Esme.

— Le mien est plus intéressant, affirma-t-elle avec un sourire.

— Vas-y, dis-le.

Une lueur animée dansait pour une fois dans ses yeux bruns.

— Mme Wicks a les pieds palmés, annonça-t-elle.

— Quoi ?

— C'est vrai, je les ai vus. Elle a un morceau de peau dégoûtant entre les orteils.

— Comme un canard ?

— Oui-oui. Mais ça ne se relève pas comme chez les canards.

— Comment tu le sais ?

— Je les ai vus, un jour, quand j'étais petite ; elle croyait que je ne regardais pas.

— C'est rudement bien, Esme ! lança Lucien, impressionné.

Esme baissa la tête en souriant du coin de l'œil, le nez dans les poils de Boule de Neige II.

C'était à moi, maintenant. Mon ventre se mit à palpiter d'excitation et de trac. Mon secret surpasserait même celui d'Esme, j'en étais sûre.

— Tu peux passer ton tour, Jane, déclara soudain Lucien avec condescendance. Ton secret doit sûrement être pathétique.

— Non.

— Surprends-moi, alors.

Pour une surprise, c'en fut une.

— Maman me l'a dit un jour où tu étais à l'école, assurai-je. On se parle beaucoup toutes les deux quand tu n'es pas là, tu sais. On est plus comme des sœurs que comme des amies, en fait. Quelquefois, on discute pendant des heures et des heures. (Je rougissais de bonheur, tellement cela me faisait envie.) Maman m'a dit qu'il était temps que je sache la vérité au sujet de papa...

— Tais-toi ! m'ordonna Lucien, soudain très pâle.

— Elle m'a tout raconté, en fait, continuai-je. Papa était vraiment quelqu'un de très gentil. Il adorait les enfants et il était très content d'avoir une petite fille – et un petit garçon, bien sûr. Il était coureur automobile et il est mort dans un accident...

— Tais-toi ! hurla Lucien.

— J'ai seulement dit...

— Tais-toi ! Tais-toi ! TAIS-TOI ! hurla-t-il. Comment oses-tu inventer des histoires sur notre père !

Il avait bondi sur ses pieds et me bourrait de coups de poing. J'en fus tellement surprise – la violence de mon frère, si perverse soit-elle, avait toujours été verbale – qu'il me fallut un moment avant de comprendre que je devais essayer de me défendre. Je poussai un long hurlement.

Il s'arrêta de frapper.

— Alors là, tu as dépassé les bornes, lança-t-il en haletant. Comment oses-tu inventer un secret !

— Qu'est-ce qui te dit que je l'ai inventé ? pleurnichai-je.

— Je le sais, un point c'est tout. Tu es bête et triste à pleurer. Je te déteste, je te méprise et je ne veux plus jamais te parler.

J'eus l'impression que le monde s'écroulait.

Owen se leva.

— Elle ne voulait pas te faire de peine, Lucien, déclara-t-il d'une voix ferme. N'y pense plus et dis-nous ton secret.

Lucien se tourna vers lui et lui décocha un regard méprisant.

— Mon secret, c'était le meilleur de tous, affirma-t-il avec amertume. C'était le cinquième secret. Vous en auriez été abasourdis, émerveillés, complètement babas. Mais je ne vous le dirais pas même si j'étais menacé de mort, même sous la torture. Vous ne le saurez jamais, et tout ça, par la faute de cette petite crétine !

Sur ce, il sortit en courant sous la pluie.

Ce jour-là, il ne nous adressa presque pas la parole et m'ignora complètement. J'eus envie de m'enfuir, de me faire adopter par un cirque ou de me jeter dans la rivière pour mourir, mais Owen m'en dissuada. Il fut tellement gentil que, malgré mon chagrin, je m'en voulus de ne pas l'avoir épaulé quand Lucien l'ignorait.

Le lendemain, une trêve gênée s'instaura entre mon frère et moi mais il fallut plusieurs jours encore avant qu'il ne revienne vraiment à de meilleurs sentiments à mon égard. Il nous apprit alors que nous avions pour mission d'en savoir plus sur les pieds palmés de Mme Wicks. Mais celle-ci déjoua tous nos stratagèmes et nous ne découvrîmes jamais la vérité sur ses orteils.

Quant à moi, la réaction de Lucien m'avait terrorisée au point que je décidai de ne plus jamais mentionner mon père en sa présence.

Et Lucien ne nous révéla effectivement jamais le cinquième secret.

L'été suivant, il sembla tout naturel qu'Owen soit de retour parmi nous ; la jeune Allemande au pair qui s'était occupée des jumeaux pendant l'hiver était rentrée chez elle, et l'on recourut de nouveau à Angela. Mais, débordée par Clare et les jumeaux, elle n'eut pas beaucoup de temps à consacrer à ses chers poètes latins et son optimisme s'effilocha à mesure que l'été avançait.

Pour nous aussi, l'enchantement commençait à s'émousser. Turbulent et pinailleur, Lucien, vite lassé de nos jeux, trouva un malin plaisir à monter

Rob et Owen l'un contre l'autre et je craignis parfois qu'ils n'en viennent à s'entre-tuer. Je me mis à faire des cauchemars, et certains n'avaient rien à voir avec les jeux de meurtres tant appréciés de Lucien.

Le seul événement qui nous réconcilia tous fut l'enterrement de Boule de Neige II, tué par le caniche gris hystérique de l'ancien commandant nazi dont nous avions pris d'assaut la cage à fruits. Lucien orchestra les funérailles en rituel viking, et mit le feu au bateau sur lequel était posée la boîte à chaussures tenant lieu de cercueil. Esme fondit en larmes. Puis, comme Owen entrait dans la rivière pour récupérer le bateau à peine noirci, le cercueil tomba à l'eau et faillit être emporté par le courant. Owen rattrapa de justesse le corps du lapin trempé, et mon frère accepta de l'enterrer de façon plus conventionnelle. Munie d'un séchoir à cheveux, Esme passa une grande partie de l'après-midi à sécher la fourrure de son lapin. Ensuite, Lucien déclama le poème qu'il avait écrit en hommage aux innombrables qualités de Boule de Neige.

— Dévoré, brûlé, noyé et enterré : on ne peut plus complet comme mort, non ? En tout cas pour un lapin ! conclut-il joyeusement pendant qu'on ensevelissait le cadavre.

Il faisait nuit noire à présent. J'étais frigorifiée, et le rappel de ces souvenirs m'avait déprimée au possible. Si Owen et moi étions restés amis, si nous n'étions pas devenus amants, peut-être la magie de notre relation d'enfants serait-elle intacte aujourd'hui. Seulement voilà, en voulant être gentil avec moi après la mort de Lucien, Owen en avait trop fait ; il m'avait épousée par pitié et, avec la meilleure volonté du monde, un mariage ne résiste pas à la pitié.

Retrouvant prudemment mon chemin dans le noir – le pompon aurait été que je tombe dans la rivière –, je retournai au cottage.

Rob dégringola l'escalier dès que j'ouvris la porte.

— Pour l'amour du ciel, où étais-tu ? s'écria-t-il, furieux. Et tu es trempée ! Tu as trouvé le journal ?

— Fiche-moi la paix avec ce journal. Owen me trompe, j'ai l'impression. Mon mariage est sans doute à l'eau.

Rob cessa de me harceler avec le journal d'Esme et fit de son mieux pour m'écouter d'un air patient fulminer contre Dinah. Par deux fois je lui annonçai mon intention de rentrer à la pépinière le soir même, et par deux fois il parvint à me convaincre de passer la nuit à Glory Cottage et de ne pas agir de façon irréfléchie. Il était bien sûr dans son intérêt que je reste pour dénicher ce fichu journal mais il me fut agréable de lui céder, comme si Dinah et Owen ne m'étaient rien et que je me moquais éperdument de leur déloyauté à mon égard. Rob fut aux petits soins pour moi autant que je l'avais été pour lui la veille. En me prélassant dans le bain qu'il m'avait préparé, je fus un instant tentée de lui donner le journal tout de suite. Mais je me ravisai : une fois obtenue l'information qu'il cherchait, il n'aurait plus besoin de moi ; il réapparaîtrait en grande pompe auprès d'Esme, Owen serait avec Dinah, et moi je serais seule. Cette idée me fut proprement insupportable. « Je le lui donnerai demain matin, pensai-je, nous ne sommes pas à un soir près. »

Notre dîner eut beaucoup plus d'allure que le précédent. D'abord, Rob ne mourait plus de faim et nous prîmes tout notre temps pour manger. Et puis, nous étions l'un et l'autre vêtus de neuf. Je n'étais pas très sûre d'avoir choisi ce qui seyait à quelqu'un d'aussi sophistiqué, probablement abonné aux grands couturiers, mais, à mon vif soulagement, Rob se contenta de remarquer – sans doute par fausse modestie – que la chemise beige et le beau pull-over lie-de-vin étaient nettement plus chic que ce qu'il portait d'habitude. Rasé, propre et bien habillé, il avait perdu son allure de clochard et commençait à ressembler à la vedette des médias dont la photo avait produit tant d'effet sur Dinah. (Dinah, Dinah – encore elle ! Qu'est-ce qu'elle et Owen faisaient en ce moment ?)

L'annonce de mon infélicité conjugale avait au moins permis de faire prendre conscience à Rob qu'il n'était pas le seul à avoir des problèmes. Pour la première fois en un peu plus de vingt-quatre heures, j'eus le sentiment d'avoir un peu existé, moi aussi, au cours des dix dernières années.

— À ton tour de raconter, dit-il en souriant tout en nous servant à boire. Qu'est-ce que c'est que cette pépinière dont tu ne cesses de parler ?

Partagée entre l'envie de donner par fierté une image idyllique de ma vie et celle d'exagérer mes tracas pour m'attirer sa compassion, je ne cessai de passer d'une attitude à l'autre, mais Rob écoutait d'une oreille distraite et n'y vit que du feu.

— J'ai toujours cru qu'Owen serait musicien, insista-t-il.

— Angela aussi, dis-je.

— Angela ?

— Angela Baer. La mère d'Owen.

— Ah oui, la beauté aux manuscrits ?

— Oui. Quand, à sa sortie du lycée, Owen a annoncé son intention de travailler pour ses oncles pépiniéristes, la pauvre Angela a eu un choc. Elle avait trimé toute sa vie pour sortir de son milieu et voilà que son fils voulait y retourner.

— Pourquoi ?

— Je ne sais pas. Sans doute pour emmerder le monde. Il prétend aimer ce métier et assure qu'il aurait fait un musicien médiocre. Et puis, après notre mariage, son père nous a offert un petit capital…

— Son père ? Il avait un père ?

— On a tous un père – enfin, sauf moi. Le professeur Armand Baer était le directeur de thèse d'Angela – sans doute plus doué en matière de poètes latins mineurs qu'en contraception. Pendant des années, Angela a cru, en vain, qu'il quitterait sa femme, elle a même fait officiellement changer son nom et celui de son fils. Bref, Owen, qui connaissait à peine son père, a été tenté de refuser son argent, mais j'ai réussi à le convaincre de ne pas faire l'idiot. Et puis Faith a débloqué une police d'assurance mise de côté pour moi et ainsi nous avons eu assez pour acheter un jardin potager classique abandonné depuis longtemps avec, en prime, une maison de jardinier à moitié en ruine.

— Idyllique, dis donc ! s'exclama Rob.

— Tu crois ça ? Tu devrais sortir, le dimanche. Si tu aimes les mauvais payeurs, les voitures en panne, les fuites d'eau et les banques qui te harcèlent, sans parler du froid, du travail épuisant et de l'ennui, je te laisse ma place.

Rob eut l'air sceptique. Comme beaucoup, il tenait à sa vision bucolique de la vie à la campagne et m'imaginait en robe blanche, les bras chargés de fleurs sauvages, batifolant dans une prairie ensoleillée.

— Comment ferons-nous si Owen et moi nous séparons ? Nous devrons sans doute vendre…

— Mais enfin, Jane, tu n'es même pas sûre qu'il te trompe. Et puis, si c'est le cas, vous n'êtes pas obligés de vous séparer ! Ce genre de choses arrive à la plupart des couples !

— Mais il s'agit d'Owen ! Tu le connais, il est trop sérieux pour ne pas s'attacher !

— Ne t'en fais pas, tout va s'arranger, répliqua Rob dans un bâillement.

Cela eut le don de m'énerver. Tant qu'il s'était agi de me retenir une nuit de plus à Glory Cottage, il avait fait preuve d'un minimum de compassion. Maintenant qu'il y était parvenu, il ne cachait pas son ennui.

— C'est en partie ta faute, lançai-je.

— Ma faute ? s'écria-t-il en sursautant, furieux. Ma faute ? Mais je n'ai jamais vu cette Dinah !

189

— Ce n'est pas ce que je veux dire.

— Tu me tiens pour responsable de tes deux nuits loin d'Owen ? Tu es folle ! Tu ne peux pas le surveiller vingt-quatre heures sur vingt-quatre !

— Je ne parle pas de cela. Mais il y a des années, quand Lucien est mort...

Soudain choqué, Rob ouvrit des yeux effarés.

— Mais je n'ai rien eu à voir avec la mort de Lucien, bredouilla-t-il.

— Est-ce que tu as seulement pensé à nous ? Tu n'es jamais venu à l'hôpital. Tu nous as laissés tomber au moment où nous avions besoin de toi, Rob. Owen, lui, était là. C'est pour cela que je suis sortie avec lui. Et j'ai cru que le mariage me garantirait qu'au moins une personne dans ma vie ne me laisserait pas tomber sans prévenir.

— Mais enfin, Jane, tu ne peux pas m'en vouloir pour cela aussi !

— Où étais-tu ?

— Écoute : tu as épousé Owen parce que tu l'as voulu. C'était peut-être une erreur, et si c'est le cas j'en suis désolé, mais je n'en suis certainement pas responsable.

— D'accord, ne parlons plus d'Owen mais de toi. Pourquoi as-tu disparu, Rob ? Pourquoi ?

— Pas étonnant qu'Owen te trompe si tu le harcèles de cette façon !

— Ça, c'est minable. Je ne te harcèle pas. J'ai le droit de savoir. Nous étions ta famille... (Ma voix tournait au vagissement et j'y mis discrètement un bémol.) Dis-moi...

Il se mit à tripoter son couteau et sa fourchette.

— Si je te disais que pendant un an, deux ans, j'ai oublié avoir jamais eu un ami du nom de Lucien, tu me croirais ? demanda-t-il la tête baissée.

Je le regardai, ahurie. Ses yeux sombres perdus dans le vague, il me donna l'impression de délirer. « Bien sûr : il est fou, me dis-je, soudain paniquée. Pourquoi ne m'en suis-je pas aperçue avant ? Cela expliquerait tout – son appel au secours, sa fuite dans les Béliers, sa paranoïa vis-à-vis de la police, et même ce qui est arrivé à Esme, qui sait ? »

Il se leva et commença à débarrasser. Il tremblait tellement que les couverts tressautaient dans ses mains.

— Tu me croirais, continua-t-il d'une voix oppressée, si je te disais que pendant deux ans les Piper sont sortis de ma vie ? Peux-tu imaginer que j'aie oublié cet endroit, oublié ces étés, oublié... tout ?

— Je ne comprends pas, Rob, répliquai-je sans ciller. Comment as-tu pu faire cela ?

Il s'en prit soudain à moi d'un air arrogant.

— Évidemment, tu ne comprends pas ! Tu ne peux pas comprendre : tu n'étais pas là !

Je m'apprêtais à m'indigner lorsque le verre qu'il tenait dans la main vola en éclats. Un filet de sang rouge vif apparut dans sa paume.

— Où étais-tu, Rob ?

— Laisse tomber. Je vais prendre l'air.

— Mais tu ne dois pas sortir ! Tu saignes ! On va te voir...

Il était parti, laissant la porte grande ouverte. Le vent froid de la nuit s'engouffra dans la maison.

8

Assise à l'étage, seule dans la maison vide, j'écoutais la pluie tomber. Dans un coin, le radiateur soufflait, chassant des nuées de poussière sur le parquet. J'examinai dans la glace mon reflet, qui m'offrait une image de moi peu réconfortante. Je m'étais récemment fait couper les cheveux très court pour avoir l'air un peu sophistiqué, mais c'était raté : ma coiffure était quelconque, comme mon visage, qui n'est joli que s'il est animé. Comme j'aurais aimé avoir le charmant minois, les traits fins de mon frère et de ma mère ! J'esquissai un sourire, mais mon regard demeura figé. Autant rester naturelle et renfrognée.

Dinah, elle, était avec l'âge devenue une femme accomplie d'une beauté sauvage. Comment avais-je jusque-là pu ignorer son chic, son humour, son sex-appeal et ses talents ?

« Pas étonnant qu'Owen se soit lassé », pensai-je, le peu de confiance que j'avais en moi m'ayant à présent désertée. N'avais-je pas toujours dit en plaisantant qu'il méritait mieux que moi ? Il lui avait juste fallu un peu de temps pour parvenir à cette conclusion. La jalousie me tordit l'estomac. Génial – pour couronner le tout, j'allais me faire un ulcère, et cela n'inquiéterait personne.

Un sentiment de renoncement auquel le vin n'était pas étranger commença à m'envahir.

Je n'aurais certes pas choisi Dinah pour donner des cours de mieux-être à Owen, mais étais-je la mieux placée pour en décider ? Enfin, je saurais être bonne perdante.

Bouleversée par cette magnanimité, inhabituelle chez moi, je regardai deux larmes glisser le long de mes joues. Owen, surpris par tant d'abnégation, ouvrirait peut-être finalement les yeux sur l'être exceptionnel qu'il perdait avec moi. Mais il serait trop tard...

J'étais à deux doigts de me lamenter sur le sort d'Owen lorsque la porte d'entrée se referma en claquant. Des pas se firent entendre dans l'escalier, et s'arrêtèrent derrière la porte de ma chambre, que je vis dans le miroir s'ouvrir lentement. L'ombre de Rob se profila dans la pièce, seulement éclairée par la faible lueur d'une lampe de chevet.

— Jane ?

— Oui ?

Il s'avança, et son reflet me fit face dans la glace.

J'avais fréquenté Rob de loin en loin quasiment depuis toujours, et je l'avais vu dans tous ses états : riant souvent, parfois au bord des larmes, en colère – puis, en photo et à la télévision, séducteur et triomphant quand le succès avait commencé à lui sourire. La nuit précédente, j'avais découvert l'homme traqué. Mais à cet instant, il me parut complètement désemparé. Son visage avait perdu son expression têtue, ses yeux semblaient toucher le fond du désespoir, et sa vulnérabilité, si semblable à la mienne, m'émut comme jamais.

— Rob ? murmurai-je.

Il traversa la pièce, et nos regards se rencontrèrent sur le voile poussiéreux du miroir. Debout derrière moi, il se baissa un peu pour envelopper mes épaules de ses bras.

— Crois-moi, Jane, dit-il doucement, je serais le premier à souhaiter pouvoir changer le passé.

Je hochai la tête et, sans me retourner, la penchai sur le côté pour toucher sa joue. Il ferma les yeux, approcha son visage du mien, et ses lèvres effleurèrent le coin de ma bouche. Ses mains glissèrent sur ma poitrine pour caresser mes seins. Une onde de désir me parcourut la colonne vertébrale. J'attendis de voir comment la jeune femme brune du miroir allait réagir et la vis pousser un petit cri de plaisir et d'attente. Puis, à la fois distante et doublement impliquée, j'observai en voyeuse les lents reflets de nos caresses.

Rob mit sa bouche au creux de mon cou avant d'ouvrir les yeux et de relever la tête. Nos regards se rejoignirent à nouveau dans la glace. Mon visage impassible contredisait étrangement le feu qui brûlait en moi.

— Ne pense pas à Owen, murmura Rob en écrasant du pouce une larme sur ma joue.

Je me penchai en avant et m'accoudai à la coiffeuse.

— Je ne peux plus ne pas penser à lui, répliquai-je avec un soupir, tout en pestant contre Owen. Hier soir, ç'aurait été différent… mais là…

— Je sais, souffla Rob en posant un baiser sur ma tempe.

— C'est comme si j'essayais de marquer des points pour ne pas être en reste.

— Tu penses trop, dit-il en recommençant à m'embrasser.

— Non…

Je me levai, me détournai du miroir et fis face à Rob sans le toucher.

— Alors, où est le problème ? demanda-t-il.

Je haussai les épaules. Que répondre à cela ?

Il se dirigea vers la fenêtre et scruta l'obscurité détrempée du dehors avant de fermer les rideaux rouges élimés jusqu'à la corde.

— Tu te souviens de ce soir d'orage… ? questionna-t-il. Esme était allée dormir dans la grande maison et toi, tu avais peur de rester seule ici…

— Oui.

— Tu es venue dans notre chambre. Lucien n'a pas voulu que tu dormes avec lui – tu étais maigre comme un clou, disait-il. Alors, tu as grimpé dans mon lit…

— Nous étions si innocents…

— Parle pour toi. Pour moi, cette nuit-là a été une révélation et je me serais volontiers aventuré… mais Lucien dormait à deux pas de nous – il aurait bien rigolé…

— Tu as souffert en silence ? me moquai-je.

Ce rappel de notre enfance commune eut peu à peu raison de l'émoi qui s'était emparé de nous.

— Jane, murmura Rob, j'aimerais ne pas être seul cette nuit. Si on faisait comme si rien n'avait changé, juste une fois ?

Un peu plus tard, enroulés dans les couvertures et l'édredon, nous étions allongés côte à côte.

— Je devrais essayer de trouver des draps, non ? dis-je.

— J'ai cherché, il n'y en a pas.

— Tant pis. De toute façon, je n'avais pas envie de me relever.

— Parle-moi, Rob, dis-je, encouragée par la pénombre et la complicité qui nous tenait lieu de confort. Aide-moi à ne plus penser à Owen et à cette petite garce.

— De quoi désires-tu que je te parle ?

— De ce que tu veux. De toi, par exemple.

— De moi ?

— Oui. Et de ta famille. Tu n'as jamais rien raconté sur tes parents.

Il garda le silence quelques instants.

— Tu veux que je t'endorme avec une histoire ? proposa-t-il enfin. D'accord. J'avais environ six mois quand mes parents sont partis s'installer en Australie. Ils pensaient sauver ainsi leur couple, mais cela a au contraire creusé le fossé entre eux. Ils étaient tous les deux très occupés ; mon père voyageait beaucoup, ma mère travaillait et avait de nombreux amants. Moi, je gênais. Du plus loin que je m'en souvienne, je revois des portes fermées et des pièces vides. Le silence et l'attente.

— Tu essaies de me faire pleurer… ? On ne passe pas son temps à s'amuser et à faire des barbecues, en Australie ?

— Des barbecues ? Je ne m'en rappelle qu'un. C'était dans une maison au bord de la mer, il me semble. Je me souviens d'avoir été frappé de voir combien les autres enfants étaient à l'aise, naturels avec leurs parents. À la fin de la soirée, lorsque tout le monde a été parti, il s'est avéré que ma mère avait disparu avec un homme dont elle venait de faire la connaissance. Elle m'avait complètement oublié. Nos hôtes ont été obligés de m'héberger pour la nuit ; ils étaient gentils mais ils trouvaient tout cela bizarre, je le voyais bien. J'avais honte, comme si c'était ma faute. Quand on a retrouvé ma mère le lendemain matin, elle en a ri ; et moi, j'étais tellement désireux de lui plaire que j'ai feint de trouver cela drôle aussi.

— Dis, comme histoire pour m'endormir…

— C'est toi qui l'as voulu.

— J'aurais mieux fait de me taire. Non – excuse-moi. Continue. Tu as bien été heureux à un moment donné ?

— Oui. Soudain, quand j'ai eu huit ans, mes parents ont décidé que les écoles australiennes étaient nulles et ils m'ont expédié en Angleterre. Cela leur permettait de se débarrasser de moi plusieurs mois par an et de me refiler à mes grands-parents pendant les vacances. Lorsque mon père m'a confié à l'hôtesse de l'air, j'ai eu l'impression d'être en partance pour la lune. Aujourd'hui encore, dans les aéroports, la seule idée de prendre l'avion me rend malade.

197

— Allez, viens-en aux bons moments !

— D'accord, passons sur les grands-parents. Je suis à l'école primaire, une école pour garçons assez quelconque. Plus précisément, dans la lingerie. Une rangée de nouveaux sont alignés en rang d'oignons et tendent leurs draps et leurs serviettes de toilette. Entre Lucien. C'est là, à ce moment précis, qu'il m'a pris sous son aile, Dieu sait pourquoi. Je pensais que cela ne durerait pas. Lucien était très populaire, il aurait pu choisir un copain aussi malin et aussi brillant que lui. Pourtant, il ne l'a jamais fait. Je m'en suis étonné auprès de lui, des années plus tard, mais il est resté évasif. Il m'arrive encore de m'en étonner.

Sans avoir un caractère de perdant, Rob était quelqu'un de vulnérable. « Peut-être, me dis-je, Lucien a-t-il senti qu'il trouverait en cet ami, par ailleurs intelligent, séduisant et costaud, la dévotion absolue qu'il exigeait depuis toujours de ses camarades ? » Une fois sous son charme, Rob avait effectivement été prêt à faire n'importe quoi pour mon frère.

— Et puis, un an plus tard, continua Rob, il m'a proposé de passer les vacances d'été dans sa famille. C'était trop beau ! J'avais si peur de ne pas y être autorisé par mon père que j'ai essayé d'intercepter le courrier du directeur de l'école – et j'ai failli être renvoyé.

— C'était la première fois que nous venions à Glory Cottage.

— Vous donniez tous l'impression d'être une famille tellement normale !

— Une famille normale ? Nous ?

— Lucien avait dû me dire qu'Éric n'était pas son vrai père, mais au moins il était presque toujours là et on pouvait compter sur lui. Pour la première fois de ma vie, j'ai eu le sentiment d'être à ma place ; mais c'était illusoire, je le savais, on pouvait à tout moment m'expédier chez mes grands-parents.

— Je comprends pourquoi tu étais toujours si poli. Ma mère t'adorait.

— Moi aussi, je l'aimais beaucoup. J'ai été si heureux pendant nos quatre étés ici…

Dehors, le vent agitait les arbres. Une giclée de pluie vint frapper les vitres. Rob et moi bougeâmes en même temps pour nous installer plus confortablement. Je caressai du pied son tibia et sentis qu'il posait un baiser sur mon nez. Étrangement, ce moment d'intimité nous rapprochait plus que le désir, à présent presque disparu, qui nous avait saisis devant la glace.

Rob s'était tu. Il devait avoir fini son histoire et s'être endormi. Je commençais moi aussi à sombrer dans le sommeil quand il se remit à parler :

— Je regardais beaucoup la télévision chez mes grands-parents. Un jour, dans une émission sur la mer et les récifs de corail, il a été question de créatures dont j'ai oublié le nom mais qui m'ont fait rêver. Ces bêtes passaient la plus grande partie de leur vie accrochées au même rocher. Si elles y restaient collées, tout allait bien, mais, dès qu'elles s'en détachaient, elles étaient perdues et devenaient incapables de vivre. Elles flottaient à la dérive et se faisaient dévorer, ou se désagrégeaient et finissaient par mourir. Je me souviens, j'ai pensé : « J'étais comme elles avant de rencontrer Lucien – paumé, à la dérive, n'ayant survécu que par habitude. » Tu vois, pour moi, ton frère était beaucoup plus qu'un ami. C'est grâce à lui que j'ai trouvé ma place, mon identité, un sens à ma vie. Alors, quand il est mort...

Il resta un moment sans rien dire, tandis que le vent mugissait dans les arbres.

— Quand il est mort, reprit Rob, j'ai perdu mon meilleur ami, mais aussi une partie de moi-même. Pendant des mois, j'ai été anéanti. C'est ce qu'on entend par « dépression nerveuse », j'imagine. Mais cette expression est bien faible comparée à ce qu'on éprouve.

Je ne répondis rien. Je savais bien ce qu'il voulait dire. Les autres avaient admiré l'intelligence, la vitalité, l'audace de Lucien ; mais Rob et moi étions peut-être les seuls à avoir perçu sa fabuleuse capacité d'inspirer à ceux qui comptaient pour lui la certitude d'être aimés, d'avoir leur place, comme disait Rob. Pour moi, c'était tout simplement le sentiment d'avoir une famille.

J'eus les larmes aux yeux en pensant à ces pauvres créatures, arrachées à leur rocher protecteur... Flotter à la dérive sans pouvoir se raccrocher à rien, je connaissais...

Averses et rafales de vent se succédaient à présent. Je m'enfouis un peu plus dans la chaleur du lit. Le monde extérieur était hostile et froid, et l'avenir me faisait peur.

Lucien n'était plus là depuis longtemps.

Owen faisait route vers des horizons incertains.

Et Esme...

Chacun dans sa solitude mais plus proches que nous ne l'avions jamais été, Rob et moi dormîmes ensemble cette nuit-là dans la maison battue par une pluie sans merci.

Quand je m'éveillai le lendemain matin, il ne pleuvait plus et j'étais seule dans le lit. C'était comme au cinéma, lorsque l'héroïne émerge du sommeil et se demande naïvement si le héros a ou non profité d'elle la veille au soir parce qu'elle était soûle, droguée ou endormie. Je souris car la question ne se posait décidément pas pour ce qui était de Rob. Mais une douleur me galvanisa soudain : Owen, lui, ne s'était très certainement pas conduit en gentleman en compagnie de l'innommable Dinah.

Je restai allongée un instant, pestant contre la terre entière. Je redoutais cette journée. D'abord, je remettrais le journal d'Esme à Rob, lequel se désintéresserait aussitôt de moi. Ensuite, il me faudrait rentrer à la pépinière et faire face à ce qui m'attendait concernant Owen et Dinah. La perspective de semer onze mille plants de laitue qui m'avait démoralisée deux jours auparavant, c'était une broutille, à côté.

Convaincue d'être l'innocente victime de l'égoïsme et de la perversité universels, je descendis me faire une tasse de thé.

J'allais lire le journal – je le savais en remontant dans la chambre. C'était la faute de Rob. Après tout, s'il n'avait pas tant insisté pour me dissuader de le faire, il n'aurait pas piqué ma curiosité. « Tout comme Adam et Ève, me dis-je : si le Seigneur n'avait pas fait tout un plat au sujet de l'arbre interdit, Ève n'aurait pas cueilli la pomme, et le monde s'en serait trouvé mieux. »

Je tentai de me persuader que j'y jetterais juste un coup d'œil, pour m'assurer qu'il s'agissait bien du journal, afin de ne pas décevoir horriblement Rob en lui remettant un vieux carnet de notes sans intérêt. Mais, à la vérité, ce qui m'intéressait bien sûr était de savoir si Esme avait écrit quelque chose sur moi. Elle l'avait fait à Martin's Court, d'après Rob, et c'était à Martin's Court qu'elle et moi avions passé le plus de temps ensemble ; pourtant, j'ignorais totalement ce qu'elle pensait de moi. Lui avais-je seulement inspiré un peu d'affection ? « Si je tombe sur quelque chose qu'Esme n'aurait pas voulu que je lise, je ne le lirai pas », me dis-je commodément. Quant à Rob, je lui donnerais le journal dès qu'il sortirait de la salle de bains, où il en aurait encore pour une bonne dizaine de minutes – ce qui m'arrangeait.

M'enfouissant sous l'édredon, je me mis à feuilleter négligemment le cahier. Près de la moitié des pages étaient couvertes de la grande écriture enfantine d'Esme un peu penchée à gauche. Je sautai à la toute dernière ligne : « Enfin, écrivait-elle, j'imagine que le mieux est de rentrer à Londres et d'assumer la réalité. » Revenant en haut de la première page, je lus : « Me voici donc de retour à Martin's Court après toutes ces années. J'ai l'impression de n'en être jamais partie. » De toute évidence, je ne tenais pas là un chef-d'œuvre d'originalité. Me revint tout à coup en mémoire le journal que j'avais eu à rédiger comme devoir de vacances : « Lundi – je me suis levée, j'ai pris mon petit déjeuner, je me suis ennuyée dehors jusqu'au déjeuner, j'ai déjeuné, je me suis ennuyée dehors jusqu'au goûter, j'ai goûté… » L'apaisante litanie des longues journée d'été… Le prix avait été décerné à une petite morveuse qui avait apparemment gâché ses vacances à récupérer des chatons dans les arbres et à tenir le crachoir aux vieilles dames ; mon devoir avait été cité en exemple de la façon dont il ne fallait pas rédiger un journal, mais j'avais été ravie : les grandes personnes n'avaient pas pu mettre leur nez dans mes secrets de vacances.

Je continuai de survoler le cahier, cherchant mine de rien à y voir mon nom. Je l'aperçus dans le coin supérieur gauche d'une page : « Jane était d'une humeur de chien comme d'habitude. » Comment ? Moi, d'une humeur de chien ? Et comme d'habitude ? Quel culot ! Ce paragraphe semblait concerner Boule de Neige II et son enterrement façon viking. Les adjectifs d'Esme pour relater cet événement étaient, comme son écriture, touchants de naïveté : Lucien avait été « ignoble » (mais pas « comme d'habitude », notai-je avec amertume) d'avoir voulu incinérer son lapin « chéri », et Owen avait été « adorable » (comme on change !) d'être entré dans l'eau pour repêcher le cadavre. Il n'était pas question de Rob ; quant à moi, j'avais été « d'une humeur de chien, comme d'habitude ».

J'en voulus plus à Esme pour ce « comme d'habitude » que pour mon « humeur de chien », et j'eus un peu moins mauvaise conscience de lire son journal intime. L'eau du bain de Rob gargouillait dans les tuyauteries dans le plus pur style Glory Cottage. Il pouvait le prendre, son journal, et je lui souhaitais bien du plaisir. D'ailleurs, je doutais qu'il trouve un quelconque indice sur l'agresseur d'Esme dans ce fatras de souvenirs d'enfance sans intérêt et...

Soudain j'écarquillai les yeux de stupeur. Oui, je venais bien de lire : « Le cinquième secret ».

« Je déteste vraiment les secrets, écrivait Esme, depuis toujours – c'est-à-dire depuis le moment où Lucien s'est mis à nous rabâcher qu'il en avait un fabuleux. Si nous l'apprenions un jour, assurait-il, nos vies en seraient transformées. Nous l'agacions à force de lui demander de nous le révéler – j'ai, comme les autres, fait semblant de vouloir le connaître... » (Allez, Esme, c'était quoi, son secret ? Est-ce qu'il te l'a dit ?) « ... mais je n'en avais absolument pas envie. J'ai toujours eu très peur des secrets, peut-être parce que j'étais vaguement au courant de celui concernant papa et maman. Je suis peut-être la reine des lâches, mais les horribles secrets des autres, je n'en ai rien à faire. Et de celui de Rob encore moins. Mais voilà, il m'a fait jurer-jurer-jurer de ne jamais le dire à personne, même pas à mon psy. Cela me pèse horriblement et je ne sais comment faire pour cesser d'y penser. Je n'avais pas du tout envie de le connaître. Je ne lui ai jamais posé de questions sur la mort de Lucien, mais maintenant qu'il m'en a parlé, je sais, et je ne peux plus oublier. Je n'arrête pas de penser que je devrais faire quelque chose, parler à quelqu'un, mais même cela, je ne dois pas le faire. Oh, si seulement... »

Soudain, il y eut un craquement sec et la porte de la salle de bains s'ouvrit. Je sursautai et renversai une partie de ma tasse de thé sur l'édredon.

— Jane ? appela Rob de derrière la porte. Si on petit-déjeunait ?

Il parlait d'une voix normale. Essayait-il d'éteindre ma méfiance en agissant comme si de rien n'était ?

Passé mon premier mouvement de panique, je glissai le journal dans le sac.

— Je descends ! criai-je.

Détendu, le visage souriant, Rob entra alors dans la chambre.

9

Je retraversai péniblement Londres jusqu'à la gare de Paddington d'où je pris le train pour regagner ma campagne, en plaignant les banlieusards assommés par ce genre de périple quotidien.

D'abord incrédule en apprenant que je rentrais chez moi, Rob s'était mis en colère, et j'avais eu beau lui promettre de revenir le jour même pour continuer de chercher le journal, il fulminait encore lorsque j'avais quitté Glory Cottage. Eh oui, j'avais promis…

Enroulé dans un pull et glissé dans un sac en plastique, ledit journal était à présent posé sur mes genoux, et je n'étais pas rassurée. J'avais l'impression d'être en possession d'un diable dans sa boîte, doué de parole et à tout moment susceptible de faire sauter son couvercle pour abreuver le wagon des soupçons d'Esme. Ce que j'avais lu de son journal me trottait dans la tête. Au milieu de platitudes naïves se cachaient des indices en pagaille – le secret... le secret de Rob... c'était lié à la mort de Lucien... Mais dès que j'essayais de trouver un sens à tout cela – car il y en avait un –, la faculté de penser me faisait défaut.

Et si Esme était un peu dérangée et dramatisait les choses ? Peut-être tenait-elle de sa mère. Clare Drummond était toujours passée pour une originale, mais plus j'y pensais, plus il me semblait évident qu'elle était en fait complètement folle. Comme elle, Esme vivait sans doute dans un monde à part où les gens agissaient bizarrement ; voilà pourquoi elle voyait un psy. Guère charitable pour Esme, cette explication m'était néanmoins bien plus facile à accepter que le fait que Rob soit... qu'il ait pu... que Lucien ait été...

Non, décidément, je ne pouvais croire ce que disait le journal et j'étais incapable de regarder l'horrible, l'inacceptable vérité en face.

Mais j'étais tout aussi incapable de penser à autre chose.

Owen m'attendait à la gare, vêtu de sa veste de tweed réservée aux rendez-vous avec les directeurs de banques et les comptables et de sa plus belle chemise bleu pâle. Celle-ci accentuait les cernes qui ombraient ses yeux. En songeant à la responsable de ses nuits blanches et, plus précisément, à la façon dont il avait passé la dernière, je devins quasiment folle de rage. Pour ne rien arranger, il était plus beau que jamais malgré la fatigue.

— Salut, Jane, dit-il en me toisant d'un air méfiant.

207

Il tendit la main vers le sac en plastique, mais je glissai jalousement celui-ci sous mon bras. Il recula immédiatement.

— Trop gentil à toi d'être venu me chercher, persiflai-je. Tu avais certainement bien d'autres choses à faire.

Il poussa un soupir, fit demi-tour et, le dos voûté, entra dans le parking. « Ne t'avise pas de jouer les victimes avec moi », pensai-je en le suivant jusqu'à la camionnette.

Il se dirigea vers la portière passager avant. Allait-il, pour se faire pardonner, faire preuve de galanterie en me la tenant ouverte ? Préférait-il me laisser conduire ? Non. Il monta dans la voiture par cette issue et se glissa jusqu'au siège du conducteur.

— La portière côté conducteur est tombée hier soir, expliqua-t-il en s'installant derrière le volant. Je l'ai rafistolée comme j'ai pu mais je n'ai pas eu le temps de m'en occuper.

— Super, lançai-je.

L'odeur de terreau, d'essence et de sacs de toile était déprimante au possible. Elle me rappela les mois passés à travailler comme des esclaves tout en voyant inexorablement grimper nos dettes. Pendant un instant, les deux derniers jours me semblèrent n'avoir jamais existé.

Owen sortit du parking, mais au lieu de prendre le chemin de la pépinière il s'engagea en direction de l'autoroute.

— Mais où vas-tu ?

— J'ai une livraison à faire.

— Cela ne peut pas attendre ?

— Après, nous pourrions aller voir Esme.

208

— Une seconde ! Tu aurais pu me demander mon avis, non ? J'ai mon mot à dire, il me semble.

— Comment aurais-je pu te demander ton avis ? Je ne savais même pas où tu étais.

— Je t'ai appelé pour te donner mon heure d'arrivée. Tu avais tout loisir de me proposer cette petite virée.

Il accusa le coup et conduisit un moment en silence.

— Je pensais qu'on avait besoin de parler, dit-il enfin d'une voix basse.

Étaient-ce les mouvements de la camionnette après mon interminable voyage ou les fortes odeurs qui l'imprégnaient ? Toujours est-il que j'eus soudain la nausée. Owen voulait discuter. J'entendais déjà ce qu'il voulait m'annoncer : il était amoureux de Dinah, c'en était fini de notre mariage, il souhaitait divorcer, nous allions avoir mille choses à régler. Je le connaissais : il resterait calme, efficace et poli et, ce faisant, me mettrait sans doute absolument hors de moi.

— Nous n'avons strictement rien à nous dire, répliquai-je. Qu'as-tu fait des enfants ?

Il me jeta un coup d'œil avant de se concentrer à nouveau sur la route.

— Ils sont avec Dinah.

— Dinah ? Je ne veux pas que cette femme approche mes enfants !

— Il n'y en a pas pour longtemps.

Malgré mes craintes et ma colère, j'avais espéré que mes soupçons concernant Dinah seraient injustifiés. Et voilà qu'au lieu de réagir à ma soudaine hostilité envers elle, il les confirmait en quelques mots. Un instant, je ne vis que du noir. « Je vais m'évanouir, pensai-je. Tant mieux, cela fera diversion. » Mais l'écran noir disparut. J'avais à présent la tête lourde, mon œil gauche palpitait et ma nausée s'accentuait.

— Dinah ! La reine du surgelé s'occupe des enfants ! Non, mais je rêve !

Owen ne répondit pas. Nous dûmes rouler pendant une dizaine de minutes dans un silence pesant avant que j'explose de nouveau.

— Pour quelqu'un qui m'a quasiment kidnappée sous prétexte de discuter, tu n'as pas grand-chose à dire !

— Écoute, Jane, je ne t'ai pas kidnappée. Pourquoi toujours exagérer ? se contenta-t-il de répondre.

Le sac contenant le journal d'Esme serré contre moi, je regardai défiler les rues et maisons grises, les boutiques et stations-service glauques, les gens résignés et recroquevillés contre le froid. Sur un terrain vague, des petits garçons lançaient des ordures sur un feu en prévision de la fête de Guy Fawkes [1]. La tristesse m'envahit. Qui emmènerait Laura et Billy voir le feu d'artifice cette année ?

1. Guy Fawkes Night. Fête britannique (5 novembre) en mémoire de l'exécution du principal conjuré de la Conspiration des poudres (1605). Cette fête est prétexte à feux d'artifice et à feux de joie sur lesquels on brûle traditionnellement une effigie de Guy Fawkes (the guy) sous la forme d'une poupée de chiffon. Dans les jours qui précèdent, les enfants promènent cette effigie dans les rues et abordent les passants pour leur demander « a penny for the guy ». (Dictionnaire Robert & Collins, 1998 – [N.d.T.])

— Très bien, déclarai-je. Allons voir Esme. Mais nous ne resterons pas longtemps. J'ai envie de retrouver mes enfants.

Owen approuva d'un signe de tête et nous continuâmes de rouler sans parler. Je gardai pour moi ma rancœur, estimant préférable d'en finir avec cette pénible visite à Esme avant de déverser mon fiel. En outre, j'avais peur. Peur du moment où Owen tomberait le masque et exprimerait tous les non-dits qu'il avait contenus depuis des années.

Il arrêta la voiture devant une jardinerie assez défraîchie avec laquelle nous faisions souvent affaire.

— Ces gens-là nous doivent de l'argent, non ? demandai-je en l'aidant à sortir les plantes de la camionnette.

— Ils ont promis de régler la dernière commande à la livraison de celle-ci.

Un instant plus tard, je le vis quitter le bureau du responsable de l'entreprise en saluant jovialement ce dernier : il avait empoché le chèque.

— Cela devrait nous permettre de régler une ou deux factures, observa-t-il en repassant par le siège passager pour se remettre au volant.

— Si ce chèque n'est pas en bois, lui fis-je remarquer en montant dans la voiture à sa suite.

Un peu plus loin, dans la rue principale et très passante d'une petite ville de banlieue, il gara la camionnette sur un stationnement interdit, face à un magasin d'accessoires électriques.

— On s'arrête encore ?

— Laisse-moi descendre.

— Si un agent vient par ici...

211

— Débrouille-toi pour nous éviter la contredanse.

Furibonde, j'ouvris la portière en me plaçant délibérément sur la trajectoire du poids lourd qui arrivait en sens inverse. Owen m'attrapa par le bras et me tira en arrière au moment où les énormes roues me frôlaient, et où retentissait un coup de Klaxon aussi sonore qu'une corne de brume.

— Nom de Dieu ! s'exclama Owen, on a failli perdre la deuxième portière !

— Ne t'inquiète pas pour moi, surtout.

— Oh, toi, tu es plus solide qu'un camion.

Cette idée sembla l'amuser ; il ne m'aurait visiblement pas du tout pleurée si le poids lourd m'était passé dessus. Nous descendîmes de la camionnette de façon moins risquée et je fus chargée de guetter les agents. Owen entra dans le petit magasin jouxtant la boutique de matériel électrique. La vitrine exhibait un bric-à-brac de paniers pour chiens, de cages à oiseaux et de récipients transparents ressemblant à des boîtes à gâteaux. Il en sortit au bout de quelques minutes avec un carton. Une fois réintégrés nos sièges respectifs, il posa sur mes genoux la boîte, qui fit un bond vers la porte.

— Mais… Owen ! Il y a quelque chose de vivant là-dedans !

— Oui, concéda-t-il en tournant la clef de contact.

— Qu'est-ce que c'est ?

— Un lapin, répondit-il en s'engageant dans la circulation.

— Un lapin ! Nous venons de semer onze mille plants de laitue et tu achètes des lapins ? Tu veux

détruire les semis ? Autant les arroser de désher-
bant, acheter un essaim de sauterelles ou…

— Les laitues, c'est moi qui les ai plantées, alors
ce « nous » est de trop. Et ce lapin est pour Esme.

— Ah, bravo ! Le cadeau idéal pour une
personne dans le coma ! Ils vont apprécier, en
réanimation !

Il fronça les sourcils.

— C'est un lapin blanc, souligna-t-il pour toute
explication. Voyons… combien Esme a-t-elle eu de
lapins blancs ? Le dernier dont je me souvienne
était Boule de Neige IV, et il y a des années de cela.
Pour ne pas nous tromper, disons que celui-ci, c'est
Boule de Neige X, ou XI.

Je le regardai, bouche bée. Ses deux nuits
torrides avec Dinah lui avaient-elles fait perdre la
raison ? Mais j'arrêtai mes spéculations en sentant
un liquide chaud couler sur mes genoux.

— Holà ! m'écriai-je en attrapant un morceau de
plastique à l'arrière de la camionnette pour le
glisser sous le carton – une précaution d'ailleurs
inutile : le mal était fait. Tu aurais pu me prévenir,
ronchonnai-je. Je vais puer l'urine de lapin
maintenant.

— Désolé.

Je soulevai prudemment un coin du couvercle.
Un œil rose framboise se planta dans les miens.

— Owen ! fis-je en refermant aussitôt la boîte.
Il a les yeux roses ! Les Boule de Neige d'Esme
ont toujours eu les yeux noirs, tu le sais bien ! Esme
détestait les lapins aux yeux roses ! Il faut le
rapporter !

213

— Écoute, si Esme se dresse sur son lit pour se plaindre de la couleur des yeux de ce lapin, il aura gagné le pompon et la montre en bois.

— Non, mais quelle idée ! On ne te laissera jamais entrer avec. Il est sans doute porteur de germes, et les lapins ne sont pas désinfectés dans les hôpitaux ! Tout le monde va attraper la myxomatose et nous serons tenus pour responsables.

— Les humains n'attrapent pas la myxomatose.

— Comment le sais-tu ? Tu es expert en maladies animales, maintenant ? Tu n'as rien d'un vétérinaire, que je sache...

Comme je trouvais moins risqué d'accuser le lapin de tous les maux plutôt que de m'en prendre directement à Dinah, Owen eut ainsi droit à un flot d'invectives pendant notre traversée de la banlieue londonienne.

— C'est ridicule, conclus-je tandis qu'il me reprenait le carton et se dirigeait vers l'entrée de l'hôpital sans même se soucier de me répondre.

Dans la salle où Esme était alitée, les infirmières avaient l'air un peu groggy. Elles travaillaient sans doute au son du générique de « Jour de foot » depuis leur prise de service. À mon grand dépit, le carton ne leur inspira aucun commentaire. L'effet Owen, bien sûr.

— Esme est une amie d'enfance, expliqua ce dernier. Pouvons-nous rester quelques instants auprès d'elle ?

L'infirmière, une Irlandaise au visage chevalin, eut une expression disant clairement qu'en ce qui la concernait, Owen pouvait passer sa vie là s'il le souhaitait.

— Si Mlle Drummond revenait à elle, soyez gentil d'en avertir Mlle Ferris, l'agent de police, car on attend de pouvoir l'interroger, déclara-t-elle simplement.

— Bien sûr.

Inconscient de l'effet qu'il produisait, Owen se dirigea vers le lit d'Esme, suivi par le regard concupiscent de l'infirmière. Pour lui, tout se passait comme si l'être humain était naturellement bon. Il ne se rendait pas compte que les gens étaient littéralement subjugués par son charme, alors qu'une femme aussi quelconque que moi devait sans cesse ramer face à l'hostilité et à la méfiance.

Assise un peu à l'écart sur une chaise métallique, l'agent Ferris était absorbée dans un roman narrant les amours d'une infirmière et d'un médecin (les infirmières, elles, lisent-elles des romans policiers ?). Elle plongeait de temps à autre la main dans un sac de bonbons à la menthe du geste compulsif d'un fumeur récemment sevré de cigarettes.

Occupée à admonester Owen à propos du lapin, j'en avais oublié de me préparer à revoir Esme. Ce fut un choc. Derrière l'attirail habituel de tuyaux et d'appareils, elle semblait avoir la vulnérabilité d'une enfant et la lassitude d'une vieille femme. Sa peau terne était tendue et une grosse compresse de gaze cachait l'arrière de son crâne. Ses paupières fermées masquant l'attrait envoûtant de son regard de velours brun, elle cessait momentanément d'être

215

belle, mais elle restait, telle qu'en elle-même, sereine.

En gardien de malade rodé, Owen s'assit sur le bord du lit. Je tirai une chaise et m'installai au pied – physiquement là, mais aussi loin que possible d'Esme en pensée.

— Esme, dit-il en posant sa main sur la sienne, c'est Owen. Jane est là aussi.

Il se mit à lui parler d'une voix normale, sans chuchoter ou babiller des niaiseries, comme on le fait souvent au chevet d'un malade. Il était heureux de la voir, disait-il, lui rappelant la dernière fois qu'ils s'étaient rencontrés...

Au bout d'un moment, il se retourna, les sourcils froncés.

— Pourquoi diffusent-ils cette musique affreuse ?

— « Jour de foot » ? Ils pensent pouvoir la faire réagir avec – enfin, j'imagine, ajoutai-je en prenant un air dubitatif, car je n'étais pas censée être au courant...

— On se demande bien pourquoi, répliqua Owen.

D'un geste sec, il éteignit le lecteur de cassettes.

— Ah, ça fait du bien !

Se tournant de nouveau vers Esme, il lui caressa doucement la joue.

— Esme ? Il n'y a plus de musique, tu m'entends maintenant ? Si tu m'entends, ne dis rien, fais juste un petit signe de la tête ou essaie d'ouvrir les yeux.

Il pressa la main d'Esme, mais celle-ci resta de marbre. « Peut-être réagirait-elle si je m'approchais

216

et la secouais ? » pensai-je. Owen s'avança un peu et repoussa doucement une mèche de cheveux bruns sur le front d'Esme. J'eus soudain devant les yeux une autre image : les mains d'Owen ayant le même geste tendre pour Dinah, nue, couchée au creux de son bras. Mon ventre se crispa violemment et j'eus l'impression que mon estomac se nouait comme jamais.

— Pourquoi justement Dinah ? lâchai-je. Pourquoi cette petite garce ? Je ne comprends pas.

Ma question désarçonna visiblement l'infirmière au visage chevalin venue nous rejoindre.

— Elle semble ne réagir à rien, déclara-t-elle à Owen, mais nous persévérons. La musique de l'émission de football, c'est une idée de son père. Comme l'oncle de ma belle-sœur possède un CD des meilleurs génériques d'émissions télévisées, nous avons pu enregistrer celui-ci sur cassette.

— Vous avez dû faire extrêmement vite, remarqua Owen.

Elle eut un sourire ravi puis se dirigea vers une autre salle, non sans me lancer un regard hargneux au passage. À aucun moment, elle ne remarqua la boîte en carton agitée de soubresauts aux pieds d'Owen.

L'agent Ferris, les pommettes roses d'excitation, était toujours accaparée par son roman. S'assurant d'un coup d'œil qu'elle ne le regardait pas, Owen, sans faire de mouvement brusque, plongea la main dans la boîte, en sortit le lapin, et le posa contre le flanc d'Esme. Comme s'il était soudain plongé dans un repaire de tueurs, l'animal, sur le qui-vive, aplatit les oreilles et se mit à rouler des yeux effrayés. Le maintenant d'une main, Owen souleva celle d'Esme qui n'était pas perfusée et la posa sur la nuque soyeuse du lapin.

— Je te présente Boule de Neige X, annonça-t-il. Tu te souviens de tous tes Boule de Neige ? J'ai connu Boule de Neige II, mais pas le premier...

Le lapin tremblait de peur.

— Owen, lançai-je, c'est ridicule. On va se faire jeter. Cet animal stupide n'est qu'un tube digestif. Un morceau de fourrure aurait aussi bien fait l'affaire et on aurait pu le laisser en partant. Les Boule de Neige d'Esme adoraient les fils électriques, souviens-toi. Celui-ci va mettre tous les appareils hors circuit à la moindre occasion. Nous perdons notre temps. Elle ne réagit ni avec son père, ni avec nous – avec personne –, comment veux-tu qu'un lapin...

Toujours aussi indifférent à mes remarques, Owen continua de bêtifier sur les Boule de Neige tout en guidant les doigts d'Esme sur les oreilles, le dos, le ventre du malheureux animal. Esme conservait l'inertie d'un cadavre. « Elle a failli mourir, réalisai-je alors vraiment, et si elle se réveille, elle peut très bien conserver des séquelles de son accident. »

— Tu es incapable d'admettre tes torts, Owen, voilà ton problème, affirmai-je sèchement. Jamais elle ne se...

— Regarde, Jane ! s'exclama soudain Owen, le visage tendu. Elle sourit !

— Tu dis des bêtises. Elle est inconsciente.

— Non, je t'assure, elle a souri !

218

Son obstination à croire l'impossible me fendait le cœur.

— Arrête, Owen, tu te fais des idées.

— Non, non ! Elle a souri, je le sais !

— Mais non, elle...

Je ne pus aller plus loin. Les yeux écarquillés, je regardai Esme. Owen poussa un petit cri de joie : les paupières d'Esme papillotaient... ses lèvres esquissaient un nouveau sourire...

Tout à son excitation, Owen dut relâcher sa prise sur le lapin car à ce moment-là, celui-ci bondit à la verticale sur le lit et traversa la salle à la vitesse d'un jouet télécommandé. L'agent Ferris leva les yeux de son livre et, voyant une boule de poils blancs raser ses chaussures à lacets, elle faillit avaler de travers son bonbon à la menthe.

C'est alors que l'infirmière reparut et, me tenant bien sûr pour responsable de l'agitation, elle me regarda fixement. Peu désireuse d'être injustement accusée d'avoir fait entrer un animal dans l'hôpital, je me lançai à la poursuite de Boule de Neige X. Je le coinçai assez vite entre une table de chevet et l'appareil de cardiographie – sous l'œil effaré de l'agent Ferris, qui avisa l'intérieur de son sac, soupçonnant visiblement un de ses collègues d'y avoir, pour blaguer, glissé un hallucinogène provenant d'une saisie.

Pendant ce temps, Owen calmait l'infirmière scandalisée. « Il va se faire remonter les bretelles ! » me dis-je, enchantée. Mais je me trompais lourdement. En un clin d'œil, elle se mit à le féliciter d'avoir fait preuve de bon sens et d'initiative ; pourquoi, ajouta-t-elle, n'encourageait-t-on pas la présence des petits compagnons à quatre pattes dans les hôpitaux puisqu'il était prouvé que la guérison des patients en était accélérée ? Owen me prit le lapin des bras, mais il n'eut pas le temps de le remettre dans sa boîte : l'agent Ferris et les infirmières du service au complet se précipitèrent et se mirent à gazouiller autour de l'animal. Pas besoin d'être sorti de Saint-Cyr pour comprendre que le sujet de cet engouement était Owen, et non le lapin.

10

Owen enfin soustrait à ses admiratrices, je commençai à paniquer. Nous étions, par chance, arrivés auprès d'Esme à une heure où elle n'avait pas de visite, mais ma mère ou John Drummond pouvaient surgir à tout moment. Je n'avais pas envie de tomber sur Faith ; quant à John, je ne pouvais espérer qu'il feigne de ne pas m'avoir vue la veille, et Owen aurait vite fait de tout comprendre. Si les choses avaient été plus simples entre nous, j'aurais été soulagée de me confier à lui – les secrets de Rob me pesaient, pour ne pas dire plus – mais, en l'occurrence, le mettre au courant n'aurait fait que compliquer la situation.

De quelque côté que je me tourne, j'avais des raisons d'être angoissée. En voyant Esme si pâle, si fragile, j'avais finalement pris conscience de la gravité de son agression. Comme nous sortions de sa chambre, l'infirmière avait dit à Owen qu'elle avait « de la chance d'être en vie : si le coup avait été assené un tout petit peu plus fort, ou légèrement de biais… ». Cette phrase lourde de sous-entendus m'avait fait frissonner malgré la chaleur étouffante. Si j'essayais de penser à autre chose, l'aventure de Dinah et Owen se présentait à moi dans toute son abomination. Et quand je réussissais à la chasser de mon esprit, les propos d'Esme concernant Rob et la mort de Lucien me revenaient…

Pour parvenir à survivre au cours des heures suivantes, je me forçai donc à compartimenter les événements. Je décrétai que, pour l'heure, le problème Owen-Dinah et l'énigme du journal d'Esme étaient « en instance ». Il me faudrait bien deux ans pour me remettre de tous ces événements mais, sauf imprévu, j'avais ainsi quelques chances de m'en sortir sans faire de dépression grave.

Soudain, alors que nous émergions de l'ascenseur dans l'entrée principale et nous apprêtions à quitter l'hôpital, une voix de femme nous interpella :

— Salut vous deux !

J'étouffai un juron mais, Dieu merci, c'était la mère d'Owen et non la mienne.

Angela Baer avait étonnamment peu changé depuis l'après-midi d'été où elle était arrivée à Martin's Court, avec ses manuscrits et son pianiste de fils, pour aider Clare Drummond après sa dépression. Ses cheveux dorés étaient à présent d'un blond discret, et de petites rides d'anxiété creusaient les commissures de sa bouche et le coin de ses yeux. Sa beauté ne l'empêchant plus d'être prise au sérieux, elle semblait aujourd'hui soigner sa tenue vestimentaire : un pantalon habillé et des chaussures de ville remplaçaient sa salopette et ses vieilles baskets. Elle avait néanmoins toujours son énorme sac – probablement alourdi par un manuscrit, quelques livres et d'autres babioles jetées à la va-vite dedans car l'épaule qui le portait semblait plus basse que l'autre.

Je fus d'abord surprise de voir Angela à l'hôpital, mais je me souvins qu'ayant logé à Martin's Court pendant deux longs étés, elle connaissait bien Esme. Angela se disputait régulièrement avec ses amis mais ne les oubliait jamais tout à fait.

Mère et fils se jaugèrent avec circonspection. Depuis qu'Owen avait renoncé à sa carrière de musicien, leur relation s'était nettement tendue. Pour Angela, le métier de pépiniériste était une erreur ; mais, sachant que les reproches ne faisaient jamais que conforter Owen dans ses décisions, elle se contentait d'espérer qu'il « remette bientôt les pieds sur terre ».

— Salut, maman.

— Ça va, Owen ? Tu n'as pas l'air en grande forme.

Owen bredouilla vaguement qu'il s'était couché tard. Angela eut la bonne idée de ne pas compatir car, dans le cas contraire, je me serais sans doute mise à hurler.

— Ah bon. J'espérais bien tomber sur vous. Allons prendre un café, dit-elle simplement.

Nous nous dirigeâmes vers le pauvre coin-cafétéria qui longeait le foyer de l'hôpital et jouxtait le kiosque de fleurs, bonbons et magazines destinés aux visiteurs « coupables » d'être en bonne santé.

— Tu as déjà revu Esme ? demanda Owen pendant que nous faisions la queue.

— Non. Je suis en train de m'armer de courage. Et vous ?

— Nous en venons.

— Comment va-t-elle ?

— Difficile à dire, convint Owen. Elle a l'air d'aller très légèrement mieux.

Semblant ignorer qu'on pouvait aussi acheter de quoi manger, Owen et Angela se contentèrent chacun d'un gobelet de café ; quant à moi, loin de me couper l'appétit, tous ces événements me mettaient l'estomac dans les talons et je pris un sandwich, un gâteau et une tasse de thé.

Nous nous installâmes près d'un caoutchouc moribond.

— Owen a fait surgir un lapin blanc de son chapeau, dis-je, peut-être pour détourner leurs yeux effarés de mon plateau chargé. Les infirmières lui ont demandé de refaire son tour de magie demain.

Ne sachant si je plaisantais ou non, Angela eut l'air inquiet. Notre relation n'avait jamais été très chaleureuse. Pour ma part, je trouvais ses imprévisibles colères trop dévastatrices et ne m'étais jamais sentie à l'aise avec elle. « Les mères de fils unique, pensais-je, en veulent toujours à leur belle-fille. » En fait, Angela s'en prenait principalement à Owen et je m'étais souvent retrouvée en train de prendre sa défense. Cette fois-ci, il allait devoir se débrouiller seul. Mais Angela s'abstint exceptionnellement de tout reproche, se contentant de regarder son fils verser un peu d'eau dans une assiette et la glisser dans la boîte en carton.

— Alors ce n'était pas une blague, c'est *bien* un lapin ! s'exclama-t-elle.

Owen hocha la tête.

— Les médecins cherchaient à savoir ce qu'Esme aime, expliqua-t-il. Tu te rappelles sa ribambelle de Boule de Neige ?

— Pauvre Esme. C'était une enfant adorable. Comment vont Laura et Billy ?

— Ils vont bien, répondit Owen en évitant de me regarder.

Personne ne dit plus rien. Au bout d'un moment, Angela souleva son gobelet de café, le reposa sans y avoir touché et mit une main pâle sur le bras d'Owen.

— C'est horrible. Je ne réalise pas. Je ne cesse de repenser à ces vacances près de la rivière, je vous revois tous les cinq en train de jouer ; Dieu sait ce que vous complotiez la plupart du temps, mais on ne s'inquiétait pas. Vous promettiez beaucoup, vous aviez la vie devant vous. Aujourd'hui, Lucien est mort, la pauvre Esme est pratiquement… et je ne parviens pas…

Elle se tut, les yeux noyés de larmes.

— D'après les médecins, Esme peut s'en sortir sans séquelles, intervint Owen d'un ton bourru.

— Mon Dieu, comme je l'espère ! Mais ce n'est pas ce que je voulais dire.

— Ah, fit-il.

Elle renifla et s'essuya les yeux du bout de ses doigts maigres.

— Ce que je veux dire, insista-t-elle, c'est que l'important, ce sont les gens. Les êtres sont notre seule richesse, est-ce que vous réalisez cela ? C'est comme posséder sans le savoir une fortune à la banque et s'en apercevoir trop tard.

Owen fronçait les sourcils. Sa mère n'ayant jamais eu un sou, il trouvait peut-être sa comparaison un peu fumeuse ? Il semblait commencer à avoir très mal à la tête et j'essayai de me persuader que c'était bien fait pour lui.

— Oui, affirma-t-il, l'air gêné. Je vois ce que tu veux dire.

— Owen, déclara Angela sans se laisser démonter, j'ai été très critique envers toi dans le passé. Je te demande pardon. Je te voyais devenir un grand pianiste, et il m'a fallu du temps pour abandonner ce rêve. J'ai envie de te parler depuis des années mais j'ai toujours reporté à plus tard. En apprenant l'agression d'Esme, je me suis dit : « Et si c'était arrivé à Owen ? » Tu n'aurais jamais su ce que je pensais.

— Je vois, fit Owen.

Il semblait visiblement peu ravi de la main tendue par sa mère. Était-ce la gueule de bois ?

— Alors maintenant, je vous dis ceci, à tous les deux : Quoi que vous décidiez, je vous souhaite de réussir avec votre pépinière, et d'en tirer toutes les satisfactions que vous en attendez.

— Je te remercie, répondit simplement Owen en souriant sans conviction.

Angela avait beau énoncer des choses un peu convenues, elle faisait preuve de beaucoup de générosité à mes yeux. Pourquoi Owen réagissait-il comme si ses mots lui pesaient ?

— On étouffe ici, ajouta-t-il en se levant. Je vais prendre l'air avant de rentrer.

Là, il était carrément grossier.

— Je te rejoins dans une minute, assurai-je en le fusillant du regard.

Je n'avais pas touché à mon énorme tranche de cake et Angela me faisait de la peine.

— Il n'a vraiment pas l'air dans son assiette, remarqua celle-ci d'un air pensif en regardant Owen s'éloigner, la boîte du lapin sous le bras. Il va bien, tu es sûre ?

La pensée de Dinah me traversa l'esprit.

— Il est masochiste, lançai-je amèrement.

— Hmm, fit-elle. C'est sans doute ma faute. Les mères sont en général responsables, n'est-ce pas ? J'ai essayé d'être une maman pas comme les autres pour faire mentir ce principe, je crois, mais cela n'a pas été très probant non plus.

Une joue dans la main, elle posa sur moi ses yeux bruns profonds. Un peu décontenancée par le tour que prenait la conversation, je baragouinai quelque chose la bouche pleine.

— C'est si précieux, le temps, Jane, reprit-elle. Ne le gâche pas. Je sais de quoi je parle. Moi, je l'ai gaspillé.

Elle m'exhortait à saisir l'instant comme si elle venait d'apprendre qu'elle n'avait plus que six mois à vivre. Elle commençait à me faire peur.

— Gaspillé ? Comment cela ?

Elle s'appuya contre le dossier de sa chaise et me sourit soudain. Quand elle souriait, elle était encore très, très belle.

— La femme d'Armand Baer est morte cette année, vous l'avez su ? s'enquit-elle.

— Oui, il a écrit à Owen.

— J'ai connu le père d'Owen quasiment toute ma vie d'adulte. J'avais vingt-cinq ans quand je l'ai vu pour la première fois. Il faisait un exposé sur la place de Statius dans le monde latin moderne – je m'en rappelle chaque mot. J'ai dû tomber amoureuse de lui avant la fin de son exposé. Et je me suis crue amoureuse de lui depuis. Pour moi, pendant plus de quarante ans, le seul obstacle à notre bonheur était sa pauvre femme, qui ignorait tout de notre histoire. Au début, il parlait de la quitter et, j'ai beau être stupide à bien des égards, je ne l'étais pas au point de le croire. Pourtant, je l'ai attendu, j'ai même changé mon nom en Baer. Je me suis souvent sentie très seule. Mais j'ai assumé.

— Oui.

— La semaine dernière, Armand m'a écrit des États-Unis, où il voyage depuis la mort de sa femme. Il me disait avoir beaucoup réfléchi et proposait que nous nous voyions. Il est trop fier pour l'avouer mais il se sent un peu seul, c'est évident, et il voudrait que nous vivions ensemble, maintenant.

— Oh, Angela, comme c'est romantique !

— N'est-ce pas ? répliqua-t-elle avec un drôle de sourire. Sais-tu ce que j'ai éprouvé en lisant cette lettre ?

— Non.

— Un sentiment de panique absolue. Comme si on me proposait très gentiment de passer le reste de ma vie dans une camisole de force. On m'offrait ce dont je rêvais depuis toujours, et j'ai dit non tout de suite. J'ai à jamais fait une croix dessus. Je lui ai répondu par retour du courrier que, depuis notre dernière rencontre, je me droguais et m'apprêtais à aller m'installer dans une communauté de lesbiennes dans le nord de l'Angleterre pour faire pousser des choux-fleurs.

— Ah, fis-je.

Comment allais-je apprendre ces nouvelles à Owen ?

— C'est complètement faux, bien sûr, poursuivit Angela, mais cela devrait le dissuader de s'intéresser désormais à moi. Il n'aura aucun mal à trouver une femme docile pour combler sa solitude, et je leur souhaite d'être heureux. Moi, je ne suis pas faite pour le bonheur conjugal. Rien de tel pour se connaître soi-même que de se voir tendre ses rêves sur un plateau.

— Ça, je n'en suis pas sûre.

Angela ne remarqua pas mon amertume, ou feignit de ne pas s'en apercevoir.

— Tu peux me croire. J'y ai beaucoup réfléchi ces jours-ci. Ce qui m'attirait chez Armand, c'était sans doute le fait de savoir qu'il ne quitterait jamais sa femme. Je suis depuis toujours une bohémienne, Jane, et il est trop tard pour me changer. Je ne le voudrais pas même s'il m'était donné de le faire.

Si Faith, des trémolos dans la voix, m'avait soudain annoncé la même chose, j'en aurais sans doute eu la nausée. Mais Angela ne faisait pas l'intéressante ; elle parlait simplement de ce qu'elle avait mis longtemps à comprendre. Elle ne s'était jamais confiée à moi auparavant, ses propos étaient donc sans doute destinés à Owen.

— C'est si bon de ne plus avoir à me mentir, ajouta-t-elle. J'ai toujours cru qu'un adulte était censé s'installer. Si c'est le cas, eh bien moi, je n'ai pas envie de grandir. (Elle fit la moue.) Je regrette seulement d'avoir mis tout ce temps à ouvrir les yeux… Ce que j'essaie d'exprimer, c'est que vous deux avez de la chance. Je suis si heureuse que vous ayez trouvé l'essentiel.

— Vous croyez ?

— Oui, à la pépinière. En dépit du désaccord de votre entourage, vous avez tenu bon. Tout marchera très bien, j'en suis sûre. Vous le méritez, quoi qu'il en soit. L'un et l'autre.

Le fossé existant entre cette vision idyllique de notre vie et la réalité navrante me fendit le cœur, mais la sincérité d'Angela me touchait et je mis un moment à me reprendre.

— C'est à vous de dire tout cela à Owen, pas à moi, déclarai-je, en fouillant mes poches à la recherche d'un mouchoir.

— Une autre fois. Quand il sera moins stressé. Mais raconte-moi, comment vas-tu, toi ? Ta peinture… ?

Angela détournait toujours la conversation avec une facilité déconcertante.

— Je n'ai pas le temps de m'y consacrer, répondis-je.

— Allons, allons ! Il faut le trouver ! En plus, le manque de temps est un faux prétexte et tu le sais bien – comme moi avec la pauvre femme d'Armand. Ton seul problème, ma petite Jane, c'est ton manque de confiance en toi. Pas étonnant, vu la façon dont Faith portait ton frère au pinacle. J'ai toujours désapprouvé son comportement envers ce gamin. Je n'ai sans doute pas fait mieux avec

Owen, mais j'avais l'excuse de n'avoir que lui au monde.

J'aurais dû rejoindre Owen au parking, mais Angela poussa alors un gros soupir.

— C'est lui qui en a le plus pâti, bien sûr.

Elle changeait encore de sujet.

— Pâti de quoi ?

— De déménager sans arrêt. Je prétendais détester cela mais en fait, j'étais ravie. Voilà pourquoi, je crois, je me débrouillais toujours pour provoquer des disputes – comme cette abominable scène entre Faith et Clare. Je ne l'ai pas fait exprès, du moins pas consciemment. Être renvoyée, ce n'était pas agréable, mais j'ai pensé : « Chouette, je mets les bouts ! Fini les jumeaux brailleurs et l'horrible Mme Wicks ! » Je n'ai jamais été aussi heureuse que quand je devais reprendre la route, même s'il me fallait pour cela tout chambouler. Mais le pauvre Owen, lui, avait besoin d'un vrai foyer. Un jour, je me souviens, il m'a dit avoir envie d'habiter quelque part assez longtemps pour y perdre quelque chose – et le retrouver, j'imagine. Je comprends maintenant pourquoi la pépinière compte tant pour lui. Jusqu'au cou dans le terreau toute la journée, il ne peut pas rêver mieux comme enracinement.

Ce concentré de perspicacité et de franchise en si peu de temps commençait vraiment à m'angoisser.

— Tout va bien pour vous, Angela ? C'est sûr ? Vous parlez comme si nous n'allions plus jamais nous revoir.

Elle me regarda un instant sans comprendre avant d'éclater de rire.

— Ah, je vois ! Non, ne t'en fais pas ! Je pense à tout cela à cause de l'agression d'Esme, mais je ne suis pas près de tirer ma révérence !

— J'aime mieux ça !

À présent, il me fallait vraiment y aller.

— Passez nous voir bientôt, repris-je. Au moins avant que la chambre d'amis ne devienne glaciale. Laura et Billy sont adorables en ce moment.

Mon insouciance me surprit, mais dire « nous » me faisait du bien, quelle que fût la triste réalité de ce mot.

— Oui, je vais venir vous voir, affirma-t-elle en me souriant avec reconnaissance pendant que je me levais.

J'hésitai, puis, me baissant, je l'embrassai rapidement pour la première fois. Pourquoi fallait-il que nous ayons notre première vraie conversation au moment où Owen et moi courions au désastre ? Je n'avais, il est vrai, jamais vraiment fait confiance à Angela, depuis ce dernier été. Elle avait provoqué la dispute qui avait mis fin à nos vacances à Glory Cottage, et dont on m'avait très injustement accusée...

Owen était au parking. Appuyé contre la camionnette, les épaules un peu voûtées, les mains dans les poches, il était perdu dans ses pensées, et ne se rendit compte de ma présence que lorsque je lui adressai la parole.

— Ta mère a mis de l'eau dans son vin.

— Oui.

— Tu n'as pas l'air enchanté.

232

— Elle s'y prend un peu tard, observa-t-il simplement en haussant les épaules.

« Un peu tard. » Le sens de ces mots m'atteignit soudain alors que je montais dans la camionnette : le soutien d'Angela ne servait plus à rien, notre entreprise ayant déjà capoté puisque Owen et moi n'étions plus ensemble... L'espoir timide que j'avais caressé n'aurait plus jamais lieu d'être. Une chape de désespoir s'abattit sur moi.

Je décidai de prendre les devants.

— Tu pourrais au moins essayer de m'expliquer. Ou être désolé.

Il fronça les sourcils, mais continua de regarder droit devant lui, feignant de se concentrer sur la route.

— Je ne vois pas pourquoi je serais désolé.

— Quoi ? Tu fiches notre mariage en l'air et tu as le culot de demander...

— Quel mariage ? me coupa-t-il avec un rictus.

Ce ton impassible et glacial, cette absence totale de sensibilité me terrifièrent. Nous étions une fois de plus à deux pas de nous dire ces mots qui tuent irréversiblement, mais je me retins. Owen, semblant goûter une blague un peu amère en son for intérieur, avait un léger sourire. Sa décision prise, sans doute se réjouissait-il de notre séparation imminente. La vie de famille dont il avait rêvé ressemblait peut-être trop à la camisole de force dont sa mère avait depuis toujours si peur. Le connaissant, il devait avoir tenu le coup aussi longtemps que possible, mais maintenant la liberté pointait son nez et il était impatient de prendre le large. Après tout, il tenait sans doute d'Angela, comme ses cheveux blonds et son beau visage, une nature bohème et ce besoin de bouger en permanence.

Contrairement à moi, il s'en sortirait sans états d'âme. Il n'avait exprimé aucune émotion lors de la rupture finale à Glory Cottage.

Comme j'en avais été le catalyseur, j'avais toujours été convaincue que tout était ma faute ; en s'en déclarant responsable, Angela m'avait soulagée d'un grand poids.

Il pleuvait depuis plusieurs jours. Faith avait emmené les autres à la piscine pour l'après-midi ; quant à moi j'avais mal aux dents et j'étais restée à la maison pour tenir compagnie à Angela et l'aider à s'occuper des jumeaux. Clare Drummond et Mme Wicks accomplissaient un de ces mystérieux travaux – rapiéçage de draps ou tri de vieux pulls pour des ventes de charité – qui les absorbaient des après-midi entiers. Angela essayait de lire pendant que les jumeaux d'un an trébuchaient sur le sol jonché de jouets cassés et étalaient avec délectation des biscuits mous sur les murs. Elle se désintéressait des bébés, ce qui m'était égal, mais je lui en voulais de ne pas me prêter la moindre attention ; et puis, j'aurais voulu qu'on s'occupe de moi afin d'oublier mon mal de dents. Mes efforts pour engager la conversation s'étant jusque-là révélés totalement vains, je tentai autre chose.

— Esme et moi, on est peut-être sœurs, c'est tout à fait possible, déclarai-je.

Les yeux bruns d'Angela se relevèrent brusquement par-dessus son livre.

234

— Vous vous aimez bien toutes les deux ?

— On n'a pas le choix, je crois.

Ayant enfin réussi à attirer son attention, je comptais bien la garder.

— À cause de Faith et de M. Drummond, précisai-je.

— C'est vrai ? fit-elle, sans voir qu'un des jumeaux essayait d'enfoncer un biscuit dans l'oreille de son frère.

— Ils se comprennent, tous les deux, bredouillai-je d'une voix tremblante.

Je m'étais soudain rappelé ma dernière incartade au sujet de notre père – la fureur de mon frère et son refus de me parler pendant plusieurs jours… Mais Lucien n'était pas là, il ne saurait jamais ce que je racontais là. Et puis, quel plaisir de me sentir approuvée par les beaux yeux d'Angela !

— C'est vrai ? répéta celle-ci d'un ton encourageant.

— Bien sûr, continuai-je du ton affecté de Lucien, ils ne sont plus amants depuis longtemps, mais pour lui, elle reste le plus tonique des remontants.

Mes révélations s'arrêtèrent heureusement là car, armé d'une petite cuillère, le jumeau dont l'oreille était obstruée par le biscuit s'acharnait maintenant à vouloir décapiter son frère. Angela les regarda se disputer un moment, puis jeta son livre par terre et fondit en larmes.

— Je n'en peux plus ! hoqueta-t-elle.

J'entrepris de lui venir en aide, en désarmant rapidement l'agresseur puis en assenant un coup de petite cuillère sur son crâne chauve comme on tape sur un œuf dur. Il se mit à hurler. Quand les autres rentrèrent de la piscine, j'avais complètement oublié cette conversation – mais Angela, elle, non.

Quatre jours plus tard, il pleuvait, et elle passa la matinée à se disputer avec Faith et Clare en poussant des cris d'orfraie. Comme nous l'apprîmes plus tard, tout avait commencé ainsi : Clare avait cassé sa théière en mille morceaux. Obligée d'admettre qu'on ne pouvait la recoller, elle avait, en tremblant d'horreur devant cette perte, autorisé Mme Wicks à la jeter ; puis elle en avait trouvé une autre dans une des pièces servant de débarras, derrière la cuisine, et avait consacré les deux jours suivants à chercher le pot à lait du même service. Le matin de l'algarade décisive, elle ne cessait de se lamenter de ne pas trouver son pot à lait.

— Demandez à John, lui conseilla Faith, exaspérée. Il en a sûrement un de ce style chez lui, à Londres.

— Comment le savez-vous ? répliqua Clare.

Plus tard, racontant la scène à Éric, ma mère confia à ce dernier que, devant le regard choqué de Clare, elle avait soudain réalisé que celle-ci n'avait jamais mis les pieds dans le mystérieux appartement de John.

Faith rattrapa adroitement sa gaffe, et la catastrophe aurait sans doute été évitée si, croulant sous une pile de linge, Angela n'avait fait irruption dans la pièce à ce moment-là. N'ayant pas fermé l'œil de la nuit (un des jumeaux faisait ses dents), elle n'était pas à prendre avec des pincettes et avait sans doute envie de chercher noise à quelqu'un. Elle comprit immédiatement ce qui se passait et décida sans doute de faire monter la mayonnaise. Elle accusa Clare de fermer volontairement les yeux sur les agissements de son mari, Faith de jouer un double jeu et, pour faire bonne mesure, s'en prit à John, coupable à ses yeux d'avoir introduit sa maîtresse sous son propre toit en la présentant comme une amie. S'ensuivit une scène d'hystérie, au cours de laquelle, semble-t-il, Mme Wicks ne put s'empêcher de s'attaquer à Angela avec un fer à repasser.

La pluie avait cessé et nous nous apprêtions quant à nous à partir en bateau. Mais Angela surgit sur la pelouse, et hurla à Owen d'aller immédiatement ranger ses affaires car ils s'en allaient. Owen, qui était en train de tendre le jeune et tremblant Boule de Neige III à Esme, déjà sur le bateau, devint tout pâle. Nous autres, ignorant la dispute qui s'était déroulée dans la cuisine toute la matinée, ne vîmes là qu'une saute d'humeur passagère.

— À plus tard, Owen ! Reviens vite !

— Au revoir tout le monde, dit-il simplement avant de suivre sa mère vers la maison.

Il marchait déjà les épaules raides, et du pas un peu tressautant qu'il a parfois aujourd'hui.

Vingt minutes plus tard, Faith vint nous chercher et, à l'heure du thé, Esme se retrouva une fois de plus toute seule à Martin's Court. Entre-temps, ma mère avait découvert qui avait raconté des bêtises à Angela et s'apprêtait à me faire subir ses foudres. J'ai, par miracle, presque tout oublié de celles-ci. Je me souviens en revanche très bien que, dans la voiture, Lucien fit asseoir Rob devant pour être à l'arrière avec moi. Je pleurais. Il me serrait la main en disant : « Ne t'en fais pas, ma Jany. Tout ça devait arriver. » Et il continua de me consoler les jours suivants.

À présent, je rentrais à la maison avec Owen, et Lucien n'était plus là pour me tenir la main, me réconforter, me protéger de l'orage imminent. Le renoncement larmoyant dont je m'étais bercée devant le miroir la veille au soir à Glory Cottage n'était plus du tout de mise. Souhaiter bonne chance à Dinah et Owen ? Mais comment avais-je pu songer à de pareilles inepties ? Ils verraient ! Si je devais être malheureuse à cause d'eux, je m'arrangerais pour qu'ils souffrent aussi ! Seulement voilà, aujourd'hui, ils avaient tous les atouts en main. De plus, je devais retourner à Glory Cottage le soir même et les laisser à nouveau seuls tous les deux. Mais que fabriquait donc Aidan ? Pourquoi ne surveillait-il pas son épouse dévergondée ?

« Quel mariage ? » La question d'Owen m'obsédait, cependant je n'osais tenter d'y répondre. J'avais envie d'être cinglante de colère, mais je me retins, terrorisée à l'idée de le rendre par mes reproches bien plus blessant que je pouvais l'être. En approchant de la pépinière, il me vint néanmoins une idée.

— Je te dépose à la maison, dis-je, moi, j'irai chercher les enfants.

Il eut un imperceptible froncement de sourcils. De profil – le nez et le menton bien dessinés, les lèvres pâles et serrées –, il avait toujours l'air très dur, mais il m'aurait été beaucoup plus facile de faire face au cataclysme à venir s'il n'avait pas été aussi beau.

— Comme tu veux, répondit-il simplement.

— Comme je veux ! fis-je sèchement. Mais tu t'en fiches éperdument !

— Ce n'était pas...

— C'est vraiment le moment de faire semblant de t'intéresser à ce que je veux !

— Arrête, Jane. Tu exagères vraiment toute cette histoire.

— Ah, c'est...

Je n'eus pas le temps de finir ma phrase. Il avait fait exprès de me provoquer juste avant d'arrêter la camionnette devant la grande serre. J'aurais pu l'obliger à poursuivre cette discussion en refusant de bouger de mon siège, mais cela n'en valait sans doute pas la peine.

Je descendis donc, et il m'imita.

— Esme va s'en sortir, on dirait, remarqua-t-il en esquissant un sourire.

— Oui.

— Reviens vite.

Il fit demi-tour et se dirigea, le dos un peu voûté, vers la porte de derrière. En le regardant disparaître au coin de la maison, je m'en voulus de n'avoir pas pris le temps de faire un vrai portrait de lui. J'en avais esquissé plusieurs, mais aucun ne rendait justice à son mélange de force et de fragilité ; je n'avais encore jamais dessiné ses mains non plus. Une atroce sensation de perte me submergea soudain.

Les cheveux pris dans un fichu à pois, vêtue d'une salopette à bavette imprimée de girafes rouges, Dinah n'avait rien de « l'autre femme » telle que je me l'imaginais.

— Salut, Jane, déclara-t-elle en me souriant gentiment comme à son habitude. Entre. Ne fais pas attention au désordre. Nous sommes très occupés, aujourd'hui.

Même du temps où nous nous entendions bien, je me sentais toujours plus sale et débraillée que d'ordinaire en mettant le pied dans sa maison impeccable. Aujourd'hui, où il flottait dans l'entrée un parfum artificiel de pin-citron, l'odeur prenante de pipi de lapin émanant de mes vêtements me sauta au nez, tandis que des brindilles s'en détachaient en voletant avant de se poser sur la moquette café au lait.

Installés autour de la table de la cuisine, les trois bambins découpaient de vieux magazines et du papier d'emballage, pour coller le tout sur des boîtes en carton. Son petit minois empreint de détermination, Laura s'appliquait à contourner aux ciseaux l'étiquette d'une boîte de pâtée pour chats avec l'extrême concentration qu'elle mettait en tout. Quant à Billy, les joues rosies par l'effort d'avoir à passer une journée entière en compagnie d'autres enfants, il aurait visiblement préféré regarder la télévision.

— Salut ! Ça va ? lançai-je.

Laura me jeta à peine un regard. La tête posée sur une petite main rebondie creusée de fossettes, Billy m'adressa un sourire noyé de larmes. Je dus soudain me retenir pour ne pas pleurer. Je mourais d'envie de m'enfuir avec eux, de les emmener là où nous pourrions être heureux tous ensemble. Pourquoi tout était-il toujours si compliqué ?

— Salut, Jane, dit poliment Duncan.

Non contente d'occuper les enfants de façon créative, Dinah avait apparemment préparé un jeu de « Qu'est-ce que c'est ? » de son invention, et une demi-douzaine d'oranges enrubannées de couleur vive étaient alignées au bout de la table. Deux d'entre elles étaient déjà piquetées de clous de girofle.

— Des diffuseurs de parfum, commenta-t-elle inutilement. Il y avait un article là-dessus dans le magazine, chez le coiffeur.

Je la regardai sans en croire mes yeux.

Après un dernier coup de ciseaux plein de panache, Laura posa un moment ces derniers pour prendre le pot de colle. Billy tendit subrepticement le bras et s'en saisit.

— Ça, c'est *mes* ciseaux, lança-t-elle en lui assenant le pot de colle sur la main.

Billy jeta sa propre paire, et se mit à sangloter en reniflant.

Je m'avançai pour le consoler mais Dinah fut près de lui avant moi, une tranche de tarte aux pommes maison à la main.

— Oh, Billy, murmura-t-elle, tu as été si mignon jusqu'à maintenant, tu ne vas pas tout gâcher ?

Billy se laissa amadouer par le gâteau.

— Merci, Dinah, déclara-t-il même gentiment.

« Voilà donc comment se sent un général dont les troupes passent à l'ennemi au milieu de la bataille », pensai-je, décidant de réagir avant de perdre un peu plus de terrain.

— Nous avons à parler, dis-je. En privé.

— Oui, bien sûr, fit Dinah d'un air de sainte-nitouche.

» Ça suffit pour aujourd'hui, les enfants, déclarat-elle en commençant à débarrasser la table. La pauvre Jane vient d'aller voir tata Esme. (*Tata Esme ! Et comment était-elle au courant de ma visite à celle-ci ?*) Elle a sans doute envie d'un bon thé et d'un peu de calme. Vous avez fait plein de choses aujourd'hui et avez été très sages. Vous allez pouvoir regarder le nouveau dessin animé, comme promis.

Peut-être convaincus par ce ton ferme de petit chef ringard, les enfants se laissèrent docilement emmener devant le téléviseur. Le succès de Dinah auprès d'Owen tenait-il à cela aussi ? Owen, mon chou, tu as abattu un travail de titan aujourd'hui – si on faisait un petit câlin pour se redonner du tonus ?

Je saisis un des diffuseurs de parfum, mais le reposai prudemment avant de céder à l'envie qui me démangeait de m'en servir comme d'une grenade.

— Thé, Jane ? proposa Dinah en rentrant dans la cuisine. Tu m'as même l'air prête pour un petit remontant. Prenons un peu d'avance et servons-nous un sherry, d'accord ?

— Arrête de faire comme si de rien n'était, lançai-je en tirant sur mes cheveux. Comme si je ne savais pas…

Elle reboucha la bouteille de sherry.

— Concernant Owen, tu veux dire ? s'enquit-elle platement.

— Évidemment, concernant Owen !

— Il me plaisait, tu le savais bien.

— Peut-être, mais tu n'étais pas pour autant obligée de coucher avec lui.

— Pourquoi pas ? Toutes ces inepties de possessivité arriérée, Aidan et moi sommes contre. Si on aime vraiment quelqu'un, on respecte son droit à la liberté et au changement.

— Tiens donc ! Tu ne m'en avais jamais parlé ! Elle sembla perdre pied pour la première fois.

— Il faut croire que je n'y pensais pas.

— Mon œil ! Tu t'es bien gardée de me dire ce que tu mijotais ; je ne t'aurais pas laissée approcher Owen.

— Franchement, Jane, tu me surprends ! T'accrocher à ce fatras de vieux principes ! L'amour, ce n'est pas posséder l'autre. Moi, je ne ferais pas tant d'histoires si Aidan et toi...

— Quoi !

Je restai sans voix. Échanger Owen contre le souffreteux et repoussant Aidan ! Elle était folle ?

— Ton mari ? Ce nul ? Mais je n'en voudrais pour rien au monde !

— Allez, c'est de la jalousie !

Son air ébahi me mit hors de moi.

— Tu étais censée être mon amie, Dinah. Maintenant, tu essaies de tout détruire.

— Vraiment, tu exagères ! Qu'est-ce que j'ai fait ? L'amour avec Owen, deux fois... (Elle avala pensivement une gorgée de sherry.) enfin, disons quatre ou cinq fois.

— Espèce de garce ! sifflai-je, soudain prise d'une envie de vomir.

Les yeux plissés, elle ingurgita une longue rasade de sherry.

— De toute façon, la seule fautive, c'est toi.

— Pardon… ?

— Mais oui ! Tu traites Owen comme s'il n'avait pas de sentiments, et après tu feins de t'étonner qu'il s'intéresse à quelqu'un d'autre ! Si lui et moi restions ensemble, tu l'aurais bien cherché.

Owen, depuis toujours le plus loyal, le plus discret des amis, s'était plaint de moi à quelqu'un d'autre… Cette pensée me fut absolument insupportable.

— Tu l'as fait boire. On dit n'importe quoi quand on est soûl.

— *In vino veritas*, énonça-t-elle d'un air vantard.

Elle avait maintenant les pommettes cramoisies mais elle ne perdit pas son assurance pour autant.

— En fait, Jane, il peut t'être utile d'apprendre ce que nous avons conclu de tout cela : tu es probablement incapable d'une relation durable. Ce n'est sans doute pas ta faute. Tu as toujours idéalisé ton frère Lucien ; à tes yeux, personne ne lui arrivera jamais à la cheville, tu seras toujours insatisfaite. Owen et moi trouvons très triste…

Je ne saurai jamais comment je parvins à partir avec les enfants sans tuer Dinah ou au moins la blesser sérieusement. « Comment, pensai-je, presque plus incrédule que furieuse pendant le court trajet jusqu'à la pépinière, comment ai-je pu me fourvoyer à ce point et si longtemps sur Dinah ? »

Je l'avais imaginée installée dans ses principes et promise à vieillir en grenouille de bénitier, et la voilà qui prônait la liberté sexuelle et le mariage libre avec la conviction d'une responsable de communauté hippie ! Comment avais-je pu être aussi naïve, aussi aveugle ? À côté de cette vamp déguisée en animatrice de jardin d'enfants, moi qui m'étais toujours crue bohème, j'étais un parangon de vertus domestiques ! Cela dit, elle avait peut-être pioché ces idées, comme tant d'autres choses, dans son magazine préféré – « Page 10, "Un cadeau de Noël idéal : le diffuseur de parfum". Page 64, "Aimez-vous votre partenaire au point de lui rendre sa liberté ?" »

En ce qui me concernait, c'était *non*, et à partir de maintenant je ne quitterais plus Owen des yeux.

Oui, mais je devais retourner à Glory Cottage le soir même…

Et puis, il y avait ce que disait – ou ne disait pas – le journal d'Esme concernant la mort de Lucien…

En arrêtant la camionnette sur la dalle de béton devant la porte de la pépinière, je ne savais plus où j'en étais.

Owen était occupé à fermer les déflecteurs de la grande serre. Nous faisions souvent cela ensemble avant, mais à cet instant, il me sembla absolument impensable d'accomplir quoi que ce soit avec lui. Pendant que je le regardais faire, un feu d'artifice s'éleva en arc de cercle au-dessus de la serre et explosa bruyamment.

— C'est Guy Fawkes, demain, remarqua Owen.

Me méfiant de mes brusques reparties, je m'abstins de tout commentaire. « Avec toutes les émotions qui menacent de me jaillir du crâne sans prévenir, je me pose là, en matière de feux d'artifice ! pensai-je soudain. Rouge comme colère, vert comme envie, jaune comme lâcheté, et noir comme désespoir – encore que le noir n'ait pas grand-chose à faire dans un feu d'artifice... Je deviens incohérente ! » conclus-je, affolée.

Je pris une longue inspiration.

— Comment oses-tu parler de moi à Dinah ? C'est nul. C'est pire que...

Je ne pus aller plus loin. Ma colère ne m'était d'aucune protection contre la douleur qui montait en moi. Je me repris avant de fondre inutilement en larmes.

— De toute façon, je m'absente à nouveau, ajoutai-je d'un ton sec. Pour ce soir seulement.

Il me fit lentement face.

— Tu y es obligée ?

— Oui, exactement, j'y suis obligée. Et ne fais pas semblant de t'inquiéter pour moi.

Il ne répondit rien, se contentant de reprendre ce qu'il était en train de faire comme si je n'étais pas là. Un des déflecteurs était coincé et il tenait apparemment à le remettre en place.

— Je ne peux sans doute pas faire grand-chose vous concernant, Dinah et toi, ajoutai-je d'un ton glacial, mais je ne veux plus que cette mégère approche mes enfants. C'est clair ?

— Très clair, mais aussi tout à fait déplacé, je trouve, condescendit-il à répondre. Merde !

Ce juron ne m'était pas destiné : le déflecteur venait de se casser en deux.

— Il faudra que j'en mette un neuf demain.

Comme Dinah, il était d'un calme époustouflant. Dans pas longtemps, il allait, lui aussi, se mettre à me sermonner sur mes défauts et à me reprocher mon égoïsme et mes vieux principes.

Il posa les deux morceaux de verre et, le visage impassible, fit enfin un pas vers moi.

— Où vas-tu ?

— Je rentre demain, dis-je avec un hochement de tête évasif.

Pourquoi demain ? Je ne savais même plus…

— C'est le moment de partir, tu crois ?

— Je ne peux pas faire autrement.

Il se retourna et se mit à ranger des plateaux vides.

— Deux policiers sont venus il y a un moment. Ils voulaient te parler.

— À moi ?

— La routine. Ils interrogent l'entourage d'Esme. Mais c'est surtout à Rob qu'ils voudraient parler.

— Ah.

— Ils ont trouvé un peu bizarre que j'ignore où tu étais. Ils ont eu l'air de penser que je le savais mais te cachais.

— Pourquoi me cacherais-tu ?

— Pourquoi te cacherais-je… ? (On aurait dit qu'il souriait.) Aucune idée… (Non, il ne souriait pas.) Mais, encore une fois, c'est Rob qu'ils aimeraient voir.

— Tu te répètes. Je ne sais pas, moi, où est Rob.

— Je n'ai jamais dit cela. Il semble être le suspect numéro un dans l'agression d'Esme. C'est effarant, non ?

Je me détournai. Un nerf palpitait sous ma paupière gauche.

— C'est ridicule, dis-je d'une voix plate et peu convaincante.

Owen continuait son rangement méticuleux. Ses gestes calmes étaient à la fois rassurants et tellement incongrus que j'eus envie de lui hurler d'arrêter. J'attendis sans oser bouger qu'il reprenne la parole.

— Un des occupants du refuge a, semble-t-il, entendu Rob et Esme se disputer quelques heures avant que l'alarme ne soit donnée. La voix de l'homme était celle de Rob, il en est sûr. Il menaçait Esme de la tuer si elle ne…

— Si elle ne quoi ?

— Le type ne peut pas le jurer, mais il a cru entendre : « Si tu ne te tais pas. »

— C'est la police qui t'a dit cela ?

— Ils l'ont dit à John Drummond, et celui-ci l'a répété à ta mère.

— Qui te l'a répété… Le téléphone arabe n'est généralement pas très fiable.

— C'est vrai, et puis enfin, tout cela est insensé. Rob n'était pas parfait, mais il n'avait rien d'un assassin.

— Non.

— Lui et Esme vivaient ensemble depuis six mois. Tu le savais ?

J'approuvai d'un signe de tête.

— Elle a été photographiée avec lui pour les besoins d'un article, récemment.

— Ils allaient bien ensemble, je trouve. Je n'ai jamais compris pourquoi elle l'avait quitté pour Lucien.

— Mon frère obtenait toujours ce qu'il voulait.

Nous discutions à présent sans aucune animosité, avec la politesse un peu guindée de deux personnes venant de faire connaissance. Comme j'aurais aimé que nous soyons amis, là, maintenant, pas mari et femme sur le point de se quitter...

— Au fait, j'aurais dû t'en parler plus tôt, déclara Owen. Un homme a appelé, il désirait te parler. Mais il n'a laissé ni nom ni numéro de téléphone.

— Qui était-ce ?

— Je n'ai pas reconnu sa voix. Il s'exprimait bien, j'ai remarqué. D'après lui, tu serais sûrement contente d'avoir de ses nouvelles.

Sans doute était-ce Rob, pensai-je. Il avait dû réussir à déguiser sa voix.

— Quand a-t-il appelé ?

— Ce matin...

Oui, ce devait être Rob.

— ... et deux fois hier soir.

Dans ce cas, ce ne pouvait être lui. Tout à coup me revint en mémoire l'inquiétude de ma mère liée à d'étranges coups de fil et à de supposés rôdeurs autour de la pépinière. Je ne nous sentis pas en sécurité dans la serre de verre.

Occupés à faire découvrir les plaisirs de la télévision au lapin, les enfants râlèrent de devoir, une fois de plus, partir en balade dans la camionnette pleine de courants d'air, d'autant qu'Owen leur interdit d'emporter Boule de Neige X.

— Il a eu une journée fatigante, insista-t-il, les lapins ont besoin de calme de temps en temps.

— Mais il va s'ennuyer sans nous ! brailla Billy.

— En plus, Boule de Neige X, c'est un nom idiot pour un lapin, déclara Laura. Moi, je l'aurais appelé Flocon de Neige, c'est bien mieux.

J'écoutais leur babillage. Ils ne se doutaient pas des choses graves qui se jouaient autour d'eux. Comme je les aimais – et enviais leur insouciance !

Nous passions devant chez Dinah, et la tension entre Owen et moi devint électrique. Ma colère refit surface. Comment avais-je pu me laisser aller à baisser ma garde quand nous discutions dans la serre ? Quelle méchanceté pouvais-je lui assener en le quittant pour qu'il souffre autant que moi ?

La camionnette s'arrêta sur le parking de la gare.

— Pas besoin de m'accompagner jusqu'au quai, dis-je, après avoir embrassé les enfants.

— D'accord, répondit-il. Jane, promets-moi de faire attention à toi, ajouta-t-il malheureusement, d'une voix qui me rappela le temps où nous semblions tenir l'un à l'autre.

Horripilée, je m'écartai brusquement de lui, le précieux sac en plastique serré contre moi.

— Comme si tu t'en souciais ! crachai-je.

La camionnette s'éloigna. Désemparée, je restai sous la pluie, consciente de m'être comportée en gamine.

11

Face à Dinah, et même face à Owen, j'étais parvenue à donner l'impression d'être forte et de n'avoir besoin de personne, mais une fois seule dans le train je me sentis soudain fragile et très angoissée.

Pour éviter de craquer, je décidai de me changer les idées en me plongeant dans le « Testament » d'Esme. La lecture du journal intime de quelqu'un d'autre pour passer le temps dans les transports publics, c'est idéal ! Rob m'avait à l'évidence menti concernant sa relation avec Esme, je me considérais donc comme totalement libérée de ma promesse. Et puis, j'avais envie d'en savoir plus, et il y avait de quoi. Le cahier s'avéra en effet passionnant ; son seul défaut était d'être court – et j'eus le temps de le lire plusieurs fois avant d'arriver dans le Berkshire. Je me demande si je n'essayais pas de l'apprendre par cœur...

Me voici donc de retour à Martin's Court après toutes ces années. J'ai l'impression de n'en être jamais partie. En fait, je ne suis pas sûre de bien savoir pourquoi je suis ici. Ça a d'abord été la suggestion de Peter ; il aime bien que je parle de mon enfance. Et puis selon Rob, je dois suivre tous les conseils de Peter, sinon ma thérapie ne servira à rien.

Ça me fait très bizarre d'être ici. Après l'enterrement de maman, j'en ai tellement voulu à papa d'avoir amené cet homme – quel moment il choisissait ! Je l'ai vraiment haï pour ça ! – que je m'étais juré de ne jamais remettre les pieds à Martin's Court. Je ne supportais plus cet endroit bourré de secrets insoutenables. Mais Peter m'a poussée à y revenir pour entamer le processus de pardon. Le problème, c'est que je ne suis pas certaine d'avoir envie de pardonner à qui que ce soit, en tout cas pas encore ; je finirai bien par y arriver, j'imagine. Le plus drôle, c'est que Peter ne cesse de me répéter que, au lieu d'agir en fonction de ce qu'on me dit de faire, je dois apprendre à décider par moi-même ; mais quand lui me dit de venir ici pour apprendre à pardonner, j'obtempère !

D'après Peter, ce qui m'a le plus traumatisée lorsque j'étais petite, ce sont tous ces secrets : le grand secret, et les multiples embrouilles qui ont suivi. L'étonnant dans un secret, c'est qu'une partie de nous sait que c'est là, mais, comme c'est un secret, l'autre partie l'ignore complètement.

Plus tard. Je déteste vraiment les secrets, depuis toujours – c'est-à-dire depuis le moment où Lucien s'est mis à nous rabâcher qu'il en avait un fabuleux. Si nous l'apprenions un jour, assurait-il, nos vies en seraient transformées. Nous l'agacions à force de lui demander de nous le révéler – j'ai, comme les autres, fait semblant de vouloir le connaître, mais je n'en avais absolument pas envie. J'ai toujours eu très peur des secrets, peut-être parce que j'étais vaguement au courant de celui concernant papa et maman. Je suis peut-être la reine des lâches, mais les horribles secrets des autres, je n'en ai rien à faire. Et de celui de Rob encore moins. Mais voilà, il m'a fait jurer-jurer-jurer de ne jamais le dire à personne, même pas à mon psy. Cela me pèse horriblement et je ne sais comment faire pour cesser d'y penser. Je n'avais pas du tout envie de le connaître. Je ne lui ai jamais posé de questions sur la mort de Lucien, mais maintenant qu'il m'en a parlé, je sais, et je ne peux plus oublier. Je n'arrête pas de penser que je devrais faire quelque chose, parler à quelqu'un, mais même cela, je ne dois pas le faire. Oh, si seulement il avait gardé son ignoble secret pour lui !

Il m'en a parlé, dit-il, pour me montrer combien il tient à moi. Je n'ai pas su quoi en penser ; confier quelque chose d'aussi lourd à quelqu'un, cela n'a pas de sens, je trouve. D'après lui, il existe plusieurs façons de tuer et nous sommes à tout moment des assassins. Il m'a expliqué pourquoi en long, en large et en travers, mais je ne comprends toujours pas. Lucien, je m'en souviens, était intarissable sur ce sujet, lui aussi.

Ça me rappelle les jeux de meurtres, quand il nous demandait à chacun de réfléchir au plus grand nombre possible de façons de tuer les gens. Il excellait à ce jeu, comme en tout. Nous, nous ne pensions qu'à des choses banales – tirer au revolver ou sectionner les câbles de frein –, mais pour Lucien, c'était très sérieux. Il s'est entiché des poisons et a été très déçu qu'il n'y ait plus de cosses de cytise et que ce soit trop tôt pour la belladone vénéneuse ; moi, ça me rassurait plutôt, car j'avais peur qu'il n'essaie un de ses fichus poisons sur mon cher petit Boule de Neige. J'en tremble encore, quand j'y pense. Avais-je la prémonition de sa propre mort ?

Il y avait de quoi en trembler, effectivement. Ce qu'Esme écrivait là était la porte ouverte à des hypothèses tellement sinistres, tellement effroyables ! Je commençais à comprendre son horreur des secrets. N'ayant pas plus envie qu'elle de savoir ce qui s'était passé concernant Rob et Lucien, je m'attardai sur le secret de Clare et John auquel elle faisait allusion. Ainsi donc, elle aussi avait souffert d'une enfance lourde de secrets. C'était peut-être ce qui nous avait liées, elle et moi ; sans bien la connaître, je m'étais toujours sentie proche d'Esme, même si, faute d'avoir appris à nous ouvrir aux autres du fait de nos enfances pleines de non-dits, nous n'étions jamais devenues vraiment amies.

Je repris ma lecture ; j'allais sûrement en savoir plus sur elle ou découvrir la clef d'autres mystères.

Plus tard. Il a fait beau cet après-midi et je suis descendue à la rivière. Rien n'a changé, sinon la cabane encore plus humide et le pauvre bateau devenu épave. J'avais oublié cette luminosité verte qu'il y a là-bas, surtout le soir. C'était mon endroit préféré quand j'étais petite.

Je passais des heures au bord de la rivière. Je regardais les mouvements incessants de l'eau, j'observais la façon dont les brindilles, les feuilles et tout ce qui flottait descendaient calmement, vers la mer sans doute. J'ai toujours pensé que c'était ce qu'il fallait faire pour éviter d'avoir mal : se laisser porter par le courant. Maintenant, je commence à me demander si ça n'a pas été ma plus grosse erreur. La prochaine fois qu'on voudra me faire faire quelque chose qui ne me dit rien, je ne le ferai pas, un point c'est tout.

Mes moments préférés, c'était quand les autres étaient là – Rob, Lucien, Jane, et ensuite Owen – les seuls amis que j'aie jamais eus, je crois bien. Je ne sais pourquoi les enfants du village m'ont toujours détestée. Ils me reprochaient d'être bêcheuse, mais c'était eux qui refusaient de jouer. Ils disaient aussi que j'étais impolie, et je n'ai jamais compris pourquoi car j'essayais d'être gentille avec eux, alors qu'eux me lançaient de la boue et des pierres à la sortie de l'école. Je détestais l'école. La plupart du temps, je n'y allais pas. Maman ne s'en rendait pas compte de toute façon, et quand le directeur venait la voir, elle se débrouillait pour lui raconter des histoires. Les enfants du village disaient que nous étions riches et snobs, mais eux, ils avaient tous des machines à laver, des ordinateurs, tous ces appareils modernes, alors que nous, nous n'avons jamais eu la télévision à Martin's Court.

En été, avec mes amis, c'était autre chose. C'était magique. On se fichait pas mal des autres, on était bien trop occupés avec les jeux de Lucien. Avec lui, on ne s'ennuyait pas une minute. Il suffisait qu'il dise, les yeux brillants : « Je crois que je viens d'avoir une idée géniale… » pour que j'aie la chair de poule et sois tout excitée. Dans les jeux de Lucien, même les choses tristes devenaient passionnantes et se transformaient en moments inoubliables. Comme quand Boule de Neige s'est fait tuer par l'horrible petit cabot. Lucien a vraiment été ignoble, il voulait le brûler comme une vulgaire ordure ; je ne comprenais pas pourquoi, d'autant que les lapins vikings, ça n'existe pas, tout le monde sait cela. J'étais très contrariée, alors Owen a été adorable ; il est entré dans l'eau, a récupéré Boule de Neige et celui-ci a finalement eu un enterrement convenable. Jane était d'une humeur de chien, comme d'habitude, Lucien l'avait sans doute vexée, mais ça n'était pas grave. Si seulement ces étés n'avaient pas eu de fin ! C'est une sombre histoire de vieux pot à lait qui a provoqué une dispute entre les grandes personnes et ça a été terminé.

Assez bizarrement, c'est Jane qui m'a le plus manqué. Pourtant, nous n'étions pas particulièrement amies. J'aurais voulu avoir une sœur, j'imagine, et c'est d'elle que je me sentais le plus proche. Les jumeaux sont arrivés, mais c'était trop tard, je n'ai jamais pu les connaître vraiment ; c'est dommage, je m'en rends compte aujourd'hui. Dans cette pension infecte où papa m'a envoyée, j'espérais être amie avec quelqu'un du genre de Jane, mais toutes les filles me traitaient comme une extraterrestre : n'ayant pas de téléviseur à la maison, je ne connaissais aucune vedette de variétés ; les seuls garçons de mon entourage étaient Rob et Lucien, et c'étaient mes amis, pas mes petits amis ; alors elles disaient que je venais d'une autre planète. Jane ne m'a jamais traitée ainsi, je crois. J'aimerais bien en discuter avec elle un jour. Je pensais avoir une bonne raison de la contacter, à propos de ce type qui ne cesse de me harceler à son sujet, mais Faith, qui, elle aussi, a des secrets, me l'interdit formellement. Elle ne veut pas non plus que j'en parle à Rob. Je n'aurais rien dit à celui-ci, de toute façon : ce genre d'histoires le met dans des états pas possibles.

« Ce type qui ne cesse de me harceler à son sujet... » Encore lui. D'abord Faith, puis Owen, et maintenant Esme... Pendant quelques instants, pétrifiée, j'eus l'impression qu'on me regardait fixement... Un inconnu essayait d'entrer en contact avec moi – peut-être était-il à ce moment précis en train de décider... ? Je passai en revue les rares

passagers du wagon. Ils n'avaient rien de bizarre...
Mais lorsque l'homme aux cheveux gris assis en
face de moi me regarda par-dessus son *Financial
Times*, je me sentis soudain sans défense et j'eus
peur. Après lui avoir lancé un regard courroucé, je
me replongeai dans ma lecture.

Plus tard. Et puis, j'ai quitté l'école et découvert que les garçons, eux, ne semblaient pas me
trouver bizarre du tout ; ils avaient plutôt l'air
de m'apprécier : quelle bonne surprise ! En tout
cas, ils voulaient coucher avec moi et je ne me
rappelle pas avoir jamais refusé. J'aimais bien
cette proximité, même si elle ne durait pas car
mon sentiment de vide revenait à chaque fois.
Jusqu'à Rob. Rob n'était pas comme les autres.
Je ne m'en suis pas rendu compte tout de suite.
J'aime, encore aujourd'hui, repenser au jour où
nous nous sommes retrouvés après toutes ces
années. C'était à Oxford, un bel après-midi de
mars ; il était à sa fenêtre en train de discuter
avec quelqu'un quand il m'a vue passer dans la
cour avec Sam Pearson. Il m'a dit en avoir été
si retourné qu'il a failli tomber par la fenêtre.
Mais il n'est pas tombé, heureusement, et nous
sommes tout de suite sortis ensemble. Ça a été
le début d'une époque merveilleuse. Il devait
préparer ses examens, bien sûr, et souvent je
restais dans sa chambre sans faire rien d'autre
que le regarder travailler pendant des heures. Au
début, il était un peu gêné, il avait peur que je
m'ennuie, mais il s'y est fait petit à petit. Et puis,
il est venu à Londres ; nous étions heureux,

jusqu'à cette abominable soirée. Nous avions décidé de sortir avec Lucien, mais à la dernière minute Rob a été débordé de travail et est resté chez lui. Lucien et moi sommes sortis ensemble et puis, oh ! je ne sais plus comment tout ça s'est passé, mais nous avons fini au lit.

Non. Je ne peux pas me contenter de cela, je dois en retrouver les raisons. J'avais, certes, trop bu, mais il y avait aussi que :

a) Je ne savais pas dire « Non ». Selon Peter, je dois apprendre à le faire ; c'est une question de respect de soi (je ne vois pas le rapport) et

b) Lucien était encore un héros à mes yeux. Il avait toujours été le meneur en tout ; il était si brillant, si intelligent, si drôle : je ne pouvais croire qu'il s'intéresse à moi. Alors, j'ai dû être terriblement flattée, et

c) je crois que j'ai toujours été très faible dans ce genre de situations. Et enfin, c'est vrai, j'étais *complètement* soûle.

Bref, nous avons fait l'amour, et ça n'a pas été transcendant, pas comme avec Rob. Mais quand celui-ci l'a appris, il en a été horriblement contrarié. Ça a été, je crois, la pire soirée de ma vie. Il ne cessait de répéter : « Tu dois prendre une décision, Esme. Il faut choisir. » Ça me semblait idiot : décider de quoi ? Il m'était impossible d'ouvrir la bouche tellement il était furieux, alors je n'arrêtais pas de pleurer. Là-dessus, il est parti. Et ensuite, Lucien est mort. Je les avais perdus tous les deux.

Après, ma vie est devenue assez chaotique. J'ai eu plusieurs boulots et un certain nombre d'hommes dans ma vie mais, bizarrement, ils se ressemblaient tous – ils n'étaient pas Rob.

Et puis, Rob a commencé à apparaître à la télévision. Je le regardais en pleurant parce que je pensais à ce que j'avais perdu. Je n'en ai pas cru mes yeux quand il m'a recontactée l'an dernier. Il avait attendu de me retrouver sans jamais désespérer. Cela m'a paru merveilleusement romantique. Mais il avait changé. Il était sur ses gardes et, pendant très longtemps, il a refusé de faire l'amour. Je pensais qu'il me mettait à l'épreuve pour ainsi dire, mais lui affirmait que, cette fois-ci, les choses devaient se passer autrement. Et c'était le cas. J'ai finalement réussi à le faire craquer pendant que nous regardions un match de football indiciblement ennuyeux à la télévision. Par la suite, faire l'amour en regardant le football est devenu un rituel et une blague entre nous. Un jour, au moment le plus crucial du match, il y a eu un but et on a pris notre pied ensemble, dans les hurlements de la foule. C'était génial. On a essayé devant des matchs de cricket et de tennis une ou deux fois, mais ce n'était pas la même chose.

Le problème avec Rob aujourd'hui, c'est qu'il a toujours l'air d'attendre quelque chose. Je ne sais pas ce que c'est, alors je ne peux le lui donner. Un jour, je lui ai dit qu'il voulait trop ; il s'est retourné et m'a répliqué que ne pas attendre assez de la vie, c'est encore pire, et que c'est mon cas. Cette conversation ne nous a menés à rien. Enfin, peut-être a-t-il raison. Qu'est-ce que je veux ? D'après Rob, je devrais le savoir. Mais je l'ignore. Pourtant, on ne peut pas dire que je sois heureuse, loin de là.

Plus tard. En fait, si : je sais ce que je veux. Je m'en suis aperçue cet après-midi. J'étais dans le jardin, assise à l'endroit où on avait l'habitude de se retrouver quand on était enfants. J'entendais la rivière et les battements des Béliers comme dans le passé. Je voudrais que tout soit pareil qu'auparavant. Je voudrais que Lucien soit encore là et que nous redevenions tous des enfants et restions ensemble. Voilà ce que je voudrais plus que tout : rien que nous cinq, dans notre petit monde à nous. Il m'arrive de rêver que rien n'a changé. Ça fait partie de mes beaux rêves. Mais parfois, ils se transforment en cauchemars, comme le dernier, où Lucien tombait du bateau dans la rivière ; Rob était hilare ; je le suppliais de le sauver mais il le regardait se noyer sans rien faire. Quand je me suis réveillée, Rob était près de moi dans le lit et dormait profondément, mais j'avais peur.

Je ne peux pas raconter mes cauchemars à Rob. Il a les siens concernant ce qui s'est passé. Ce qu'il a fait le hante et je ne veux pas lui compliquer la vie. Selon lui, l'Albatros du *Dit du Vieux Marin* symbolisait la culpabilité, et elle le poursuivra jusqu'à sa mort. J'ai essayé de lire *Le Dit du Vieux Marin* l'autre jour, mais je n'y ai rien compris et j'ai laissé tomber au bout d'un moment. J'ai assuré à Rob que je trouvais ça magnifique mais il n'a pas été dupe, je crois.

Oh, mon Dieu, si j'essaie de comprendre, tout me paraît encore plus confus ! C'est sans doute pour ça que j'évite de le faire la plupart du temps. À vrai dire, c'est aussi pourquoi je ne vois pas vraiment l'utilité de ce journal, pourquoi je refuse de connaître l'identité de l'homme qui n'arrête pas de m'appeler à propos de Jane, et pourquoi je n'ai jamais eu envie de connaître l'horrible cinquième secret de Lucien.

Plus tard. Rob me dit que la seule raison pour laquelle il m'a confié son secret, c'est qu'il m'aime et sait que je l'aime trop pour le répéter à quiconque. Après, il me demande si je l'aime. Bien sûr, je réponds toujours oui. Mais comment saurais-je si je l'aime ? Oui, je dois l'aimer, je pense. C'est bizarre, car Owen a toujours été mon préféré. Les trois autres étaient proches les uns des autres alors que lui et moi, nous étions isolés. Parfois, je trouve étonnant qu'il soit le seul avec lequel je ne suis jamais sortie. Je n'aurais pas dit non, mais cela ne lui a jamais rien dit, j'imagine. Je crois qu'il n'a jamais aimé que Jane, mais elle était toujours trop en colère et trop bouchée pour s'en rendre compte.

Parfois, je pense que je n'aime pas du tout Jane. C'est bizarre, ça aussi, dans un sens, car, comme je l'ai déjà écrit plus haut, elle est l'unique amie que j'aie jamais eue. Peut-être que c'est parce qu'elle n'était pas gentille avec Owen.

Plus tard. D'après Rob, je devrais me reprendre en main. Apparemment, il n'a pas idée des efforts que je fais pour ça. C'est difficile. Si j'étais douée en quelque chose, ça simplifierait tout. C'est pourquoi j'ai toujours envié Jane parce qu'elle peint. Elle, au moins, savait ce qu'elle voulait, même si cela lui donnait un sale caractère. Vouloir la rendait passionnée, en quelque sorte. Moi, je n'ai jamais été bonne à grand-chose. Les gens me trouvent intéressante, mais quand ils me connaissent un peu mieux, ils ont souvent l'air déçus.

Plus tard. J'ai peur, ici. À vrai dire, je n'aime pas du tout être à Martin's Court. Mme Wicks me traite comme si j'avais encore quatre ans. Elle déteste décidément papa. Rien de très surprenant à cela, j'imagine. J'ai toujours pensé qu'elle partirait après la mort de maman, mais maintenant je crois qu'elle reste juste pour défendre celle-ci, comme pour la protéger après sa mort. Quand on y pense, c'est étrange, tout de même. La nuit dernière, j'ai cru entendre maman pleurer. Ce matin, j'ai pensé que si je descendais à la rivière, les autres m'y attendraient près de la cabane à bateaux.

Toute seule, ici, il y a de quoi devenir folle.

Plus tard. Enfin, j'imagine que le mieux est de rentrer à Londres et d'assumer la réalité.

Je pleurais. Je m'en rendis compte quand, de derrière son *Financial Times*, mon vis-à-vis aux cheveux gris me lança discrètement un grand mouchoir en coton.

— Merci, dis-je en me tamponnant les yeux et en hésitant à m'en servir pour me moucher.

— Je vous en prie, répondit-il d'un ton compatissant. La lecture des nouvelles financières a le même effet sur moi.

Il se leva pour descendre à la gare suivante et me proposa de garder son mouchoir. Cette gentillesse inattendue de la part d'un étranger me fit pleurer de plus belle.

Le train traversait le Berkshire et faisait route vers l'ouest. Je parcourais le journal et n'avais qu'une envie : repartir en sens inverse, me précipiter à l'hôpital, prendre Esme dans mes bras et lui dire que je serais toujours son amie. Pauvre petite Esme (elle aurait aimé ces deux adjectifs), comme son entourage, je ne m'étais jamais donné la peine de me demander ce qui se passait derrière son beau visage serein. Ce que je prenais depuis toujours pour de l'assurance était en fait une naïveté maladive, une impossibilité de vivre autrement qu'en somnambule. Elle était sans doute facilement influençable et pas très futée, mais son enfance déséquilibrée et solitaire ne l'avait pas préparée à assumer le monde au-delà de Martin's Court. Quel pouvait être le mystère concernant John et Clare Drummond ? me demandai-je en passant. Mais ayant, comme Esme, eu ma dose de secrets, je me désintéressai de la question.

Le plus frappant chez Esme, c'était son innocence. Elle lui donnait parfois l'air insupportablement infantile et même franchement stupide ; mais, à d'autres moments, c'était comme un don rare et précieux – chose que moi et mes semblables avions perdue ou n'avions jamais possédée, et pour laquelle j'avais du respect.

Si j'avais espéré que son journal répondrait à toutes les questions, j'étais loin du compte. Mais au moins, je connaissais à présent certaines des questions que je devais me poser.

Comment démêler le vrai du faux dans tout ce qu'elle écrivait sur Rob ? Comme tous les candides, elle pouvait se fourvoyer complètement ou avoir des intuitions géniales. Mais, que cela me plaise ou non – et c'était plutôt non, bien sûr –, les pièces du puzzle se mettaient très vite en place.

Dans un moment de faiblesse, Rob avait confié à Esme son secret le plus lourd, et rien ne l'assurait qu'elle tiendrait promesse et ne le répéterait à personne. Voilà pourquoi il cherchait à mettre la main sur le journal avant tout le monde ! Ce secret avait un rapport avec la mort de Lucien... Peut-être même était-il directement lié à celle-ci ? Évidente, la réponse à cette question était si effrayante que je me refusais à y penser.

Mais ce qui m'avait fait pleurer, c'étaient ces mots d'Esme :

Owen a toujours été mon préféré... Je crois qu'il n'a jamais aimé que Jane, mais elle était toujours trop en colère et trop bouchée pour s'en rendre compte.

Je repensai à l'amertume d'Owen : « Quel mariage ? » Je n'ai pas chéri ce que je possédais sans le savoir, réalisai-je, et maintenant il est trop tard. Le regret n'était rien à côté de ce que j'éprouvais.

Arrivée à la gare, je pris un taxi, puis traversai la pelouse sombre et l'herbe haute et mouillée du verger jusqu'à Glory Cottage. J'allais retrouver Rob. Qu'étais-je censée lui dire, après avoir appris que cet ami de toujours m'avait pendant dix ans caché quelque chose de terrible concernant la mort de mon frère ? Je préparais des phrases toutes moins efficaces les unes que les autres, des platitudes sibyllines auxquelles je ne comprenais rien. « Tu as eu les yeux plus gros que le ventre, hein ? » me disait une voix. « Tout finira par s'arranger », répondait une autre.

Le plus étrange dans tout cela, quand j'y resonge aujourd'hui, est que Rob ne m'inspirait alors absolument aucune crainte. Pourtant, la police le suspectait d'une tentative de meurtre et, d'après Esme, il n'était pas étranger à la mort de Lucien.

« Une chose est certaine, constatai-je en poussant la porte d'entrée de Glory Cottage : il se sert de moi à ses propres fins sans même se soucier de me donner la moindre explication. » À cette pensée, la colère me reprit, et c'était autre chose que mon irritation chronique habituelle. Toute ma vie, les personnes supposées être le plus proches de moi m'avaient fait des cachotteries – Faith avec ses airs évasifs et ses perpétuels silences, Lucien et son cinquième secret, Dinah et Owen fomentant des mauvais coups dès que j'avais le dos tourné. « Cette fois-ci, me dis-je, froidement déterminée à obtenir la vérité à tout prix, plus question de me faire avoir par Rob. »

La maison était plongée dans le noir. Et si Rob avait décampé en catimini… ?

J'allumai, à la fois soulagée et déçue. Dans la pièce du rez-de-chaussée aux rideaux fermés, tout était impeccablement rangé.

— Rob ?

Pas de réponse.

— Rob ? insistai-je en haussant la voix. C'est moi, Jane. Je suis seule.

Une silhouette se profila en haut de l'escalier.

— Jane ! Dieu merci ! J'ai cru que tu ne reviendrais pas !

Il descendit, et la lumière tomba sur son visage. Je chancelai à la vue de son expression égarée, malheureuse, si douloureusement familière. Je devenais folle : je connaissais Rob depuis l'enfance, comment pouvais-je le soupçonner ?

— J'ai trouvé le journal d'Esme, m'empressai-je de lui annoncer, comme pour me faire pardonner mes pensées déloyales. Tiens…

Il fit un bruit bizarre puis, sans un mot, m'arracha le cahier des mains en tremblant violemment. Il se mit à tourner les pages sans prendre le temps de les lire, comme s'il cherchait quelque chose. Son nom, peut-être ? Enfin, il s'arrêta et poussa un grognement de satisfaction. Il lut pendant quelques instants avant de refermer le cahier d'un geste sec, puis il traversa la pièce et se dirigea vers la cheminée. Je remarquai alors l'allume-feu et le petit bois préparés dans l'âtre.

— Rob ! Mais que fais-tu ?

Je tendis la main pour lui reprendre le journal, mais il me repoussa brutalement. Surprise, je perdis l'équilibre et m'affalai dans les coussins moelleux du sofa.

— Enfin, Rob, arrête !

— Fiche-moi la paix.

Il craqua une allumette. Une flamme bleue s'éleva en spirale dans la cheminée. Il posa alors le journal dans le feu, s'accroupit devant et demeura ainsi un moment, le dos tourné, replaçant de temps à autre les pages ou ajoutant du bois jusqu'à ce que tout ait brûlé.

Ensuite, il se releva et épousseta les genoux de son pantalon. Je levai les yeux vers lui du fond du canapé où j'étais demeurée vautrée.

— Pourquoi l'avoir brûlé ?

Il s'écarta pour éviter mon regard.

— C'est ce qu'Esme aurait voulu, dit-il d'une voix basse.

— Tu mens.

Il tressaillit, resta un moment sans bouger puis, comme s'il changeait d'avis sur ses intentions, eut un petit haussement d'épaules et, se dirigeant vers le coin-cuisine, il sortit d'un placard une bouteille de vin.

— Voilà ! s'écria-t-il en esquissant un sourire, tu l'as enfin trouvé, ce journal ! Ça se fête, non ?

Je sentis à nouveau la moutarde me monter au nez. Je traversai la pièce derrière lui.

— Il était censé contenir des informations sur l'agresseur d'Esme…, insistai-je.

— Eh bien, je me suis trompé, un point c'est tout.

— Comment le sais-tu ? Tu ne l'as même pas lu.

Il s'immobilisa, les doigts serrés autour du goulot de la bouteille.

— Cela ne te regarde pas, Jane. Tu ne comprends rien.

— Si, je comprends. En partie du moins. Ton histoire concernant Esme – la drogue, ses fréquentations louches –, c'était du pipeau. Tu voulais le journal pour te protéger, toi, pas pour aider Esme.

Pour la première fois depuis qu'il s'était saisi du cahier, il leva la tête et me fit face. On aurait dit un homme prêt à tuer sans état d'âme. J'eus soudain l'impression d'entrevoir ce qu'il était vraiment.

— Tu l'as lu ? articula-t-il avec difficulté.

Je confirmai d'un signe de tête.

— Va te faire voir. Je t'avais demandé de ne pas le faire. Tu avais promis.

Je m'abstins de répondre.

— Je te faisais confiance, Jane.

C'en fut trop.

— Confiance ? explosai-je. Mais de quoi parles-tu, Rob ? C'est moi, pauvre idiote, qui t'ai cru ! Moi, qui ai laissé ma famille pour te venir en aide ! Moi, qui ai menti à tout le monde pour toi ! J'ai pris ce qui ne m'appartenait pas, tout ça pour que tu le brûles ! Et si j'étais poursuivie pour complicité de meurtre ? Ça me servirait de leçon... Et j'ai quoi, en échange ? Un tas de mensonges concernant Esme et son journal ! Tout le monde me ment et m'utilise ! J'en ai marre ! Tu as détruit ce journal parce que tu avais peur qu'on lise ce qu'Esme y disait sur toi !

Je criais sans pouvoir me maîtriser. Rob était devenu blanc comme un linge.

269

— Pourquoi ? répliqua-t-il, les yeux plissés, en lâchant la bouteille. Qu'a-t-elle écrit sur moi ?

— Sur toi…, haletai-je, sur toi, et sur Lucien quand il est mort… elle a écrit que…

— Non, tais-toi ! hurla-t-il.

D'un bond, il fut sur moi et plaqua sa main sur ma bouche. Je tournai la tête et me dégageai.

— Elle a écrit que tu…

— Je sais, je sais. C'est ce que je craignais. C'est la raison pour laquelle j'ai brûlé le journal. Écoute-moi, Jane, je t'en supplie. Je vais te dire la vérité, je vais te dire ce qui s'est passé… (Il me saisit les poignets.) mais laisse-moi t'expliquer. Je t'en prie !

Ses mains me serraient si fort que je sentis comme une décharge électrique dans mon bras. Son visage était à quelques centimètres du mien, je voyais les reflets dorés de son regard, les pores de sa peau autour de ses yeux. La transpiration se mit à perler sur son front. Nous étions hors d'haleine. Mon cœur battait à se rompre.

— Pourquoi devrais-je t'écouter ? rétorquai-je. Tu n'arrêtes pas de me mentir.

— C'est faux. D'accord, je ne t'ai pas toujours dit la vérité, mais je n'ai pas menti. Pas vraiment. Crois-moi, Jane.

Sa voix devenait pressante. Il relâcha son étreinte. Son expression s'adoucit. Je ne lui faisais pas le moins du monde confiance, mais j'étais curieuse de savoir ce qu'il allait me sortir comme explication.

— Vas-y. Je t'écoute.

— D'accord.

270

Se retournant, il reprit la bouteille de vin.

— Faisons les choses convenablement, reprit-il. J'ai besoin d'un petit remontant. Pas toi ?

Il déboucha la bouteille et nous servit.

— Tiens…

Il me tendit un verre en me souriant aimablement – « comme un vendeur de doubles vitrages bien décidé à écouler son produit », pensai-je. Il essayait d'avoir l'air calme et d'inspirer confiance, mais, trop tendu, ne pouvait s'empêcher de changer la bouteille de place ou d'aller d'un coin de la kitchenette à l'autre en serrant et en desserrant les poings.

— Donc, commença-t-il, d'après le journal d'Esme, je m'en veux pour la mort de Lucien. C'est bien ça ?

— Comment le sais-tu ?

— Je l'ai lu.

Son seul but avait bien été de vérifier si son nom figurait dans le journal.

— Et maintenant, tu veux des détails ? Je te le dois bien, j'imagine.

Il tendit la main vers le robinet qui gouttait et le referma.

— C'est difficile d'en parler, simplement. (Il vida son verre et s'en servit un autre.) Encore un peu… ? me proposa-t-il.

Je fis non de la tête.

— J'ai craqué parce que je me sentais coupable, je crois. Voilà pourquoi je ne suis pas venu à l'enterrement de Lucien et n'ai pas agi comme on l'attendait de moi. J'en étais incapable. J'avais l'impression que tout était ma faute.

— Mais pourquoi ?

Il replia un torchon, le reposa soigneusement sur l'égouttoir et m'observa, un étrange sourire aux lèvres.

— Ce week-end de randonnée, vois-tu, c'était mon idée, raconta-t-il. On était mi-juin. Lucien et moi ne nous étions pas vus depuis des mois – depuis sa fameuse soirée avec Esme. J'étais toujours en colère, et j'avais mal. Et puis, comme un cheveu sur la soupe, il m'a appelé : il avait besoin de me parler, c'était urgent. J'ai refusé, je lui ai raccroché au nez, je crois. Il m'a rappelé le lendemain, comme si de rien n'était. Ça me dépassait. J'étais furieux, mais il m'a eu à l'usure : dès que je me suis mis à lui parler, j'ai eu l'impression d'avoir à nouveau dix ans et de perdre toute volonté, toute maîtrise de moi-même.

Les mains sous les aisselles, il fixait le linoléum délavé entre ses pieds.

— Il a proposé de venir chez moi – on passerait le week-end ensemble, on se retrouverait comme au bon vieux temps… J'ai paniqué. J'ai dit : « Non, ne viens pas ici. » Il fallait qu'on se voie en terrain neutre. Je n'aurais pas supporté qu'il envahisse mon espace, me prenne à nouveau tout ce que j'avais. Alors, j'ai proposé : « Rejoignons-nous dans le Dorset. » Des amis m'avaient parlé d'un pub, confortable et pas cher – je savais qu'il tirait le diable par la queue. J'ai ajouté : « Je t'y rejoindrai vendredi soir, on peut passer le week-end à marcher. » Je pensais réussir à m'en sortir ainsi. L'avoir chez moi tout le week-end, non, mais dehors, au grand air, oui.

— Tu étais donc là quand c'est arrivé…

— Non ! cria-t-il en relevant brusquement la tête. (Il abattit son poing sur la paillasse.) Non, c'est faux ! Je n'y étais pas ! Je n'y suis pas allé ! Je me suis débiné !

— Quoi ?

— Le vendredi soir, j'ai réalisé que je n'avais pas le courage d'y aller, de le voir. J'ai pensé : « J'irai demain. » J'ai téléphoné au pub, et laissé un message pour Lucien : je le rejoindrais en train, tôt le lendemain matin. Toute la nuit, j'ai réfléchi. Le samedi matin, j'ai rappelé le pub pour dire que je n'irais pas. J'ai débranché mon téléphone et suis sorti. J'ai passé le week-end chez des amis. Et puis, en rentrant chez moi le dimanche, j'ai appris ce qui s'était passé, et j'ai pensé : « Tout est ma faute. C'est moi qui l'ai tué. » C'en était trop. Je ne pouvais faire face, pas à tout ça d'un coup. J'avais l'impression de l'avoir tué.

— Mais tu es fou !

— Ah oui ? Si j'avais accepté qu'il vienne chez moi, si je n'avais pas proposé cet endroit en particulier, l'accident ne serait pas arrivé. Si j'avais été avec lui, j'aurais peut-être pu l'éviter. J'étais le seul chaînon important de la série d'événements qui l'ont amené au pied de la falaise. Peux-tu, un seul instant, essayer de comprendre ce que j'ai éprouvé ?

Je m'apprêtais à lui affirmer : « Arrête, tu n'as aucune raison de t'en vouloir », mais je me rappelai avoir moi aussi eu ce même sentiment de culpabilité. Au cours de cette semaine-là, Lucien m'avait téléphoné pour me proposer de passer le week-end avec Faith et Éric. Quand nous le pouvions, nous leur rendions visite ensemble pour rendre la corvée moins pénible. J'avais reporté, je ne pensais qu'à revoir Rob à ce moment-là. Et puis Lucien était mort et je m'en étais voulu également ; mais avec les années, j'avais oublié. Pour Rob, la culpabilité n'avait pas disparu aussi facilement. Elle était là. Son Albatros le hantait.

— Je comprends, dis-je. Mais alors, pourquoi cette peur panique concernant le journal d'Esme ? Il te suffisait d'expliquer tout cela à la police, non ?

— J'ai perdu la tête, tu veux dire ? Sans doute, mais rien de surprenant à ça, quand même. Je *sais*, n'oublie pas, ce que signifie être accusé d'une chose dont on n'est pas coupable. Être là, protester de son innocence devant les regards incrédules des flics, sachant qu'ils pensent : « Espèce de salaud, on te tient maintenant. » Et se tortiller d'impuissance devant l'air satisfait du jury ! Quand on a vécu cela une fois dans sa vie, crois-moi, on panique facilement.

Il lâcha ces derniers mots d'un ton sincère chargé d'amertume. Je le comprenais. Après avoir passé quatre années de sa vie en prison pour un crime dont on n'est pas l'auteur, la peur d'une seconde erreur judiciaire peut faire réagir de façon extrême.

Il leva son verre d'une main tremblante et le vida.

— Tout va s'arranger, assurai-je en le resservant.

Il me regarda d'un air peu convaincu.

— Peut-être....

Nous restâmes un moment sans parler. Je tentais de faire le lien entre ce qu'il venait de me dire concernant le week-end où Lucien avait trouvé la mort et ce que j'en savais.

— Tu te rappelles notre dernière soirée ensemble ? demandai-je. Ce devait être le jeudi précédant l'accident de Lucien...

— Oui, répondit-il, toujours sceptique.

— Ce soir-là, tu m'as dit devoir t'absenter deux jours. Pourquoi as-tu passé sous silence le week-end projeté avec mon frère ?

Il haussa les épaules.

— J'ai peut-être trouvé plus simple de ne pas tout mélanger. Lucien d'un côté, toi de l'autre. Ma relation avec lui était assez compliquée comme ça.

Quid de ses sentiments pour moi à l'époque ? Cette question, non dite, pesait implicitement très lourd entre nous.

Il changea imperceptiblement de position. Il me regardait avec insistance. Pour la première fois depuis que je l'avais découvert dans les Béliers deux jours auparavant, il songeait visiblement à notre attirance réciproque durant ces brèves journées de la mi-été, avant que tout bascule à jamais. Mais, incapable de répondre à ce regard, je m'écartai de lui.

— Qui es-tu allé voir ?

— Quoi ?

— Comme tu ne te décidais pas à retrouver Lucien dans le Dorset, tu es, dis-tu, allé voir des amis. Lesquels ?

— Ah... Je ne m'en souviens plus. C'est important ? J'aurais dû te rendre visite, je suppose.

— Ce n'est pas grave.

275

— Qu'est-ce que tu t'imaginais ? demanda-t-il doucement sans me quitter des yeux. Que j'avais poussé ton frère du bord de la falaise ?

Je remplis de nouveau mon verre. Cette conversation, je ne pouvais plus la poursuivre en étant sobre.

— Je ne savais quoi penser, répondis-je.

Il sourit, comme si j'avais proféré quelque chose d'incroyable, et insista :

— J'avais un mobile, si on peut dire : Lucien m'avait piqué ma petite amie. La femme de ma vie. J'avais toutes les raisons de le haïr.

— Esme. Oui…

J'eus le cœur serré en pensant à elle. La façon dont Rob me regardait… tout ce que j'avais lu dans le journal… il y avait de la trahison dans l'air. Je fis des yeux le tour de la pièce pour faire diversion.

— Owen et moi avons apporté un lapin blanc à l'hôpital, racontai-je. Il espérait que cet animal rappellerait ses Boule de Neige à Esme. Et elle a eu l'air de réagir, comme si elle essayait d'ouvrir les yeux ou de sourire – par la suite, je me suis demandé si on n'avait pas imaginé ce qu'on avait besoin d'imaginer. Mais, d'après l'infirmière, c'est un bon signe.

— Super.

— À présent, il faut patienter avant de pouvoir se réjouir.

J'eus un instant d'hésitation.

— Alors, repris-je, maintenant que tu as brûlé le journal, rien ne te retient plus ici, n'est-ce pas ? Tu vas aller la voir ce soir ? (Et si c'est le cas, qu'est-ce que je fais, moi ?)

Il ne me quittait pas des yeux. J'étais de plus en plus mal à l'aise, alors que lui était soudain très calme.

— C'est ce que tu veux ? demanda-t-il, d'une voix à peine audible.

— Je ne sais pas. Je suis complètement secouée, je ne peux plus aligner deux pensées cohérentes. J'avais raison, Owen a eu une aventure. Ni l'un ni l'autre ne l'ont nié ; ils se sont contentés de m'accuser de réagir de façon excessive. Je ne comprends pas...

— Ma pauvre Jane. Tu en as vu des vertes et des pas mûres. Qu'aurais-je fait sans toi...

Ses mots sonnaient faux, on aurait dit qu'il lisait un prompteur. Il fit soudain un pas vers moi et, d'un geste infiniment tendre, repoussa une mèche de cheveux sur mon front.

— Tu sais, dit-il, j'ai passé la journée à attendre ton retour. Ces deux derniers jours, j'ai vraiment dû avoir l'air obsédé par mes problèmes personnels. Excuse-moi. Mais j'ai aussi compris une chose : c'est toi que je voulais voir. Toi, et pas seulement pour le journal...

On frappa lourdement à la porte, et celle-ci s'ouvrit brusquement. J'eus le temps de voir l'expression horrifiée de Rob avant qu'il ne plonge derrière la protection aléatoire des éléments de cuisine. « Il a trouvé le journal – pourquoi se cache-t-il, maintenant ? » me demandai-je.

John Drummond fit irruption dans la pièce.

Si la moitié des habitants du village avaient été là avec moi, il ne s'en serait visiblement pas rendu compte.

— Je ne m'attarde pas, débita-t-il après avoir repris sa respiration. Je pars pour l'hôpital. Mais cela devrait vous intéresser : la police a arrêté l'agresseur d'Esme. C'est un des occupants de Branden House, le refuge dont s'occupe Rob. Exactement ce que nous pensions depuis le début.

Il y eut un bruit de verre renversé, mais John n'entendit rien.

— C'est un récidiviste, il est en fait fiché pour cela. Il a laissé ses empreintes partout. Et puis l'hôpital a appelé : Esme est hors de danger. Elle revient à elle. La police attend de pouvoir l'interroger. Juste pour confirmer les aveux de son agresseur.

Le visage éclairé d'un sourire ravi, il me regardait, les yeux brillants.

— Oh, John, je suis si…, bafouillai-je à travers mes propres larmes de soulagement.

— Je sais, mon petit, je sais. Moi aussi, dit-il en me tapotant l'épaule.

L'instant d'après, il avait disparu.

12

— Et voilà…, bougonna Rob en se relevant et en épongeant son pantalon avec un torchon, … des taches de vin sur mes vêtements neufs !

— Tu as entendu ce qu'a dit John ?

Il confirma d'un signe de tête.

— Il doit s'agir de Hamish. Je pensais qu'il avait enfin perdu ses mauvaises habitudes mais ce n'est apparemment pas le cas. Cela dit, les empreintes ne prouvent rien. Comme tous les occupants du refuge, il entrait et sortait de l'appartement sans arrêt. Le pauvre bougre a dû passer aux aveux. Bon sang, j'espère qu'ils ont pris le vrai coupable !

— Mais évidemment : ils ne l'auraient pas arrêté, sinon.

— Ne sois pas naïve, Jane. La police commet des erreurs, j'en suis l'exemple vivant.

Cette dernière remarque pouvait, au fil de la soirée, être diversement interprétée. Toutefois, j'avais trop de choses en tête pour m'attarder dessus.

— Et maintenant, que fait-on ? m'enquis-je.

— Si on arrosait ça ? Tu pourrais nous trouver un peu plus de vin ?

— Bien sûr.

La veille, pendant notre promenade en ville, John m'avait proposé de me servir dans sa cave plutôt que d'acheter la piquette du supermarché. C'était l'occasion ou jamais de profiter de son offre. Esme allait mieux, John était heureux ; si mes problèmes personnels n'étaient pas résolus, il aurait été égoïste de jouer les rabat-joie en les ressassant. À Martin's Court, même Mme Wicks – sans doute plus inquiète pour Esme qu'elle ne l'avait laissé paraître – semblait s'être radoucie ce soir-là. Elle me regarda d'un air presque maternel noter le nom des deux bouteilles de vin que j'emportai.

Difficile de saisir l'état d'esprit de Rob, observai-je, tandis que nous entamions une autre bouteille. Soulagé d'apprendre le rétablissement probable d'Esme et l'arrestation de son agresseur, il était aussi plus fébrile. Pourquoi s'en était-on pris si sauvagement à elle ? se demanda-t-il sans s'attarder sur cette question. Je mis un moment à comprendre pourquoi il était plus énervé que furieux ou déçu que l'homme soit un de ses « invités » : passé maître dans l'art de se servir des médias, il était bien placé pour savoir que cela aurait inévitablement un impact négatif pour le refuge.

— Je devrais être au refuge à cette heure-ci, dit-il sans grande conviction – nous en étions, il est vrai, à la moitié de notre deuxième bouteille.

— Attends demain matin, lui conseillai-je égoïstement. Tu ne leur seras d'aucune aide dans l'état où tu es.

— Tu as raison.

Il s'affala près de moi dans le canapé et passa un bras autour de mes épaules. Le feu chuintait laborieusement dans l'âtre mais partait de temps à autre en crépitements secs. Dehors, un vent léger faisait bruisser les pommiers.

— Maintenant que tout cela est presque terminé, remarqua Rob au bout d'un moment, je suis content de ces deux jours passés ici. J'ai renoué avec Glory Cottage. En prison, j'y pensais beaucoup et me jurais d'y revenir ; je ne sais pourquoi j'ai attendu si longtemps. Aujourd'hui, ça y est : j'ai rattrapé le temps perdu.

— Moi aussi. Tu as bien fait de m'appeler d'urgence dans le Derbyshire.

— Comment m'en serais-je sorti, autrement ? J'aurais sans doute fini dans la rivière.

— Ne dis pas cela.

Ses doigts jouaient avec mes cheveux. Peu à peu, le silence et le charme de Glory Cottage recréaient la magie du lointain souvenir que j'en avais. C'était comme si Rob et moi avions implicitement résolu d'oublier le monde et les problèmes qui nous attendaient au-delà du verger – l'hôpital, la vie de couple, les décisions, les responsabilités... Tout cela pouvait attendre le lendemain. C'était notre dernière chance de retrouver l'innocence de notre enfance, le temps où Rob était comme un frère pour moi. Ce soir, notre univers se limitait aux seuls reflets dessinés dans la courbe chatoyante d'un verre de vin incliné où dansait la lueur orangée des flammes.

L'envie me prit de parler du passé.

— Tu te souviens des secrets ? dis-je.

— Vaguement.

— Mon frère nous avait demandé à chacun de réfléchir à un secret. Toi, tu avais démasqué ce pauvre vieux commandant nazi. Lucien en était furieux, même s'il refusait de l'admettre.

— Oui, je me rappelle, maintenant. Et nous n'avons jamais su si Mme Wicks avait les pieds palmés, comme le prétendait Esme.

— Moi, mon secret, je l'avais inventé de toutes pièces.

— Et Lucien ?

— Il a refusé de nous dire le sien – le meilleur de tous, d'après lui – parce qu'il m'en voulait à mort d'avoir affabulé concernant notre père. Il ne me l'a effectivement jamais révélé, son « cinquième secret ». Et à toi ?

— Non, jamais.

— Je donnerais cher pour savoir ce que c'était.

Rob se tourna vers moi.

— Il n'a peut-être jamais existé, remarqua-t-il.

— Quoi ?

— Il n'avait probablement pas de secret. Il voulait connaître les nôtres, c'est tout. Ou peut-être a-t-il réalisé que le sien n'avait rien de génial. Se mettre en colère envers toi pour se tirer d'un

282

mauvais pas, accuser quelqu'un d'autre pour éviter absolument de perdre la face – c'était tout Lucien.

— Tu es injuste.

— Tu crois ? Réfléchis bien.

Je m'écartai de Rob. Je n'avais aucune envie de me poser ce genre de question. Ne jamais connaître le cinquième secret, soit, je m'y étais depuis long-temps résignée. Mais j'avais besoin de penser qu'il existait, que quelqu'un l'avait un jour su. Si je ne pouvais plus y croire, comment me protéger contre le chaos et la nuit ?

Changeant de position, je m'appuyai contre l'épaule de Rob.

— Prends-moi dans tes bras, Rob, murmurai-je.

Il m'entoura d'un bras et m'attira gentiment contre lui.

— Lucien avait un secret, j'en suis sûre, insistai-je, une fois confortablement installée. Il mettait toujours dans le mille. C'était quelqu'un d'exceptionnel.

— Foutaises, Jane…

— Comment ! Mais toi aussi tu as toujours pensé cela !

— Il fut un temps où je le pensais. Mais j'ai finalement appris à le connaître.

Je me dégageai, furieuse.

— Que veux-tu dire ?

Il avait l'air ravi et semblait vouloir me provoquer.

— Parfois, je me dis que ton frère n'était qu'un excellent mystificateur…

— Quoi ?

283

— … et « mystificateur » est encore trop gentil. Lucien était un salaud et nous nous laissions mener en bateau.

— Tu es soûl.

— Sans aucun doute.

Il approcha soudain son visage du mien.

— Et j'ai l'intention de continuer à boire, annonça-t-il, le regard haineux. Arrête tes bêtises sur Lucien le héros. C'est insupportable. Pas ce soir. J'ai eu mon lot de mensonges depuis deux jours. Est-ce qu'on ne pourrait pas, pour une fois, une seule fois, se dire tout ?

— Ton lot de mensonges !

— Tu sais très bien ce que j'entends par là, Jane. Tu le sais depuis le début. Tu n'es pas parfaite mais tu n'as jamais été idiote. Alors, quand as-tu commencé à deviner qui était vraiment Lucien ? Tu étais comme moi, n'est-ce pas ? Tu ne voulais pas savoir. Pendant des années, tu as fait semblant de croire que la réalité était telle que tu voulais la voir. Tu attendais qu'il soit sur le point de te détruire pour admettre la vérité ?

— Tais-toi. Tu es fou. Lucien était tout pour moi.

— Ah, ça, j'en suis convaincu ! Je ne t'en veux pas, crois-moi. Je me suis fait avoir, moi aussi, Dieu sait ! Quand je parlais de Lucien, on me soupçonnait d'être amoureux de lui, mais ça n'a jamais été le cas, pas même à l'école. En fait, je pense que Lucien n'était attiré ni par les hommes ni par les femmes. D'après ce qu'Esme m'a raconté de leur aventure, le sexe avait un rôle mineur pour lui. Il devait être trop amoureux de lui-même pour être capable de vraiment échanger avec quiconque.

— Tu es malade ! Je ne t'écoute plus.

Je tentai de me lever, mais Rob me repoussa contre le coin du canapé. J'aurais pu me libérer, et pourtant je n'essayai même pas.

— Oh si, tu vas m'écouter ! Tu es la seule personne capable de comprendre cette histoire insensée – de même que je te comprends, moi. Pendant des années, j'ai été aveugle concernant Lucien. C'était une comète, un de ces êtres extraordinaires comme on en voit rarement. Tout ce que je voulais, c'était être proche de lui. Pour me trouver dans sa lumière.

— Mais tu avais raison, Rob ! m'écriai-je, abondant dans son sens. Lucien était le plus extraordinaire…

— Tu vois, continua-t-il sans m'écouter, je n'ai jamais su s'il était conscient de nous raconter des histoires ou s'il croyait lui-même à ses fadaises. Au lieu de dénoncer ses duperies, j'ai en fait contribué à les perpétuer. Je refusais de regarder la vérité en face, je me demande bien pourquoi. Tout plutôt qu'admettre ça : j'avais passé ma vie à croire un imposteur !

Mes poings sur ses épaules, je le repoussai.

— Tu es jaloux, Rob, c'est ça, ton problème, et ça l'a toujours été. Lucien valait dix fois mieux que toi. Tu es rongé de jalousie. C'est d'un pathétique !

— Arrête. Tu ne sais rien de lui.

— C'était mon frère.

Il eut un rire méprisant.

— Mon Dieu, il s'en est donné du mal pour tout cacher à sa famille ! La façon dont Faith et toi avaliez tout ce qu'il vous racontait sans rien vérifier m'a toujours abasourdi. Par où dois-je commencer ? Oxford : un mensonge de A à Z. Il n'en est jamais sorti diplômé : il a craqué avant les examens de dernière année. Pas de honte à cela, n'importe qui aurait pu faire pareil ; mais, bien sûr, Lucien, lui, ne le voyait pas ainsi. Il ne fallait pas que cela se sache. Il a insisté pour se présenter aux examens, même s'il n'avait aucune chance. Il a eu le pot de décrocher une licence. Mais cela non plus, personne ne devait le savoir. Et tout à l'avenant. Plus il échouait, plus il avait besoin de se vanter. Ne pas être parfait lui était insupportable. Pour lui, ne pas être le meilleur, c'était être un zéro.

— Mais il avait toujours été brillant !

— Dans le petit monde artificiel de l'école, peut-être. Mais dans la cour des grands, c'était un sale prétentieux se croyant sorti de la cuisse de Jupiter. Il ne supportait pas la rivalité. En sortant d'Oxford, il n'avait pas la moindre idée de ce qu'il allait faire. Il a tenté une ou deux voies, mais il détestait l'idée de démarrer en bas de l'échelle, comme tout le monde.

Je vis là une lueur d'espoir. Tous les défauts et travers de Lucien contribuaient à faire de lui quelqu'un d'exceptionnel. Rob ne pouvait avoir oublié cela.

— Bien sûr ! m'exclamai-je. Son but était de partir de haut et de grimper ! Il nous l'a dit, un jour, à Faith et à moi.

— Elle a dû boire du petit-lait. Au moment de son accident, Lucien travaillait dans une pizzeria ; elle ne l'a jamais su, je parie.

— C'est faux ! Il faisait de la recherche.

— C'est ce qu'il t'a dit. Sa seule recherche à l'époque portait sur les habitudes alimentaires des adolescents londoniens.

— Je ne savais pas.

— Non, tu ne savais pas. Tu as toujours ignoré la moitié des choses.

Sa voix s'adoucit soudain et il me considéra avec pitié.

— Ma pauvre Jane. Il t'a fait gober encore plus de couleuvres qu'à moi.

— C'est absurde ! protestai-je.

Mais mes dénégations avaient perdu toute conviction, et j'étais toujours incapable de faire le moindre geste. Non parce que Rob me coinçait au bout du canapé, mais parce que tout cela me pesait : il y avait du vrai dans ses affirmations, j'étais obligée de le reconnaître. Lui seul aimait Lucien autant que moi et pouvait en parler ainsi.

Tout doucement, Rob se pencha vers moi et mit ses lèvres sur les miennes. J'étais remuée et ne m'y attendais pas du tout. Je me laissai aller à son baiser quelques secondes avant de me détourner de lui, les larmes aux yeux.

— Il me manque, Rob, avouai-je. Il me manque chaque jour depuis dix ans !

— Je sais. À moi aussi. N'empêche, c'était un salaud.

— Ne dis pas cela. Je t'en prie.

— Tu sais pourquoi il a sauté Esme ? continua-t-il sans état d'âme. Pourquoi il est resté avec elle après ce premier soir même s'il la trouvait, selon ses propres termes, « idiote et barbante » ? Il ne supportait pas de nous voir heureux ensemble, voilà pourquoi ! Être exclu était pour lui inadmissible. On n'avait pas le droit de s'amuser si le plaisir ne venait pas de lui. Voilà le genre de type qu'était ton frère adoré.

La coupe était pleine.

— C'est faux ! hurlai-je.

Je le repoussai en lui martelant la poitrine de mes poings et me relevai d'un bond. Surpris, il poussa un petit grognement, et m'agrippa par la taille comme pour m'empêcher de tomber.

— Pourquoi ? siffla-t-il. Tu ne veux pas connaître la vérité ? Je n'invente rien, Jane. Il s'est toujours fichu d'Esme.

Je le regardai, horrifiée. Il souriait presque. Je me sentais glisser. Le tapis rêche me grattait le dos.

— Comment le sais-tu ?

Les bras tendus, appuyé sur ses mains, le visage au-dessus du mien, il avait une expression que je n'avais jamais vue chez personne. Il se baissa, m'embrassa à nouveau puis se redressa.

— C'est lui-même qui me l'a dit…, fit-il.

Je me soulevai, mis mes bras autour de son cou et l'attirai vers moi.

— … dans le Dorset, continua-t-il. Le jour où il est tombé de la falaise.

Il me serait plus facile à présent de prétendre qu'écœurée par ces mots je me détournai de Rob avant de me lever et d'exiger une explication. Mais les choses se passèrent autrement. Doucement, tendrement, il me rendit mes baisers, et, nous débattant avec nos vêtements gênants, nous nous cherchâmes l'un l'autre. Comme si faire l'amour pouvait nous protéger de l'horreur absolue de ses paroles. Je me laissai aller, espérant peut-être que l'énergie qui me submergeait et passait entre nous m'éviterait de penser.

Il redressa un peu la tête pour me permettre d'enlever mon pull. Il était encore très près de moi et je le voyais trouble, comme si ses yeux, son nez, sa bouche ne faisaient plus partie du visage qui m'était familier Mon ami Rob était devenu un étranger. Je connaissais intimement ses inflexions de voix, ses traits, ses petites manies, les dix dernières années écoulées ne changeaient rien à cela ; mais tandis que nous étions brutalement attirés l'un par l'autre, ce que je voyais de lui à présent ne correspondait en rien à l'homme dont je gardais le souvenir.

« Dans le Dorset, le jour où il est tombé de la falaise... »

— Qu'est-ce que tu dis ? lançai-je, tentant de remettre mes idées en place pendant qu'il se débarrassait de ses chaussures et de son pantalon.

Il se mit à me caresser, puis s'arrêta brusquement.

— À ton avis... ?

Je n'eus pas le temps de chercher quoi répondre. Oubliant soudain toute tendresse, il me plaqua au sol et se mit à m'embrasser avec une rudesse proche de la colère. Ses mains, désormais dénuées de douceur, se firent exigeantes.

J'eus brusquement la vision d'Esme, depuis six mois sa maîtresse, impassible comme un gisant sur son lit d'hôpital. Un frisson de peur me descendit le long du dos.

— Rob..., tentai-je.

Appuyant sa bouche sur la mienne, il me fit taire et entra violemment en moi. Mon corps lui répondit avec une passion totalement étrangère aux soupçons dont ma tête était pleine.

« Mon plaisir vient peut-être de ma peur du danger... », me dis-je vaguement, horrifiée. Était-ce à Rob l'inconnu que je répondais avec une violence quasi démente, ou au compagnon de jeu de mon enfance ? Ensuite je cessai de penser.

Nous fîmes l'amour rapidement. Notre plaisir – si plaisir il y eut – fut bref, mais était-ce surprenant ? Nous attendions depuis si longtemps et avions tellement bu...

Après quoi, allongés côte à côte sur le pauvre tapis où nous avions étalé nos livres et nos jeux d'enfants, nous gardâmes le silence. Rob s'endormit, me semble-t-il. Moi non, mais je n'étais pas très réveillée non plus. J'étais, je crois, dans une sorte d'état second, consciente du feu qui dansait et de la position de mon corps sur le sol, mais dénuée de pensées ou de sentiments. Le temps ne comptait plus, et j'ignore si je restai ainsi dix minutes ou dix heures. Malgré moi, des images se formaient et se dissolvaient dans ma tête. Bienvenue dans le trou noir, dit une voix. Mais je n'avais pas peur.

Je finis par me lever et regardai ma montre. Il était bien plus de minuit ; j'étais donc demeurée là plusieurs heures. Sans un regard pour Rob, je montai à l'étage comme un automate et me fis couler un bain. J'y restai un long moment et me frictionnai au savon à plusieurs reprises ; mais, une fois séchée avec la serviette de bain élimée, je ne me sentis pas propre pour autant.

Je redescendis, et envisageai vaguement d'oublier tout cela et de partir sur-le-champ. Je pouvais marcher jusqu'à la gare et attendre le premier train. C'était tentant, mais j'y renonçai : j'étais allée trop loin pour m'enfuir, au moment où j'étais sur le point de comprendre.

Je me fis une tartine de pain beurré et préparai du café. Rob faisait semblant de dormir. Je le savais d'instinct – cet instinct qui nous lierait dès lors plus sûrement que l'affection ou l'amitié. Je le bousculai du pied.

— Il est temps de parler, dis-je en lui tendant un bol de café.

Il poussa un grognement et me tourna le dos. J'insistai.

— Écoute, Jane, il fait nuit noire. Ça ne peut pas attendre ?

— J'attends depuis dix ans.

— Ne sois pas mélo.

Je l'obligeai à prendre le bol de café. Il s'assit de mauvais gré en grommelant – il était trop tôt, il avait mal à la tête…

J'interrompis ses larmoiements :

— Tu étais là-bas, n'est-ce pas ? Tu étais avec lui quand il est mort ?

— Laisse tomber, tu veux ? C'est le passé. Quelle importance aujourd'hui ?

— Ah bon ! Quand il s'agissait de débiner Lucien, tu mourais d'envie de me dire la vérité. Maintenant, tu vas me parler de toi.

— Il fallait bien que tu saches la vérité sur ton frère.

— Je te remercie. Mais, pour avoir une vue complète des choses, j'ai besoin d'en savoir un peu plus sur toi. Sur ton Albatros.

Il sursauta et me lança un regard haineux.

— C'était dans le journal d'Esme ?

— Oui. Est-ce pour cela que tu devais le détruire ? Au cas où il y serait précisément dit en quoi consistait ton Albatros ?

— Je ne me rappelais plus ce que j'avais raconté à Esme. On était tous les deux bien partis le jour où on en a parlé... Quand elle m'a dit qu'elle l'avait noté dans son journal, j'ai été furieux.

— Furieux ? C'est-à-dire ?

Son regard s'assombrit lentement.

— Dis donc, tu ne me soupçonnes quand même pas d'avoir essayé de la tuer !

— Non, bien sûr, mentis-je rapidement – je n'étais plus sûre de rien. En outre, on connaît son agresseur aujourd'hui.

— C'est vrai.

— Alors, maintenant, explique-moi ce qui s'est passé.

Comme il ne répondait pas, j'insistai :

— Tous tes sous-entendus, c'est parce que tu veux que je sache.

— Depuis quand es-tu spécialiste de l'inconscient ?

— Je dois être en formation accélérée.

Il sembla réfléchir.

— D'accord, déclara-t-il en se levant péniblement. Mais d'abord, je vais me laver. Je suis incapable de penser comme il faut dans cet état.

Et s'il essayait une fois de plus de fuir les explications à la dernière minute – en sautant par la fenêtre pour filer en chaussettes par le verger ou en se supprimant avec les lames de rasoir ? Tout était possible, dans le calme irréel de cette nuit à Glory Cottage... J'ouvris la bouche pour protester mais me ravisai : je ne pouvais décemment pas l'empêcher d'utiliser la salle de bains.

Quand il en émergea quelques instants plus tard, les cheveux humides collés sur le front, je fus abasourdie : il avait quasiment retrouvé son apparence habituelle. Il se dirigea vers le coin-cuisine et se resservit de café.

— Ce café-là, c'est pour les filtres. La prochaine fois, il faudra acheter l'autre, indiqua-t-il d'un ton badin.

De frustration, le rouge me montait aux oreilles. Je pris héroïquement sur moi pour demander simplement :

— Eh bien, tu te décides ?

— N'en fais pas une montagne, Jane. Il n'y a rien à expliquer.

— Tu mens !

Il ne répondit pas. J'avais eu le dessus à son réveil, mais il se reprenait. Je cherchai autour de moi une façon de le faire craquer.

Je souris – j'avais une idée.

Je devais bien, même après des années, être encore capable d'imiter la voix flûtée de Lucien enfant.

— Tu dois me parler, dis-je en m'exprimant normalement. Tu ne te sentiras pas libre avant de l'avoir fait.

Puis, prenant la petite voix haut perchée de mon frère, je commençai à réciter :

Depuis lors, au moment le plus imprévisible,
L'angoisse, de nouveau, de mon âme s'empare,
Et, tant que n'est pas dite mon affreuse histoire,
Ce cœur, qui est le mien, dans ma poitrine brûle[1].

J'insistai habilement sur « angoisse » et « affreuse ». Rob se mit à trembler et lâcha sa petite cuillère. Ça marchait !

— Tais-toi, Jane, pour l'amour du ciel ! Tu deviens morbide.

— Alors, dis-moi...

Comme il persistait dans son mutisme, je continuai :

Le sort jeté par un orphelin, en enfer
Précipiterait un esprit supérieur ;
Mais combien, combien est plus effroyable encor
La malédiction que lance l'œil d'un mort[2] *!*

— Arrête ! Fiche-moi la paix !

Il s'agrippait au bord de l'évier comme s'il craignait de s'écrouler.

1. S.T. Coleridge, *op. cit. (N.d.T.)*
2. S.T. Coleridge, *op. cit. (N.d.T.)*

— J'attends…

Mais, se redressant soudain, il jeta un coup d'œil à sa montre.

— Mon Dieu, il fait presque jour ! Je devrais être à l'hôpital.

Il retrouvait déjà son assurance. Il était temps de frapper un grand coup.

— Tu as tué mon frère, lâchai-je.

Cette fois, j'obtins toute son attention. Le visage sans expression, il me regarda fixement un long moment. Puis, ébahie, je le vis esquisser un sourire.

— D'accord. Puisque tu y tiens, allons-y !

Tirant vers lui une chaise, il s'assit devant la petite table.

— Tu te souviens des jeux de meurtres de Lucien ? demanda-t-il comme on s'assure d'une formalité. Son obsession, le dernier été, pour tout ce qui avait trait aux meurtres ?

— Tu changes de conversation.

Il ignora ma remarque.

— Je ne comprenais pas pourquoi il ressassait interminablement les moyens de tuer quelqu'un, par accident ou de façon délibérée, et n'arrêtait pas de poser des questions du genre : conduire en état d'ébriété et renverser un piéton, est-ce pire que poignarder quelqu'un par réflexe d'autodéfense ? Et la négligence, est-ce plus condamnable que la colère ? Et puis, les généraux qui envoient leurs troupes à la bataille sachant qu'elles ont peu de chances de s'en tirer, ne sont-ils pas des assassins, eux aussi ? On les décore pourtant. Pourquoi ? Et ainsi de suite, soir après soir. J'en avais marre, mais il insistait.

— Et après ? Je ne vois pas…

— Moi non plus, je ne comprenais pas. Je ne savais jamais quoi lui répondre. Il semblait chercher quelque chose, mais quoi, je l'ignorais. Même après nos dernières vacances à Glory Cottage, il est revenu à la charge de temps à autre : si quelqu'un décède faute d'avoir eu les médicaments nécessaires, est-ce que ce n'est pas une forme de meurtre ? Et les enfants mourant de faim dans les pays pauvres parce que les associations caritatives manquent de fonds… ? Peut-être sommes-nous tous des assassins… Un jour, en l'écoutant, j'ai eu l'impression qu'il aurait aimé, en effet, qu'on soit tous des assassins. Ça ne tenait pas debout.

— Quel rapport avec sa mort ?

— Ah, mais justement, il y en a un. Tout cela avait un rapport avec sa mort.

Il resta sans parler un long moment.

— Comment cela ? insistai-je.

Il avait l'air d'examiner ses mains posées devant lui à plat sur la table, mais il revivait en fait une scène du passé, très loin de cette nuit calme à Glory Cottage.

— Lucien t'a vraiment appelé, cette semaine avant sa mort ?

— Oui, dit-il d'une voix étouffée. Il voulait passer le week-end dans le Dorset. J'ai refusé.

— Pourquoi ?

— Je lui en voulais !

— À cause d'Esme ?

— Oui. Mais pas seulement.

— Qu'est-ce…

— À cause de lui-même, aussi : après son aventure avec Esme, j'ai été obligé d'admettre que je me trompais sur lui depuis toujours. Il m'avait trahi. Je n'arrivais pas à lui pardonner.

Il se tut. J'allais le pousser à continuer, mais c'était inutile. À présent, il avait besoin de parler : pour se justifier, tenter de me convaincre de l'inéluctabilité de ce qui s'était passé.

— Je ne voulais pas le voir. Pas à ce moment-là. La douleur était encore trop récente. J'ai dû lui dire que j'avais prévu de passer le week-end avec toi. Mais tu sais bien : refuser quelque chose à Lucien était inadmissible à ses yeux ; alors il est revenu à la charge avec un plan un peu différent, et j'ai accepté. En mon for intérieur, j'espérais sans doute qu'il dirait ou ferait quelque chose qui me permettrait de l'aimer à nouveau. Son projet était d'aller en voiture le vendredi soir dans le Dorset, où je le rejoindrais le samedi matin. C'est ce qui s'est passé. Il est venu me chercher à la gare, et nous sommes partis pour un village de la côte.

» Lucien se conduisait comme si on fêtait quelque chose. Il adorait l'idée de "randonnée". Il se prenait pour Wordsworth, ou Dickens – enfin, un de ces poètes excentriques qui faisaient des kilomètres à pied tous les jours… Mais, bien sûr, il avait un mépris incommensurable pour les randonneurs autres que lui. Il ne souffrait pas ce mot. Il mettait un point d'honneur à porter des vêtements peu pratiques pour la marche. Ce jour-là, il avait des chaussures bicolores et cette veste rayée bleu et blanc dans laquelle il ressemblait à une chaise longue.

— Il disait toujours : « Il faut se méfier des sports exigeant des tenues spéciales. » Quand il se baignait, il portait des shorts ou des slips, jamais de maillot. Et je me souviens de cette veste, oui.

Mon intervention passa quasiment inaperçue.

— Nous nous sommes mis en route sur le sentier le long de la falaise. Il m'avait emmené là dans un but précis, je le sentais. J'ai vite compris : il voulait connaître mes sentiments pour Esme. Il me donnait l'impression de s'ennuyer à mort avec elle, tout en refusant de la quitter avant d'avoir la certitude que je ne retournerais jamais vers elle. Il lui fallait s'assurer qu'il avait détruit notre relation. D'abord, je n'en ai pas cru mes oreilles. Et puis, j'ai été furieux.

— Tu le lui as montré ?

— Non, bien sûr ! Tu te souviens, Lucien était capable de tout dès qu'on perdait son sang-froid.

— Et ensuite ?

— Le sentier sur lequel nous marchions était d'abord au même niveau qu'une plage de sable ; mais plus on avançait, et plus il montait. Au bout d'un moment, je me suis aperçu qu'il nous fallait soit revenir sur nos pas, soit grimper le long de la falaise pour rejoindre le sentier. Lucien voulait faire demi-tour.

— Il détestait l'escalade.

— Exactement. Il s'est mis à déblatérer sur les montagnards, dont, selon lui, le cerveau est dans les crampons. Il voulait savoir si j'avais séduit Esme par mes talents de grimpeur. Pour une fois, je ne me suis même pas donné la peine de discuter. J'ai commencé à escalader la falaise. À ce moment-là, je n'avais qu'une envie : couper par la route et faire du stop jusqu'à la gare pour fuir sa voix odieuse, sarcastique et incroyablement arrogante ; l'idée de passer tout un week-end avec lui m'était insupportable.

» J'étais persuadé qu'il allait rentrer par la plage mais, arrivé au sommet de la falaise, j'ai réalisé que cet idiot me suivait. Je lui ai dit d'arrêter de faire l'imbécile. Il s'est contenté de répondre : "On peut être deux à jouer à Spiderman", mais il était terrifié, c'était évident.

— Pourquoi s'obstinait-il ?

— Il ne supportait pas que je sois meilleur que lui, même pour une chose aussi triviale que l'escalade de quelques rochers. Depuis sa dépression nerveuse, il ne s'était pas arrangé, de ce côté-là. Une fois en haut, je me suis retourné ; il ne semblait pas avoir de problèmes, même si son visage dégoulinait de sueur. Il ne lui restait plus que quelques pas à faire. Je me suis éloigné du bord. Alors, il a crié : « Rob ! Attends ! Reviens ! Ne me laisse pas ! » Je n'y ai pas prêté attention. Après tout, il était presque arrivé. Mais il a de nouveau crié : « Attends, mon vieux, je suis bloqué ! » Je suis revenu sur mes pas. Il essayait de plaisanter et, en un sens, c'était bien une blague. Il était à moins de deux mètres de moi et le reste était facile à accomplir. Mais il était tétanisé par la panique, et incapable de faire un mouvement de plus.

» Je me suis accroupi près du bord. Son visage était levé vers moi. Je n'oublierai jamais son expression. Jusqu'alors, je n'avais vu que ce qu'il me montrait de lui ; mais là, pour la première fois, je le voyais tel qu'il était véritablement. Et il avait la trouille. On aurait dit que la peur lui creusait le visage. Comment dire ? Elle mettait son âme à nu.

À ce souvenir, Rob se tut un instant.

— J'ai pensé : « Eh bien, crétin, aujourd'hui, c'est moi qui ai le pouvoir, et si tu crois que je vais te le rendre comme ça, tu te trompes lourdement. » Je m'amusais. Je me sentais fort.

Rob avait prononcé ces mots avec une satisfaction cruelle. Il se tut à nouveau. Pendant un instant, il sembla avoir oublié ma présence. Puis il me regarda. Son expression de jubilation avait presque disparu ; l'air angoissé et bourré de remords, il mit ses mains devant ses yeux.

— Je te jure, j'appréciais de le voir souffrir et avoir la frousse, avoua-t-il d'une voix basse. Pendant ce temps, il continuait de baragouiner et me suppliait de l'aider. J'aurais pu lui tendre la main sans difficulté, tu sais.

Rob serra un poing et se tut. Une terrible torpeur s'empara de moi.

— Et tu la lui as tendue ?

Il mit du temps avant de me répondre.

— Non, fit-il enfin en hochant lentement la tête. J'ai fait pire : je lui ai dit que le bord de la falaise était sur le point de s'effondrer, et qu'il serait imprudent que j'essaie de l'attraper. Il a gémi. Je lui ai dit de ne pas s'inquiéter : j'allais partir chercher de l'aide à la ferme non loin de là et je reviendrais dans quelques minutes avec une corde ; mais, en attendant, il devait éviter de bouger. Il bredouillait : « Ne me laisse pas, Rob, je vais tomber, je le sais. » J'ai failli changer d'avis... mais je lui ai répété de m'attendre sans bouger, et puis je me suis éloigné et j'ai cessé de l'entendre.

— Tu l'as laissé là ?

Rob n'entendit pas ma question.

— Je me suis assis un peu plus loin sur un muret de pierres et j'ai allumé une cigarette. J'étais parfaitement calme. Ça m'avait plu de le voir si vulnérable, mais j'étais secoué, aussi : je commençais à comprendre que la terreur sur son visage levé vers moi l'habitait en fait depuis toujours, mais que mon admiration pour lui m'avait jusque-là empêché de la voir. Sous son bagout, ses blagues, ses jeux, il y avait de la peur. D'où son besoin de tenir tout le monde sous sa coupe. Lucien avait peur ! Pourquoi ? Mystère… Ma colère est retombée. J'avais presque pitié de lui. J'ai fini ma cigarette et me suis levé pour aller l'aider. Je m'apprêtais à retourner vers le bord de la falaise quand j'ai entendu un bruit ; on aurait dit le cri d'une mouette – mais ce n'était pas une mouette, je l'ai tout de suite su. Je me suis mis à courir. Je me rappelle avoir trébuché sur quelque chose. Quand j'ai atteint le bord, il n'y avait plus personne au-dessous.

» Je n'y croyais pas… Il devait avoir réussi à grimper jusqu'au bord et s'être caché pour me faire peur ; ou il s'était débrouillé pour trouver un autre chemin ; ou encore il était parvenu à redescendre et marchait tranquillement sur la plage… Et puis je l'ai vu, ou plutôt j'ai aperçu sa veste rayée. J'ai pensé : "C'est une chaise longue cassée." J'étais incapable de me dire : "Ce que je vois là, c'est Lucien." Il était à moitié caché par l'avancée des rochers, c'est pour ça que je ne l'avais pas remarqué tout de suite – et aussi à cause de... l'angle, la façon dont il avait l'air tout brisé... Je n'ai pas une seconde cru que je pouvais l'aider. Il était mort, je le savais.

— Et après ?

— Je me suis mis à vomir, je crois.

— Et ensuite ?

— Je suis parti, mais je n'en ai pas le moindre souvenir. Je ne savais plus où j'en étais depuis que j'avais vu son corps, j'avais le vertige. Jusqu'à ce moment-là, je me rappelle chaque détail, mais après... c'est le brouillard. J'avais l'impression de flotter, pas de marcher. Les mêmes mots, très clairs, me tournaient lentement dans la tête : « Ce n'est pas vrai, ce n'est pas vrai. » Je n'avais qu'une idée : m'en aller, loin, et très vite. J'ai paniqué. Je le comprends maintenant, mais sur le moment je n'en étais pas conscient.

— En découvrant Esme assommée dans l'appartement, tu as éprouvé la même chose ?

— Je pense, oui.

— Tu paniques facilement, hein ?

— Peut-être.

— Quelle heure était-il quand tu as laissé Lucien ?

— J'ai regardé ma montre, lorsque j'étais assis sur le petit mur. Il était exactement onze heures dix.

— On ne l'a pas trouvé avant une heure de l'après-midi. D'après les médecins, cette heure ou ces deux heures – ils ne pouvaient être précis parce que, contrairement à toi, ils ignoraient l'heure de l'accident – auraient fait toute la différence.

Rob planta ses yeux dans les miens. Son visage n'exprimait aucune émotion.

— Tu penses vraiment que je l'ignore ?

— Tu l'as tué deux fois.

— C'était un accident.

— Quoi ! Tu l'as tué volontairement ! Lucien avait peur du vide et tu le savais ! C'est ton sale petit besoin de revanche, ton...

— Tu peux y aller, tu sais. Je me dis tout ça depuis longtemps.

— Ça m'étonnerait !

— Je sais ce que tu éprouves, crois-moi.

— Pour l'amour du ciel, arrête de me sortir tous ces clichés imbéciles ! Tu te sens très mal, j'espère, après cette confession.

— Non, en fait...

— Eh bien, tu devrais ! Je n'ai jamais rien entendu de plus méprisable, de plus pathétique. Tu es quelqu'un de mauvais, Rob. Je te souhaite de souffrir toute ta vie.

À ma stupéfaction, il esquissa un sourire.

— Ça m'arrivera de temps en temps, c'est certain. L'Albatros. Il ne me quittera jamais vraiment. Les deux premières années, j'y ai pensé constamment. À présent, il m'arrive d'oublier pendant une demi-journée. Ces dernières quarante-huit heures, cela m'a été particulièrement difficile, sachant que je pouvais perdre Esme, et aussi en te revoyant... Tu avais raison : j'avais besoin de te parler. Personne d'autre ne comprendrait.

Je frissonnai. Il sous-entendait qu'en l'écoutant, je lui avais en quelque sorte donné l'absolution. Essayait-il de me rendre complice de son crime ?

Je cherchai des mots mais aucun n'exprimait mon sentiment d'horreur. Sa confession me liait à Rob plus sûrement que d'avoir fait l'amour avec lui. Pourrais-je jamais me libérer ? Je compris trop tard le gémissement angoissé d'Esme dans son journal : « Cela me pèse horriblement et je ne sais comment faire pour ne plus y penser. »

Il était près de cinq heures du matin. Je me sentis soudain épuisée. Mes jambes ne me portaient plus.

Il me suivit des yeux tandis que je me traînais dans l'escalier pour rejoindre ma chambre. « Je pourrais encore rassembler mes affaires et m'en aller », pensai-je vaguement, mais à peine me fus-je assise sur le bord du petit lit que je m'affalai sur le côté et m'endormis immédiatement.

13

Le lendemain matin, je me réveillai après dix heures. Il n'y avait pas un bruit dans la maison. Je crus d'abord que Rob était parti, mais une fine colonne de fumée me conduisit au fond du verger. Il était là, occupé à brûler la tapisserie décollée avec tant d'efficacité.

— La pièce est bien mieux sans ce papier, dit-il tout guilleret.

Je rentrai sans répondre.

La matinée tirait à sa fin. Nous étions à présent de nouveau assis l'un en face de l'autre à la petite table de la cuisine.

— Reste à savoir si je peux te faire confiance, remarqua Rob d'une voix faussement neutre.

Je n'appréciai pas son sous-entendu : si quelqu'un faisait preuve de faiblesse, ce ne pouvait être que moi.

— Parce que sinon, tu vas m'assommer ?

Il eut un sourire en coin.

— Non, ne crains rien. Je suis le seul à être en danger. Si on découvrait un jour la vérité sur la mort de Lucien, je serais fichu.

« Si seulement mon mépris pouvait l'exterminer », pensai-je.

— Tu as vraiment l'air de m'en vouloir à mort, constata-t-il. C'est compréhensible. Mais curieusement, je me sens presque soulagé : pour tout le monde, Rob Hallam est un bienfaiteur – toi, tu connais la vérité. Peut-être est-ce pour cela que je t'ai tout raconté.

— Pourquoi devrais-je garder le silence ? dis-je.

Mais cette question n'avait pas lieu d'être, je le sus tout de suite. À qui, en effet, pouvais-je raconter cela ? À Owen ? Nous ne nous parlions quasiment pas en ce moment. À Faith ? Comment lui dire que la mort de Lucien était due à la malveillance de celui qu'elle considérait depuis toujours comme son fils ? La presse, peut-être ? Non ; en dépit de mon ressentiment à l'égard de Rob, je ne me voyais pas raconter son histoire sordide aux journalistes.

Rob se contenta de hausser les épaules.

— Fais comme tu veux. J'ai toujours eu la trouille du public. Avant, je me fichais de l'opinion des autres et, du vivant de Lucien, j'appréciais de vivre dans son ombre. Mais en sortant de prison, j'ai entrepris mes campagnes médiatiques et découvert les feux de la rampe. En mon for intérieur, je savais ne pas valoir grand-chose, mais avec tous ces gens admiratifs qui buvaient mes paroles… Au début, j'ai été un peu désarçonné, et puis, petit à petit, j'y ai pris goût. Je dirais même plus : j'ai commencé à en avoir besoin. Si je fais en sorte qu'on continue de m'admirer, ma partie exécrable disparaîtra, j'en suis persuadé, et seul restera le Rob Hallam respectable connu de tous.

— Ce que tu as fait sur la falaise est ignoble, déclarai-je au bout d'un moment. Et je n'oublierai jamais la façon dont tu as parlé de Lucien hier soir. Après toutes ces années d'amitié, tu ne te rappelles que ses mauvais côtés.

Il s'appuya au dossier de sa chaise.

— Si je pouvais trouver le moyen de ne pas aimer Lucien, les choses seraient plus faciles, je crois.

— Tu es abject.

— Sans doute. Mais ce que j'ai dit sur lui hier soir est la vérité. J'évitais simplement de mentionner ses bons côtés. Parfois, je pense que le drame de Lucien a été de ne pas avoir pu ou eu le temps de s'en sortir : s'il avait accepté de n'être qu'humain et non le génie du siècle, il serait peut-être parvenu à se réaliser. Toi, moi, Faith, nous en sommes en partie responsables : nous lui avons compliqué la tâche.

— Pourquoi ? Je ne comprends pas…

— Nous avions *besoin* de le considérer comme un héros et ne l'avons jamais laissé se comporter normalement. Maintenant, j'ai de la peine pour lui.

— Je ne comprends toujours pas.

— Réfléchis-y. Tu vas le dire à Faith ?

— À quoi bon ?

Il approuva d'un hochement de tête.

— Tu es libre de le dire à qui tu veux, remarque. Je ne peux pas t'en empêcher et n'ai aucun droit de te faire promettre quoi que ce soit. Mais si un jour on découvrait la vérité sur moi, je me jetterais dans la rivière.

— C'est une menace ?

— Loin de là. C'est un fait. Serais-tu pour autant une meurtrière ? Non, bien sûr. Le seul responsable, ce serait moi.

— Exact.

Il ferma à demi les yeux et sourit.

— Mais tu ne t'en sentirais pas moins coupable.

— Allons-nous-en, répliquai-je en me levant.

Nous manquâmes de peu un train et dûmes attendre le suivant un bon moment. À présent, nous roulions vers Londres. Il y avait du givre dans l'air, et le ciel avait cette teinte rose voilé des après-midi de fin d'automne.

Nous ne nous parlions quasiment pas. Rob avait acheté trois journaux, et semblait décidé à les lire de la première à la dernière page. J'avais dépensé mon reste d'argent en sandwichs, mais je n'arrivais pas à manger. Les révélations de Rob m'inspiraient plus que du dégoût. Je tentai de mettre un peu d'ordre dans mon esprit, mais mes facultés mentales semblaient pour l'instant saturées. J'étais incapable de me faire à la vie telle qu'elle se présentait maintenant. Des idées, des images disparates me traversaient l'esprit – les cheveux blonds d'Owen sur le col de sa salopette tandis qu'il déposait les minuscules laitues dans la terre ; la veste rayée bleu et blanc que Lucien avait achetée lors de son dernier été et dans laquelle il ressemblait effectivement à une chaise longue ; sa petite voix flûtée disant : « Tu crois que les façons de tuer sont infinies ? Pourquoi ? » ; et Laura, lançant de la voix hautaine qu'elle prenait avec Billy : « Évidemment, crétin ! » C'était de Lucien que Laura tenait son mépris ; je n'avais jamais fait le lien auparavant, sans doute parce qu'elle ressemblait physiquement beaucoup à Owen, mais Lucien et elle avaient tant de choses en commun – pour la première fois, il me sembla terrible que ma fille ne connaisse jamais son oncle.

Je n'arrivais pas à ignorer les paroles de Rob : Lucien avait peur. C'était vrai, d'instinct je le savais. Mais pourquoi avait-il peur ? Il n'avait pas de raison… Lorsque cette pensée s'estompa et disparut, je tentai vaguement de la retenir, mais à sa place surgirent les éléments d'un tableau ; une masse sombre et informe, des gens morcelés émergeant du brouillard – ici un pied, peut-être celui de Lucien ; là la moitié d'une tête et un avant-bras, peut-être ceux de Rob – ou d'Owen. Aurais-je jamais la force d'essayer de peindre l'incertitude et la confusion ? « Il faut peindre ce qu'on voit », assure-t-on toujours. Mais comment représenter l'invisible, les frayeurs à moitié dites, les vérités enfouies sous les mensonges ? Si seulement un grand vent avait pu balayer ma vie, effacer la nuit, pour me permettre d'y voir clair…

À l'arrivée à Paddington, je découvris en me levant que mes jambes étaient toutes molles. « Le choc, me dis-je, est une émotion on ne peut plus physique. » Rob posa le dernier de ses trois journaux et me gratifia d'un grand sourire.

— Tu veux aller voir Esme, j'imagine ? On pourrait partager un taxi ?

Faute de mieux, j'approuvai d'un signe de tête. Pendant que j'étais perdue dans mes pensées confuses, il avait, semble-t-il, cheminé en sens inverse, et se révélait une fois de plus dynamique et efficace. La lecture de la presse l'avait apparemment extirpé de ses préoccupations et, tout confiant, il réintégrait le devant de la scène. Comme nous nous dirigions vers la file des taxis, quelques personnes se retournèrent sur son passage – elles le reconnaissaient ou il leur rappelait quelqu'un de connu.

— Ce n'est pas cet acteur… ? glissa une femme à son compagnon.

« Battant », voilà ce qu'il était pour l'heure, tel l'être providentiel fendant la foule des badauds après un accident : « Laissez-moi passer, je suis médecin. Pas de panique, je suis là, tout va rentrer dans l'ordre. » Mais combien de Rob Hallam y avait-il, et lequel était avec moi en ce moment ? Je revis la silhouette ramassée sur elle-même au fond de la fosse ; l'homme rongé de culpabilité qui, rassuré par l'obscurité, avait parlé de son ami décédé. Il y avait eu un temps où j'avais cru « connaître » Rob Hallam. Depuis peu, j'en savais beaucoup plus sur lui mais il m'était devenu complètement étranger.

— Ça va ? s'enquit le nouveau Monsieur Efficace en me prenant le bras, les yeux plissés, chaleureux et pleins d'une sympathie toute professionnelle.

— Parfaitement bien, dis-je en me dégageant, et en priant le ciel qu'un taxi arrive avant que mes jambes ne s'affaissent sous moi.

Notre tour vint, et un taxi s'approcha. Rob donna le nom de l'hôpital et m'aida à monter dans la voiture – « comme une vieille dame », remarquai-je amèrement.

— À moins qu'on ne nous voie arriver ensemble, nous pourrions faire semblant de nous être rencontrés par hasard sur le chemin de l'hôpital, suggéra-t-il d'un air faussement détaché pendant que le taxi démarrait. Personne n'a besoin de savoir que j'étais à Glory Cottage. Tu es d'accord ?

J'approuvai d'un signe de tête. J'ignorais comment expliquer la tapisserie décollée du mur, mais cela serait plus facile à justifier que la présence de Rob là-bas pendant deux jours. De toute façon, ma vie était un tissu de mensonges, alors un de plus ou un de moins…

Un tissu de mensonges… Étrange expression : pourquoi « un tissu » ? Quoi qu'il en soit, elle nous convenait à merveille : la vie de Rob avait tout d'un mensonge ; s'il avait dit vrai, la vie de Lucien était en grande partie aussi un mensonge ; mon mariage en était également un… Et peut-être y en avait-il d'autres couvant sous la face visible des choses ? Le monde entier était sans doute un tissu de mensonges. Cela me rappela une des toutes premières âneries de Lucien. Il devait avoir six ou sept ans et avait enveloppé ses cadeaux de Noël

311

dans des morceaux de linge où il avait inscrit des bêtises du genre « Furet domestique. Ouvrir avec précaution » ou « Poison. Danger ». Ses cadeaux, avait-il précisé, étaient empaquetés dans des tissus de mensonges.

Il s'agissait peut-être tout simplement d'une blague d'enfant intelligent, mais Faith avait déliré de bonheur, voyant là encore une preuve du génie précoce de son fils. Je repensai à ce que Rob avait dit : Faith et moi étions toutes deux responsables d'avoir porté Lucien aux nues.

J'eus envie de partager mes pensées avec Rob, mais m'en abstins : il aurait pu prendre cela pour le calumet de la paix.

Nous arrivions à l'hôpital. Il se tourna vers moi.

— Tu n'as pas l'impression d'être sur le point de réintégrer la réalité ? demanda-t-il. Moi, je suis terrifié à l'idée de voir Esme. Je l'ai déjà perdue une fois... (Il se tut quelques secondes.) J'étais en train de penser que j'avais la poisse, que chaque fois que je m'attache à quelqu'un, il ou elle en souffre...

Je ne lui répondis pas.

— Jane, continua-t-il, nous n'aurons peut-être pas l'occasion de nous revoir très souvent à partir de maintenant, mais sache une chose : j'aimais ton énergumène de frère. Ma colère, ces dernières semaines, ce n'était rien à côté de ce que j'ai éprouvé pour lui pendant des années. Nous aurions fait la paix, j'en suis certain. Il m'a donné plus, bien plus qu'il ne m'a pris, et j'ignore ce que ma vie aurait été sans lui. En le laissant se détruire, je me suis aussi un peu détruit moi-même. J'ai presque appris à vivre avec cela. Mais il me manquera toujours.

— Je sais, dis-je en tapotant son bras avant de me détourner et de regarder par la fenêtre.

En entrant dans le service où Esme avait été transférée, j'eus un peu le sentiment de débarquer dans une réception assez lugubre. Comme les bus de Londres qui se font attendre pendant des heures et déboulent tous en même temps, les visiteurs d'Esme étaient arrivés groupés. Dès le couloir, nous parvinrent des bruits de conversation animée, et la voix de Faith, babillant au-dessus des autres, me fit sursauter d'appréhension.

À notre vue, il y eut un silence. À la vue de Rob, devrais-je dire, car, ne tenant aucun compte de moi, tous les regards convergèrent vers l'imposante silhouette de l'amant prodigue.

— Rob ! suffoqua ma mère en portant une main à sa gorge.

Elle était vêtue d'une robe gris pâle en laine très fine et une écharpe scintillait comme un bijou autour de son cou. Les yeux écarquillés de surprise, elle semblait presque tétanisée.

Debout un peu à l'écart, semblant s'être exercé aux swings pour passer le temps, Éric lui-même eut une expression choquée, guère fréquente sur son visage mou, généralement béat de satisfaction.

— Mieux vaut tard que jamais, hein ? l'entendis-je marmonner en lançant un regard anxieux à Faith.

John Drummond était visiblement ébranlé.

— Rob, Dieu merci, vous voilà, fit-il en s'avançant.

Deux jeunes gens, étrangement bronzés pour la saison, se tenaient derrière lui d'un air emprunté. Les frères jumeaux d'Esme ! L'un ressemblait à Clare Drummond par son allure un peu rigide et hautaine ; l'autre, plus petit, avait les magnifiques yeux bruns de sa sœur. Tous deux avaient l'expression hébétée des gens mentalement ailleurs.

Debout côte à côte, Owen et Angela semblaient mal à l'aise. Une jeune infirmière aux cheveux roux et un couple – sans doute des policiers – observaient ce petit monde avec une curiosité non feinte.

N'ayant d'yeux que pour la frêle silhouette étendue sur le lit, Rob, lèvres et regard tremblants d'émotion, resta un instant sur le pas de la porte. Puis il eut malgré lui un petit grognement et, ignorant la chaise que lui cédait le policier, il fut en un clin d'œil accroupi près du lit. Les paupières fermées, le visage empreint d'une expression indiciblement douloureuse, il prit la main d'Esme et la pressa contre sa joue.

— Oh, Esme ! souffla-t-il.

Ayant maintes fois assisté aux grandes envolées théâtrales de ma mère, j'étais habituée à ce genre de comédie, mais celle de Rob me révulsa tout particulièrement. Dans un accès d'envie, je fus tentée de gâcher ce tableau poignant. « Rien de plus facile, me dis-je, pendant que ma mère se tamponnait le coin des yeux : il me suffira de raconter ce que l'amant éperdu et moi avons fait hier au soir… »

314

Mais je me tus, n'ayant pas le cran de leur faire perdre leurs illusions. En outre, j'étais, moi aussi, fascinée par ce drame.

« Rob joue là une scène admirable, pensai-je en sentant les larmes me picoter les yeux. Il tient peut-être vraiment à Esme, mais pour l'instant, l'important pour lui est avant tout d'impressionner John et Faith, les soignants, les policiers, le public et peut-être même moi. »

Je le méprisais, j'aurais voulu le détester, mais ces pensées cyniques étaient injustes, je devais l'admettre. Il assumait sa culpabilité quand d'autres à sa place auraient peut-être tenu la mort de Lucien pour accidentelle. Il avait essayé de changer, et il avait souffert, Dieu sait. En le voyant si boule-versé près d'Esme, je compris peu à peu : il était obligé de jouer la comédie pour découvrir qui il était véritablement.

Faith interrompit cet accès de perspicacité en posant une main sur mon épaule.

— C'est à peine croyable, me chuchota-t-elle. Rob ! Après toutes ces années !

N'ayant aucune envie de prendre part à sa masca-rade des retrouvailles familiales, je haussai instinc-tivement les épaules pour me dégager. Mais je me rappelai soudain la promesse faite à Rob.

— C'est merveilleux, n'est-ce pas ? fis-je. Je me demande d'où il sort. Nous nous sommes rencontrés dans l'escalier.

Owen me regarda de travers. Devant son air froid, son expression furieuse, je me sentis chavirer intérieurement. Comment pouvait-il me désarçonner, me culpabiliser, alors que pendant tout ce temps… ? Et mon chagrin ? Que faisait-il de mon chagrin ?

Par souci de discrétion, les personnes présentes dans la chambre s'éloignèrent du lit pour se grouper autour de Faith et de moi près de la porte. On me présenta aux jumeaux – tellement surprise de les voir aussi grands, j'en oubliai de leur dire que je les avais connus bébés – et aux deux policiers, un homme chauve qui luisait de transpiration et une femme brune à la chevelure abondante qui souffrait tout autant de la chaleur. Comme moi. L'air poisseux donnait l'impression d'étouffer dans des vêtements trop serrés et le simple fait de respirer était un effort.

Tout le monde bavardait sans perdre de vue Rob et Esme. J'essayais pour ma part de ne pas les regarder trop souvent, mais quand mes yeux tombaient sur eux, je repensais à un de ces tableaux classiques où une simple scène suffit à évoquer l'ensemble d'une tragédie. J'imaginais les éléments de la toile que je pourrais en faire : la pâle clarté de novembre, le visage émacié sur l'oreiller, celui de l'amant éperdu, et les mains blanches enlacées sur le drap. Leurs cheveux bruns et le regard sombre et suppliant de Rob suffiraient à ménager un contraste. Le titre ? « Évident, pensai-je en souriant : *Peut-elle lui pardonner ?* »

Autour de moi, j'entendais préciser ce que j'ignorais jusque-là. Esme était revenue à elle un peu plus tôt ce jour-là, peu après l'arrivée d'Owen – c'était grâce à Owen, bien sûr… – et du lapin revivifiant. À la voix d'Owen, ou peut-être au chatouillis des moustaches de l'animal, Esme avait ouvert les yeux et tenté de parler. Elle semblait comprendre : il y avait eu un accident, elle était à l'hôpital. Mais quand la femme policier essaya doucement de lui faire préciser ses souvenirs, elle dit seulement être très fatiguée, avoir soif et mal à la tête. Elle reconnut néanmoins bien Owen, et chacun vit là un signe extrêmement encourageant. De l'avis général, à présent partagé par les soignants les plus circonspects, la convalescence serait sans doute longue mais Esme n'aurait absolument aucune séquelle.

Le traitement original d'Owen faisait l'admiration de tous. En apprenant que j'étais l'épouse du monsieur au lapin, la femme policier me jaugea du regard que je connaissais bien. Veinarde ! disait-il. Comment diable avez-vous fait ?

Pendant ce temps, ma mère questionnait les jumeaux sur leur voyage interrompu et je les voyais déjà tomber sous son charme, même si les yeux de Faith se tournaient souvent vers la silhouette de l'homme assis au chevet d'Esme. John Drummond l'observait de temps à autre d'un air un peu inquiet, et je le vis une ou deux fois toucher le coude de ma mère d'un geste rassurant. Elle appréciait cette présence réconfortante et s'appuyait imperceptiblement sur lui. Je n'avais jamais vu une telle intimité implicite entre elle et Éric ; dans les moments difficiles, celui-ci se contentait de marmonner : « Là, là… » avant de s'esquiver rapidement. Tous mes fantasmes d'enfant quant à une possible histoire d'amour entre John et ma mère me revinrent à l'esprit. Dans les détails, j'avais peut-être tort, mais mon intuition ne devait pas être complètement infondée.

Devant l'émoi de ma mère, Éric se tourna vers moi dans l'espoir d'une discussion plus sereine.

— Alors, où étais-tu ? Owen était assez inquiet.

— J'étais à Glory Cottage.

— Grands dieux, mais pourquoi ? s'exclama Faith, éberluée.

— J'avais besoin d'être un peu seule. John m'a très gentiment permis d'y séjourner… Au fait, John, j'ai rendu la clef à Mme Wicks.

J'hésitai – devais-je mentionner la tapisserie décollée ? Finalement, je remis cette information à plus tard.

— Merci infiniment, John, conclus-je.

À voir l'expression de Faith, j'avais fait preuve d'un parfait mauvais goût en disparaissant à un moment pareil ; elle préféra cependant se cantonner à une remarque inoffensive :

— Quelle enfant étrange tu fais, dit-elle.

Je me félicitai d'avoir passé sous silence la tapisserie décollée.

Si Faith fut tentée d'épiloguer sur l'étrangeté de ma personne, j'y échappai car à ce moment-là tous les regards se portèrent vers l'autre bout de la pièce : Esme avait ouvert les yeux. Telle la Belle au Bois dormant émergeant de son sommeil, elle se mit à parler.

Tout le monde traversa la chambre pour s'agglutiner autour du lit – sauf Éric et moi. Éric arborait le sourire lisse qu'il affichait invariablement aux concerts de l'école quand nous étions enfants, aux mariages et au cours des disputes familiales : Je suis là, je suis un type bien, on peut compter sur moi.

Attirée par la tension qui régnait dans le coin de la pièce où chacun essayait de comprendre les balbutiements d'Esme, je m'avançai pour me joindre au groupe, mais quelque chose m'arrêta soudain dans mon élan. Je me sentis comme une intruse. Pire, la honte m'envahit : j'avais lu le journal intime d'Esme... Je l'avais trompée avec Rob...

« Je t'aime, Esme, pensai-je. Nous serons amies, je te le promets, même si ni toi ni moi ne savons comment faire ; nous apprendrons. »

Et puis je regardai Owen. Debout au pied du lit, il serrait les poings, souhaitant de toutes ses forces la guérison d'Esme. Il y avait tant de tendresse, de compassion dans ses yeux... Je fus, pendant quelques secondes, prise de l'envie folle d'être à la place d'Esme – si fragile, et aimée.

Le sol se mit à tanguer sous mes pieds. La femme policier interrogeait Esme sur l'accident. Ne pouvait-elle la laisser tranquille ? À quoi servaient ses questions ? On savait déjà tout cela ! Je n'en pouvais plus.

— Allons à la cafétéria, chuchotai-je à Éric. Personne n'a besoin de nous ici.

S'esquiver ! Le visage d'Éric s'éclaira mais, comme un perroquet sans cervelle, il ne put résister à la tentation d'imiter le ton désapprobateur de ma mère.

— Ma pauvre Jane, me glissa-t-il, tout cela est un peu trop pour toi, hein !

Il alla nous chercher du thé et des biscuits. Je m'assis à une table aussi éloignée que possible d'une dame âgée coiffée d'un feutre mauve, qui pleurait sans bruit dans son mouchoir ; à côté d'elle, une femme baraquée – sa fille, peut-être – masti-quait consciencieusement un macaron. Impossible d'échapper au malheur, même à la cafétéria.

— Comment vas-tu ? me demanda Éric après m'avoir rejointe.

— Bien, dis-je.

Son devoir de beau-père accompli, il sombra dans le mutisme. Lui et moi n'avions jamais vrai-ment vu la nécessité de nous parler jusqu'à présent et, pour l'heure, j'étais incapable d'échanger des banalités. J'aurais, certes, pu lui confier : « Mon mariage est en train de couler, je crois que je vais mourir » ou : « Je vais faire une vraie dépression nerveuse », néanmoins, dans un lieu où se passaient tant de choses tragiques, il aurait été malvenu de mettre en avant mes problèmes personnels.

J'essayai de boire une gorgée, mais ma gorge nouée m'empêchait d'avaler. Je reposai ma tasse et renversai du thé sur la table. Je mis mes mains sur mes genoux, les contemplai ; on aurait dit d'étranges et pâles étoiles de mer. La nausée se répandait en moi par vagues. Je ne me maîtrisais plus du tout physiquement. Je mourais d'envie de revoir mes enfants, mais comment rentrer à la maison ? Je désirais repartir par mes propres moyens sans attendre le bon vouloir d'Owen, et je n'avais pas un sou !

La seule solution était d'en emprunter à Éric. Encore un problème insurmontable : Lucien s'était fait un point d'honneur de ne jamais solliciter un service de notre beau-père – démontrant ainsi, s'il en était besoin, qu'il ne servait à rien, puisque Faith, Lucien et moi nous débrouillions très bien sans lui. En outre, lui demander de me prêter même une somme modique revenait à admettre une faiblesse que je devrais payer au centuple (« Ma pauvre Jane, toujours aussi raide, hein ? ») Mon envie de partir l'emporta néanmoins sur ma peur de perdre la face, et je me lançai :

— Éric…

Il me regarda, mais immédiatement après quelque chose derrière moi attira son attention. Je me retournai. Son grand sac collé sous un bras comme un appareil orthopédique, Angela se frayait un chemin vers nous.

— Jane…, je pensais bien te trouver là, articulat-elle en reprenant son souffle. Bonjour, Éric. Écoute, Jane, je ne sais pas ce qui se passe, mais ta mère veut te voir tout de suite.

— Pourquoi ? Qu'ai-je fait de mal ? répliquai-je automatiquement.

— Tu n'es pas en cause, je crois. Mais quand Esme a eu fini de discuter avec les policiers, Faith s'est entretenue avec eux, et ensuite, elle a souhaité te parler ; alors, j'ai proposé de descendre te chercher.

Je considérai Angela d'un air hébété. Éric la dévisageait aussi, et même lui semblait ne pas comprendre.

— Angela, qu'est-ce que c'est que cette histoire ? dis-je.

Elle poussa un soupir et se posa sur le bord d'une chaise en plastique.

— Je vais te raconter vraiment la scène, proposa-t-elle, tu comprendras peut-être. Esme s'est très bien remémoré ce qui lui est arrivé – c'est tout à fait surprenant, je trouve ; quand on a été assommé, on perd la mémoire, paraît-il… mais elle, non. Apparemment, son agresseur n'est pas ce Hamish, arrêté au refuge par la police.

J'eus un coup au cœur. Rob. C'était donc lui, finalement…

— Les policiers lui ont fait répéter plusieurs fois, continua Angela. De toute évidence, cela ne les arrangeait pas du tout – ils pensaient avoir mis la main sur l'agresseur, et maintenant ils doivent repartir de zéro. Mais Esme a été catégorique. Elle leur a très précisément décrit l'homme – enfin, dans la mesure de ses possibilités, parce qu'elle parle encore avec difficulté : la soixantaine, les cheveux blancs, plutôt maigre, et des dents en mauvais état. Pas de signe particulier, a-t-elle dit ; mais après, elle s'est rappelé son menton barré d'une cicatrice oblique, assez profonde paraît-il. Elle ne l'avait jamais vu avant, a-t-elle affirmé, mais ils s'étaient parlé au téléphone… Rob lui a demandé pourquoi elle l'avait fait entrer dans l'appartement, mais elle était fatiguée et n'a pas pu répondre. Le policier commençait à avoir l'air assez embêté, quand Faith l'a soudain agrippé par le bras en s'écriant : « Mon Dieu, tout est ma faute ! » Ensuite, elle a voulu lui parler en particulier.

Bien sûr ! Faith et son besoin de se faire remarquer. Admirable, franchement. Faire passer Esme au second plan dans un moment pareil, chapeau !

— Le policier et elle sont sortis un moment dans le couloir, reprit Angela. Esme s'était rendormie, ou peut-être était-elle retombée dans le coma, je ne sais pas. Quand ils sont revenus dans la chambre, le policier disait : « Oui, madame Piper, je me souviens de cette histoire. Ne vous inquiétez pas, nous allons immédiatement diffuser un avis de recherche. Il ne restera pas longtemps en liberté. » Alors, Faith a demandé – à John, je crois : « Vous savez ce que cela signifie, n'est-ce pas ? » Il a répondu : « Oui, il faut parler à Jane. » Faith a dit : « Vous croyez ? – Oui », a-t-il insisté. Et comme tu n'étais pas là, je suis venue te chercher.

Je me tournai vers Éric.

— Vous avez idée de ce que tout cela signifie ?

— Eh bien... tu sais ce que c'est..., marmonnat-il en se trémoussant d'un air gêné.

— Non, rétorquai-je sèchement, je ne sais pas, voyez-vous. On ne me dit jamais rien.

— Alors, commença Angela, le moment est venu...

Je me levai.

— Je suis toujours la dernière à être au courant ! Je déteste ces secrets tordus !

— Voyons, il ne faut pas te mettre dans cet état, intervint Éric, comme si j'étais atteinte d'une maladie contraire aux bienséances.

— Et pourquoi pas, nom d'une pipe ? J'en ai parfaitement le droit ! Jamais personne ne se donne la peine...

323

Je jetai un coup d'œil vers les tables alentour. La dame au chapeau mauve avait cessé de pleurer dans son mouchoir et me regardait comme si elle m'était reconnaissante de faire diversion.

— C'est bon, ajoutai-je, un ton plus bas. Ne vous inquiétez pas, j'y vais.

— Voilà qui est raisonnable, déclara Éric.

À ce moment-là, je le haïs véritablement, je crois bien.

Traversant la cafétéria d'un pas raide, je me dirigeai vers le hall d'entrée dans la ferme intention de regagner la chambre d'Esme. Derrière moi, Angela et Éric avaient entamé une conversation très animée. Dans ma tête, la voix de Faith clapotait comme de l'eau sale : « Jane, ma chérie, cela va être un moment difficile pour toutes les deux, mais... écoute, tu dois être forte... tu peux toujours compter sur moi, tu le sais... toujours voulu que ton bien... » Une fois encore, j'allais entrer en scène pour prendre ma place dans une pièce dont j'étais la seule à ne pas connaître le texte. Le rêve qui hantait mes nuits me poursuivait en plein jour. Je m'échinais à poser des questions, et on me répondait par des mensonges, des sourires et des silences. Voilà ce qui m'attendait de nouveau.

Les dents serrées, bien décidée à en avoir enfin le cœur net, je m'engageais dans l'escalier principal lorsque j'aperçus Owen sur le palier. Il prenait le tournant et s'apprêtait à descendre. Il avait l'air préoccupé. D'abord Angela, maintenant Owen, ensuite viendrait Faith... Tous mes proches conspiraient pour me piéger à jamais dans leur filet. Prise d'une envie de fuir sans savoir comment ni où aller, je fis demi-tour et me précipitai vers la sortie principale.

L'air de cette fin d'après-midi était froid mais revivifiant sur mes joues. Je m'éloignai à vive allure de l'hôpital. Seulement pour quelques minutes, me dis-je, le temps de reprendre mes esprits.

L'air fier et gêné, un petit garçon joufflu était debout près d'une poupée de chiffon recroquevillée sur elle-même.

— Un penny pour ma poupée, dit-il.

— Je n'ai pas d'argent. Excuse-moi.

Il ne me crut visiblement pas.

Il y avait en fait des poupées de chiffon un peu partout. Plus bas dans la rue, l'une d'elles avait été abandonnée contre une porte d'entrée. Elle avait l'air vraiment vivante et, sous son vieux chapeau mou, ses yeux semblaient me fixer. En passant rapidement devant, j'eus la nette impression que ce corps de pantin rassemblait ses forces rapidement et se levait pour me suivre.

14

À sept cents mètres de l'hôpital, la peur monta du creux de mon estomac dans mes poumons, ma gorge, ma tête. Une véritable sensation de panique m'envahit.

J'entendais des pas derrière moi. Ils avançaient au même rythme que les miens... Je tentai de me raisonner : il faisait encore jour, il y avait des gens autour de moi, je pouvais retourner à l'hôpital ou entrer dans un magasin... Je devais m'arrêter de courir, me retourner et faire face à mon poursuivant. Mais les événements de ces derniers jours m'avaient secouée, et puis, quelque chose de furtif mais d'effrayant dans les yeux du pantin qui m'avait regardée passer et s'était dressé à ma suite m'ôtait tout bon sens.

Devant moi, des feuilles de journaux sales traversèrent le trottoir en claquant au vent et s'enroulèrent autour d'un lampadaire comme pour y chercher refuge. Un chat poussa un cri strident et bondit sur un muret. J'eus envie de hurler de terreur, mais j'étais sans voix.

Alors, de l'intérieur de ma tête – ou peut-être était-ce de l'extérieur, je ne savais plus où était la différence –, j'entendis la voix de Lucien :

J'étais comme, sur un sentier désert, celui
Qui, craintif et tremblant, droit devant lui chemine,
Et, après s'être retourné, poursuit sa marche
Et plus ne détourne la tête,
Car il sait qu'un affreux démon
Étroitement s'attache à chacun de ses pas [1].

Le démon aussi était à la fois à l'intérieur et à l'extérieur de moi... Ce quelque chose, cette détestable partie de moi-même que je fuyais depuis toujours, me poursuivait dans un bruit de casseroles. Par-dessus le tohu-bohu de la rue, un sanglot rauque monta en haletant de ma gorge, de mon cœur, m'écorchant la poitrine à chaque respiration.

« Ne cours pas, me dis-je en tournant le coin d'une rue. Quoi qu'il arrive, ne cours pas, sinon, tu es fichue. »

Moitié marchant, moitié courant, claudiquant comme un cheval boiteux, je tournai un autre coin de rue en trébuchant.

Les pas étaient maintenant si proches qu'ils semblaient faire écho aux miens.

— Z'avez un problème ? me demanda un vieux Noir en me regardant passer.

1. S.T. Coleridge, *op. cit. (N.d.T.)*

Je n'eus ni la force ni la présence d'esprit de lui répondre.

À l'angle d'une rue, je fus stoppée dans ma fuite par une femme qui manœuvrait un double landau. Cela ne dura que quelques secondes, mais celles-ci me furent fatales. Une main m'attrapa par la manche. Je sentis un mélange écœurant de tabac froid et de lotion après-rasage auquel s'ajoutait un remugle âcre indéfinissable.

— Jane, ne t'en va pas ! haleta une voix d'homme.

Quelque chose ne tournait pas rond. Cette voix distinguée n'allait pas avec les haillons et la main décharnée qui m'agrippait.

— Arrêtez ! Lâchez-moi ! hurlai-je en m'étranglant, horrifiée de constater qu'il connaissait mon nom.

Mais je n'en fus pas surprise.

En s'accrochant à ma manche, l'homme fit volte-face. Tombant nez à nez avec lui, je ne pus faire autrement que regarder le visage osseux, les lèvres fines, la bouche édentée, les yeux humides. Je les voyais pour la première fois de ma vie mais les reconnus pourtant. J'eus la nausée. Cet homme mince d'environ soixante-dix ans aux cheveux gris, dont la barbe assombrissait le bas du visage, avait le menton barré d'une cicatrice.

L'homme qui avait essayé de tuer Esme…

Pourquoi ? Et pourquoi me suivait-il à présent ?

Il refusait de lâcher mon bras. La peau jaunie de ses doigts maigres était arrachée autour des ongles.

Lui aussi était essoufflé après cette course-poursuite.

— Jane, lança-t-il en suffoquant. Écoute-moi !

— Non ! m'égosillai-je.

Ma main libre s'abattit sur la sienne et je réussis à lui faire lâcher prise.

— Non, non, NON !

Fuir, il me fallait fuir.

Je me précipitai sur la chaussée. Des freins crissèrent bruyamment, je sentis un souffle d'air, et l'aile métallisée et luisante d'une voiture me frôla de quelques centimètres pendant que le conducteur me hurlait une injure.

Mais j'atteignis le trottoir d'en face.

— C'est pas prudent, me dit un jeune en treillis.

Je chancelai.

— Eh, doucement…, ajouta-t-il, me prenant le coude d'une main secourable.

— Je ne peux…, articulai-je.

— Jane !

De l'autre côté de la rue, l'homme me poursuivait de la voix. Je le vis, les yeux fixés sur moi, s'engager à son tour sur la chaussée puis se mettre à courir dans ma direction.

— Pour l'amour du ciel ! cria-t-il, ne sois pas stupide, écoute-moi ! Laisse-moi te parler juste une fois. Je suis ton…

« … père », pensai-je, finissant sa phrase, à l'instant où l'avant d'une berline bleu clair le heurta aux jambes. Soulevé de terre, il tournoya en l'air, et le mot qu'il s'apprêtait à prononcer se transforma en un cri de surprise et de douleur.

Papa.

Je vis la masse de chair et d'os dans le manteau usé s'écraser sur le ciment. Elle fut agitée de spasmes violents, puis s'immobilisa. Seul bougeait à présent le mince filet de sang qui s'écoulait dans le caniveau.

Papa.

Tout s'était déroulé très vite – presque efficacement –, pas au ralenti, comme on le dit. J'entendis la sirène d'une voiture de police hurler dans le lointain. Sur la chaussée, un petit groupe de gens s'était formé. Certains se penchaient sur l'homme, d'autres s'arrêtaient pour écouter le conducteur surexcité de la voiture bleue.

— Il a surgi devant moi ! Je n'ai pas pu l'éviter ! répétait-il.

Papa.

Je revécus toute la scène : l'homme très maigre, qui descendait du trottoir et s'engageait sur la chaussée, les yeux fixés sur moi ; la voiture bleu ciel, le corps soulevé en l'air comme un fétu de paille – toréador ayant défié la mort et perdu – et puis le dernier bruit – le choc sourd du corps touchant le sol. Et de nouveau : le pas fatal sur la chaussée, l'impact du métal sur la chair, le mouvement du corps arqué de douleur et sa chute mortelle. Je fermai les yeux, sans échapper pour autant aux mêmes images. Je rouvris les yeux, et ces images resurgirent encore. Mais cette fois-ci vinrent s'y ajouter d'autres éléments : la lumière bleue clignotante d'une voiture de police, des hommes en uniforme écartant la foule.

Papa.

« Je reverrai cet instant toute ma vie », pensai-je.

330

Il se passait encore autre chose : une ambulance arrivait. Le corps disloqué, qui semblait ne tenir que grâce au vieux manteau, fut placé sur une civière.

Papa.

On tira une couverture grise sur son visage, la civière fut soulevée et glissée dans l'ambulance.

Papa.

Des voix me demandaient si j'allais bien. Dans tout ce brouhaha, j'en reconnus une. Le visage de John Drummond se détacha de la foule et je le regardai s'approcher.

— Jane ! s'écria-t-il. Dieu merci, vous n'avez rien !

Je n'avais rien ? Ce n'était pas mon impression. Je tentai de lui répondre mais fus prise de frissons incontrôlables et si violents que mes os me faisaient mal. Des gens me fixaient des yeux. Je discernais leurs visages attentifs, mais ils me semblaient lointains et sans expression.

— Cet homme…, fis-je d'une voix enrouée, il a dit…

— Je sais…

La voix de John me parvint par-dessus un abîme d'air froid.

— … je sais tout cela. N'essayez pas de parler. Vous êtes en état de choc. Je vous emmène.

Je fis oui de la tête, tremblant toujours, tandis que les portes de l'ambulance se fermaient et que le véhicule s'éloignait lentement. Un des policiers parlait au conducteur de la voiture bleue. Un autre vint vers moi, mais John l'intercepta. Ils discutèrent à voix basse pendant quelques instants, et je vis le policier me considérer en hochant la tête une ou

331

deux fois. John mit la main dans la poche intérieure de son veston et en sortit une carte sur laquelle il inscrivit quelque chose.

La foule commençait à se disperser. Le jeune homme en treillis avait disparu. Le ciel pâlissait, les feux tricolores étincelaient. Et pendant tout ce temps, j'étais debout et je grelottais comme si dans mes veines courait de l'eau glacée et non du sang.

John dit encore quelques mots au policier, puis ce dernier retourna vers sa voiture en parlant dans son poing, me sembla-t-il.

— Tout est arrangé. Un avocat à la retraite peut être utile de temps en temps, ça fait plaisir. Il est d'accord pour ne pas prendre votre déposition tout de suite. J'ai un peu exagéré votre état, vous ne m'en voulez pas, j'espère ? Vous sentez-vous capable de marcher un peu ? Ma voiture est garée à quelques pas d'ici et l'appartement n'est pas loin. Nous pourrons y discuter. Faith m'a demandé de vous parler.

J'approuvai d'un signe de tête. John me prit par le bras, et nous nous dirigeâmes vers sa voiture. Je m'y assis et posai mes mains tremblantes sur mes genoux flageolants. J'avais mal au dos.

— Comment m'avez-vous trouvée ? parvins-je à articuler pendant que nous nous frayions un chemin dans la circulation dense du début de soirée.

— C'est vous qui nous avez trouvés, répondit John. Les policiers s'apprêtaient à partir à votre recherche quand on les a avertis d'un accident derrière l'hôpital.

— J'avais tourné en rond ?

— Oui.

« La panique », pensai-je.

— Où m'emmenez-vous ?

— À l'appartement. Sauf si...

— Non, non, allons-y.

« Je vais être autorisée à entrer dans le pied-à-terre de John », me dis-je, dans l'infime partie de mon cerveau encore intacte. L'endroit qui, il y a si longtemps, inspirait à Lucien tant d'histoires rocambolesques, où Faith a un jour remarqué le pot à lait, où Clare n'est jamais allée, et qui a indirectement mis fin aux étés à Glory Cottage...

— Faith est....

Je n'arrivais pas à formuler ma question.

— Faith est-elle là-bas ?

— Non..., répondit John en fronçant les sourcils.

Il estimait peut-être que, dans mon état, la tendresse d'une mère m'aurait fait du bien ? « Tout sauf ça », pensai-je.

— Elle m'a chargé de vous parler, ajouta John. L'appartement est à un de mes amis.

15

De l'extérieur, l'immeuble ne payait pas de mine, mais une fois franchie la porte d'entrée, ce n'étaient que tapis épais, cuivres astiqués et odeur de peinture fraîche. Nous prîmes l'ascenseur jusqu'au deuxième étage, et John me fit entrer dans l'appartement.

— C'est moi ! annonça-t-il. Il y a eu un accident. Rex s'est fait renverser par une voiture. La fille de Faith est là. Elle a été très choquée.

Je regardai autour de moi. « Lucien aurait été drôlement déçu », pensai-je immédiatement, car, loin d'être la luxueuse demeure fin de siècle de ses fantasmes, l'appartement était un bijou d'élégance sobre, décoré simplement mais avec goût dans des tons bleu pâle et jaune pastel.

— Venez, me dit John en me guidant vers le salon. Je vous en prie, asseyez-vous et mettez-vous à l'aise.

Je m'assis, ou plutôt me laissai tomber sur un petit canapé recouvert d'un tissu soyeux très peu confortable. J'appuyai ma tête contre le dossier et fermai les yeux. Si je pouvais cesser de trembler... Si seulement l'accident cessait de défiler dans ma tête... Des voix murmuraient dans la pièce d'à côté. Il était question de moi, d'Esme et de... Rex.

« Je devrais essayer de me reprendre, me dis-je, me préparer, puisque ma mère a finalement décidé qu'il était temps de me révéler certaines choses – entre autres, de m'expliquer le lien entre moi et l'inconnu au menton balafré dont les efforts pour m'approcher se sont terminés par cette collision terriblement banale entre un homme et une voiture. » Mais j'avais surtout envie de poser mon visage sur les élégants coussins du canapé et de m'endormir pour ne plus me réveiller.

— Jane ? Bonsoir, je suis Oliver.

Un homme d'environ ma taille était debout devant moi et me souriait. Il devait avoir une soixantaine d'années, mais son visage rose et poupin lui donnait presque l'air d'un petit garçon. Ses cheveux se limitaient à quelques mèches et il avait un ventre très proéminent, mais ses yeux étaient d'une gentillesse extraordinaire.

— Nous ne nous connaissons pas, reprit-il. Enfin, nous n'avons pas été présentés. Mais j'ai toujours entendu parler de vous, bien sûr.

— Bien sûr ?

— Vous allez être surprise : vous et moi avons un lien de famille. Oh ! lointain... Mais ne vous en faites pas, vous allez tout comprendre. À mon avis, on aurait dû vous mettre au courant depuis long-temps, mais cela ne me regardait pas, bien sûr.

Encore « bien sûr » – tout était décidément évident pour tout le monde, sauf pour moi.

— Pour commencer, déclara-t-il avec un grand sourire, Jonty a mis de l'eau à chauffer pour faire du thé, mais vous auriez besoin d'un petit remon-tant. J'ai un excellent cognac. Je vous suggère un mélange des deux : un bon thé bien chaud et un verre de cognac. Qu'en dites-vous ?

— Ça m'est égal, répondis-je en haussant les épaules.

C'était très impoli, mais là, tout de suite, faire un choix était au-dessus de mes forces.

— Parfait !

La voix d'Oliver était un tantinet trop jeune pour son corps ; il avait la respiration courte d'un garçonnet plein d'énergie et la corpulence d'un homme mûr. En fait, on aurait dit Lucien quand il était excité après avoir passé des heures dans ses livres d'aventures ringardes. En fin de compte, puisque nous avions un lien de parenté, ces intona-tions étaient peut-être dans la famille ?

— Ne bougez pas, me recommanda Oliver. Et ne vous inquiétez de rien.

« Je n'ai aucunement l'intention de m'enfuir en courant, et l'inquiétude, c'est plus fort que moi », aurais-je pu lui répondre, mais je me contentai de hocher la tête. Oliver s'éloigna d'un air affairé et je l'entendis chasser John de la cuisine : la chère enfant avait besoin de présence, grands dieux ! Personne, je pense, ne m'avait encore appelée « chère enfant », et surtout pas quand j'étais petite.

Ce parent inattendu commençait à m'être sympathique.

Le thé, servi dans des tasses en porcelaine quasi transparente, me calma, et le cognac versé dans de magnifiques verres ventrus à pied fin s'avéra revigorant. Après avoir fait le service, Oliver indiqua fébrilement une chaise à John et se posa lui-même sur une autre.

— Ne la bouscule pas, Jonty, conseilla Oliver comme John s'éclaircissait la voix. Elle vient d'avoir un choc terrible.

— Je vais bien, bafouillai-je, incapable de regarder le père d'Esme alors qu'on venait de l'appeler « Jonty ». Je vous en prie, dites-moi ce que je dois savoir !

John baissa les yeux sur ses mains.

— Je vais faire court. J'aimerais bien rester davantage avec vous, mais je dois retourner à l'hôpital au plus vite et... Bref, Oliver connaît l'histoire aussi bien que moi, et il vous donnera les détails plus tard.

Oliver m'adressa un sourire rayonnant.

— Si vous souhaitez rester ici, vous êtes la bienvenue, mon petit, déclara-t-il sincèrement.

— Merci, dis-je avant de me tourner vers John. Cet homme qui me suivait... ?

— Vous avez deviné, je pense, c'était Rex Turner, votre père. Oliver et lui étaient cousins au premier degré.

— Par nos mères, précisa Oliver.

— Ah ! fis-je, comme s'il s'agissait d'une précision capitale. Et maintenant, il est mort ?

— Mort sur le coup, je le crains. C'est arrivé très vite, il n'a apparemment pas souffert du tout.

À l'évidence, cette affirmation ne visait qu'à me rassurer – comment pouvait-on savoir ce que le pauvre corps dans le manteau trop grand avait en réalité éprouvé pendant ses dernières et terribles secondes de vie ? En outre, le visage de l'homme qui avait agrippé ma manche dans la rue trahissait une vie entière de souffrance.

— Alors, pourquoi ne l'ai-je jamais connu ? Pourquoi ne m'a-t-on jamais parlé de lui ? Pourquoi m'avoir menti et caché tout cela ?

— Faith a toujours pensé qu'il valait mieux le faire.

— Mais enfin ! Quel droit avait-elle de décider si je devais ou non connaître mon père ?

— Attendez, Jane. Ne portez pas de jugement avant de connaître toute l'histoire.

— Mais il est trop tard, à présent ! Il est mort ! Si j'avais été au courant, j'aurais au moins pu le voir !

— Pas vraiment, mon petit, m'interrompit calmement Oliver. Voyez-vous, il était en prison depuis plus de vingt-cinq ans.

— En prison ?

Je comprenais maintenant le visage gris et l'aspect depuis longtemps négligé.

— Pourquoi ?

— J'y venais justement, déclara John.

— Pour meurtre, intervint Oliver.

Craignant de me mettre à pousser un cri hystérique, ou de lancer la tasse en porcelaine fine sur l'estampe japonaise accrochée au mur derrière la tête de John, je restai sagement assise, bien droite, sans bouger un muscle de mon visage.

— Ah, fis-je.

Les nouvelles inconcevables ont toujours sur nous un effet imprévisible.

— J'allais vous le dire de façon moins abrupte, affirma John en jetant un regard irrité à Oliver. Mais c'est exact : Rex a été condamné à perpétuité avec une peine de sûreté minimale de vingt-cinq ans, qu'il a exécutée. Oliver m'ayant recommandé à sa famille, j'ai assuré sa défense. Je l'ai fait avec autant de conviction que possible, mais il n'avait aucune circonstance atténuante. Et le témoignage de votre mère ne lui a pas laissé la moindre chance. J'ai fait la connaissance de votre mère à cette époque. Vous étiez bébé. Lucien devait, lui, avoir trois ou quatre ans. Pour Faith, il était hors de question que vos vies à tous les deux soient gâchées à cause du crime de votre père. Elle voulait vous donner une enfance normale. Elle a été vraiment remarquable.

Entendre encenser ma mère fit, comme toujours, ressortir mes pires côtés.

— Une enfance normale ? m'exclamai-je. Avec Éric ?

— Bien, soupira John, je ferais mieux de commencer par le début.

— Oui, je vous en prie.

— Voyons... Moi, je suis entré en scène à la fin de l'histoire, mais, d'après les gens qui ont connu Rex dans sa jeunesse, il avait énormément de charme. Je l'ai vu pour la première fois quand il était en détention provisoire. Il se dégageait de lui quelque chose de très particulier, d'insaisissable, c'était frappant, je n'avais en tout cas jamais vu quelqu'un comme lui en prison. Votre frère, Lucien, avait ce charme, je m'en souviens, mais leur ressemblance s'arrêtait là car, physiquement, c'était le jour et la nuit. Et, à l'inverse de Lucien, Rex Turner était sujet à des accès de folie furieuse incontrôlables, Dieu sait pourquoi. Il venait d'une famille apparemment normale. Son père était un officier de l'armée de la vieille école, assez autoritaire au dire de tout le monde ; à l'inverse, sa mère, peut-être pour compenser, passait tout à Rex. Quand Faith et lui se sont vus pour la première fois, elle a été frappée par son charme et son intelligence. À l'époque, il était comme des milliers de jeunes gens de notre génération : il était beau et avait du talent ; il buvait parfois trop et ne savait pas bien comment gagner sa vie, mais il pensait trouver sa voie un jour. Leur histoire n'a pas été d'un romantisme fou ; les choses sont allées très vite et ils se sont mariés six mois après leur rencontre. Sur les photos...

— Les photos ? Je ne les ai jamais vues, moi ! m'écriai-je d'une voix où perçaient les larmes.

— Cela ne me surprend pas, observa John. Ils formaient un très beau couple, ajouta-t-il en me souriant d'un air désolé.

— Excusez-moi, John...

Il m'était difficile d'entendre son récit, mais il lui était tout aussi pénible de me le raconter, j'en avais conscience.

— ... je vous en prie, continuez.

— D'après Faith, un certain nombre d'incidents l'avaient mise mal à l'aise avant leur mariage, mais elle pensait, comme nombre de jeunes mariées, que la vie de couple aurait raison de leurs problèmes. Ce ne fut malheureusement pas le cas, au contraire. La première fois que Rex a été très violent, c'était quelques semaines après leur mariage, et Faith s'est trouvée très désemparée. À l'époque, ce n'était pas comme aujourd'hui ; la violence dans le couple était un sujet tabou, et inconcevable chez les gens « bien ». Il n'existait pas de refuges pour femmes battues, la police ne voulait pas s'en mêler, et Faith avait bien trop honte pour demander de l'aide à sa famille ou à ses amis. Et puis, après chaque scène, Rex s'en voulait à mort et jurait de ne jamais recommencer. Faith est tombée enceinte. Pendant un moment, ils ont vécu dans une relative harmonie, même s'ils avaient des problèmes d'argent. Sa première grossesse a été difficile et Rex, qui aimait contrôler la situation, s'est assez bien occupé d'elle. (Les sourcils froncés, John se tut un instant.) Mais, reprit-il, quelques mois après la naissance de Lucien, Faith s'est remise à travailler.

— Comme comédienne ? demandai-je.

Je n'avais jamais vraiment cru à la carrière d'actrice de ma mère. Je la soupçonnais de l'avoir inventée.

— Oui. Vous avez l'air surprise, mais, d'après ce que l'on m'a dit, elle promettait énormément… Les problèmes ont alors commencé. Elle a décroché un petit rôle dans un film ; celui-ci a eu un succès inattendu, et il est sorti dans les grandes salles de

Londres. Rex a multiplié les sautes d'humeur, se montrant si difficile à vivre que Faith a envisagé d'abandonner son métier pour éviter les scènes de ménage. Mais elle aimait ce métier, et ils avaient besoin de son argent, car la plupart du temps votre père était au chômage – il trouvait facilement du travail mais il était trop fier, trop vindicatif pour le conserver. Un soir, quand elle est rentrée du théâtre, il l'attendait. Il avait bu. Ils se sont disputés, et elle a dû être hospitalisée avec plusieurs côtes fracturées.

— La police est intervenue ?

— Elle a été prévenue, mais Rex n'a pas été poursuivi : « affaire privée », classée sans suite comme souvent. En outre, la famille de Rex a fait front avec lui pour éviter le scandale : son père l'a fait rentrer dans le Suffolk. Faith a éloigné Lucien, et les choses se sont calmées. Momentanément.

— Elle était déjà enceinte de moi ?

— Non, vous êtes arrivée... plus tard, répondit John, évitant pour la première fois de me regarder dans les yeux.

— Je vous écoute.

— Pendant environ un an, Faith a adopté un profil bas. C'est probablement à cette époque qu'elle s'est mise à déménager fréquemment, pour éviter que Rex ne la retrouve. Elle ne voulait plus prendre de risques. Il refusait le divorce et ne supportait pas d'être séparé de son fils. Et puis, elle a appris par la famille de Rex qu'il vivait avec une autre femme, une jeune chanteuse, Dawn Lacey. Les parents de Rex ont réussi à convaincre Faith que ce dernier ne souhaitait qu'une chose : revoir son fils. Elle s'en est voulu de les séparer et, à plusieurs reprises, a emmené Lucien chez ses grands-parents dans le Suffolk, en prenant garde de ne pas dire où elle vivait. Chaque fois, Rex s'est conduit de façon irréprochable. À peu près au même moment, votre mère s'est vu proposer un petit rôle dans un épisode pilote à la télévision. Elle a hésité, puis a accepté.

À mesure que John avançait dans son récit, sa voix se faisait triste et monotone, comme s'il s'efforçait d'extraire tout le poison des événements dont il était chargé de faire le récit.

— Malheureusement peut-être, le rôle de Faith était celui d'une jeune épouse assez volage. D'après le psychiatre qui s'est occupé de Rex en prison, celui-ci n'a sans doute pas fait la différence entre réalité et fiction. L'épisode a eu du succès, et d'autres ont été programmés. Mais Rex a découvert l'endroit où avaient lieu les répétitions. Un soir qu'il était ivre, il a suivi Faith jusque chez elle et a forcé sa porte. Il y a eu une violente dispute, et Rex… enfin, Faith en est certaine : si les voisins ne l'avaient pas entendue crier et n'avaient pas défoncé la porte, il l'aurait tuée.

John se tut. Sous les fenêtres de l'appartement, dans la lumière orangée qui tient lieu de nuit à Londres, des feux d'artifice un peu en avance sur la fête explosèrent avant de pétarader au-dessus des toits. Il me semblait être là depuis toujours, à écouter John me raconter d'une voix paisible cette terrible histoire.

— Comment a-t-il failli la tuer ? demandai-je.

343

John interrogea Oliver du regard. Celui-ci approuva d'un signe de tête.

— Il s'est emparé d'un couteau et a tenté de l'égorger.

— Je vois, fis-je froidement.

J'avais remarqué, oui, souvent, cette cicatrice sous l'oreille de Faith, séquelle d'un « accident de voiture ».

— Cela peut sembler incroyable rétrospectivement, mais la famille de Rex a, une fois de plus, été en mesure d'intervenir ; elle l'a envoyé dans une clinique privée américaine hors de prix pour délinquants de bonne famille. Là, certains psychiatres ont affirmé que Rex ne récidiverait pas, et ont promis à Faith qu'il ne tenterait plus jamais de rentrer en contact avec elle. Ce fut le cas. Mais sa compagne suivante, la jeune chanteuse, a eu moins de chance : presque un an jour pour jour après que votre mère et lui s'étaient vus pour la dernière fois, Rex a tué Dawn Lacey.

Je m'étais attendue à entendre ces mots, et ma conscience me chuchota de ne pas tenter d'en savoir plus, de ne pas poser d'autres questions ; mais c'était mon histoire, et rien ne m'empêcherait d'aller jusqu'au bout à présent.

— Vous n'avez rien oublié ? demandai-je. Et moi ? Si ma mère n'était pas enceinte de moi quand ils se sont séparés, alors… j'ai été conçue le soir où Rex a essayé de la tuer ?

— C'est ce qui a dû se passer, je pense, répondit John d'une voix à peine audible.

Il me fut soudain difficile de soutenir le regard compatissant des deux hommes qui se donnaient

tant de mal pour me révéler ces faits. Pas étonnant que ma mère ne me les ait jamais racontés
elle-même, et qu'aujourd'hui encore elle préférât
laisser cette corvée à des personnes plus ou moins
étrangères. J'avais été conçue dans un moment
d'extrême violence. Mon existence avait commencé
par un acte odieux. Lucien, lui, au moins, était
apparu dans une relative harmonie : depuis le début,
mon frère avait l'avantage. J'avalai ma salive.

— Et alors, ma mère a témoigné contre lui ?

— Oui. Cette fois-ci, la famille de Rex n'a pu lui
être d'aucune aide. Sur la suggestion d'Oliver, on
m'a demandé d'assurer sa défense. Le seul espoir
d'acquittement pour lui était de discréditer le témoignage de Faith, très accablant du fait des similari-
rités existant entre les agressions et les mobiles :
Dawn Lacey venait d'obtenir le troisième prix d'un
concours national de jeunes musiciens, ce qui avait
rendu Rex, là encore, fou de jalousie ; il avait bu, il
a attrapé ce qui lui tombait sous la main – un pied
de lampe en fonte. Quand Faith s'est présentée à la
barre, j'ai dû lui compliquer la tâche, mais elle a
été magnifique et n'a cédé sur rien. Elle a raconté
son histoire avec une dignité admirable et beaucoup
de conviction. Et surtout, elle a eu le courage de le
faire.

— Oui, il a dû lui en falloir, dis-je.

Et, pour une fois, je reconnus le mérite de ma
mère et oubliai mes sarcasmes à son égard.

— Le procès a inévitablement eu un énorme
retentissement – tous les ingrédients étaient réunis :
les deux belles jeunes femmes, le jeune homme de

famille respectable qui a mal tourné, la passion, la jalousie et la violence… Il a fait la une des journaux pendant plusieurs jours. Une fois le calme revenu, Faith s'est vu proposer de nombreux rôles – pour de mauvaises raisons, bien sûr. Aux yeux de tout le monde, elle était « la star de la scène, de l'écran et de la cour d'assises ». Elle a alors compris que cette publicité lui collerait à la peau ; dans l'esprit du public, elle resterait l'épouse d'un assassin, en dépit de son talent. Le prix à payer pour continuer d'exercer un métier qu'elle aimait passionnément valait la peine, mais, dans ce cas, Lucien et vous n'auriez absolument aucune chance de mener une vie normale. Au bout de plusieurs mois, elle s'est finalement résignée à abandonner sa carrière. D'après elle, ce fut la décision la plus difficile à prendre de toute sa vie. Mais elle s'y est tenue. Elle a changé son nom – et le vôtre – pour être certaine de ne pas faire l'objet d'une « recherche dans l'intérêt des familles ». Elle voyait Éric depuis quelque temps et a choisi de refaire sa vie avec lui. Elle appréciait surtout, m'a-t-elle dit, son côté merveilleusement prévisible.

« Oh, Lucien, me lamentai-je en silence, pourquoi n'es-tu pas avec moi pour entendre tout cela ? Tu avais raison, c'est bien le statut d'homme le plus ennuyeux du sud de l'Angleterre qui a fait d'Éric l'homme idéal aux yeux de Faith. »

— Mais pourquoi Rex – enfin, mon père – s'en est-il pris à Esme ?

— Nous essayons de comprendre. Il s'efforçait, semble-t-il, d'entrer en contact avec vous, Jane.

346

Quand Lucien est mort, Rex n'a même pas été autorisé à sortir de prison pour aller à l'enterrement. Votre mère – via ses beaux-parents, bien sûr – lui a adressé des photos de son fils, pour remplacer les souvenirs, j'imagine. Parmi ces photos, pense-t-elle, devaient s'en trouver certaines prises à Glory Cottage quand vous étiez petits, et une de Rob et Esme à Oxford. Rob étant connu, Rex a dû faire le lien sans problème, d'autant qu'il était question d'Esme dans les articles sur Branden House.

— Oui. L'un d'eux précisait même récemment que c'était votre fille.

— C'était sans doute la seule piste susceptible de le mener jusqu'à vous. Peut-être était-il poussé par l'instinct paternel ; mais, d'après Faith, il voulait plus probablement vous soutirer de l'argent. Il avait appelé Esme à plusieurs reprises, mais votre mère avait demandé à celle-ci de ne pas lui parler – sans lui révéler qui était cet homme. Rex devait être à bout ; il s'est sûrement rendu au refuge pour voir Esme. Il avait bu. Il a dû saisir ce qu'il trouvait pour la menacer… et puis, là encore, il n'a pu se maîtriser et… Bref, pas besoin de revenir là-dessus.

Effectivement. J'en savais assez, et même plus que je ne pouvais en absorber en une soirée. S'il subsistait des zones d'ombre, on les examinerait plus tard.

Il y eut un long silence. John avait fini son histoire, et on attendait une réaction de ma part : Oliver et lui m'observaient comme deux médecins ayant administré un traitement à leur patient et attendant de voir s'il va guérir ou passer l'arme à gauche.

— Heureusement, fis-je remarquer, il est tombé sur un récipient en albâtre et pas sur un couteau.

John sursauta.

— Oui, répondit-il. Esme a eu de la chance, on peut le dire.

16

John repartit une fois de plus pour l'hôpital, confiant à Oliver le soin de « veiller tendrement sur moi », selon son expression affectueuse.

Deux fonctionnaires de police vinrent prendre ma déposition. Ange gardien attentif et replet, Oliver resta effectivement à mon côté pendant que la femme policier couvrait consciencieusement plusieurs pages d'une écriture brouillonne avant de me demander de signer. Contrairement à mes craintes, le fait de revivre l'accident face à des étrangers eut sur moi un curieux effet thérapeutique et, si certaines images me traversaient encore l'esprit – le corps tournoyant en l'air ou une main maigre cramponnée à la chaussée –, la scène complète cessa de défiler dans ma tête. Je faisais des progrès, si l'on peut dire.

Après le départ des policiers, Oliver me suggéra de me détendre en prenant un bain et me prêta de quoi me changer pour la soirée. J'acceptai avec plaisir en voyant les vêtements qu'il me proposait : un chemisier en soie pâle et un pantalon en coton épais accompagné d'une ceinture non superflue – nous avions la même taille mais pas la même corpulence ! Il était décidément agréable de me laisser guider par ce parent attentionné ! En me prélassant dans la salle de bains aux délicieuses couleurs pastel dont les murs joliment imprimés s'estompaient dans la vapeur, je fus tentée de lui demander quelques bienveillants conseils sur la gestion de ma vie privée. J'y voyais maintenant un peu plus clair sur le passé – mon passé –, mais il en allait autrement du présent et de l'avenir, et un changement de cap me paraissait judicieux.

Plusieurs voix se faisaient entendre dans ma tête. « L'homme qui t'a accostée dans la rue ne t'est absolument rien, me chuchotait l'une d'elles. L'ennuyeux Éric a beau t'horripiler, c'est un être humain normal, pas un monstre meurtrier, lui… » « C'est vrai », pensais-je, en me promettant de ne plus jamais me plaindre d'Éric. Mais une autre voix m'admonestait : « Enfin, petite inconsciente, cet homme était ton *père* ! Tu rêvais depuis toujours de le connaître, non ? Tu tiens pour moitié de lui ! Cela ne t'a pas sauté aux yeux en voyant son visage – le visage qui te fait face quand tu te regardes dans la glace ? » La voix de Lucien me revenait aussi par bribes… Puis la première voix me harcelait de nouveau : « Écoute, cela ne veut rien dire… »

Exténuée comme jamais, il me parut finalement moins éprouvant de m'intéresser à des détails triviaux : la serviette chaude dans laquelle je m'enveloppai avec délices en sortant du bain, ou la douceur de la soie et du coton sur ma peau. En me regardant dans le miroir, je fus surprise de trouver assez joli le visage qui émergeait du col montant du chemisier. Peut-être devrais-je toujours porter des vêtements d'hommes trop grands et hors de prix ? Et si c'était le secret qui m'échappait depuis longtemps ?

Oliver intervint en fait dans ma vie privée en me conseillant d'appeler Owen.

— Il a sans doute envie de savoir où vous êtes, tenta-t-il de me raisonner.

— Il s'en moque, je pense.

— C'est si grave que cela ? s'enquit-il en haussant les sourcils.

— C'est peu dire.

— Raison de plus.

J'avais surtout envie de parler à mes enfants. Ils ne m'avaient pas vraiment manqué, mais les évoquer m'était douloureux. En début de soirée, ils prenaient leur bain et on leur lisait des histoires. Je les imaginais prêts à aller au lit, en robe de chambre et chaussons, les joues rouges, les cheveux mouillés collés sur le front, retardant indéfiniment le moment d'éteindre la lumière. Oui, mais si Dinah décrochait ? J'hésitais à composer le numéro lorsque le téléphone sonna.

— C'est pour vous, annonça Oliver en me tendant le combiné.

— Je t'appelle de l'hôpital, déclara sèchement Owen d'une voix agacée.

— Comment as-tu su où j'étais ?

— Par John. Je retourne à la maison. Je peux venir te chercher dans une vingtaine de minutes.

Je réfléchis – tout en m'émerveillant du naturel avec lequel Owen avait dit « la maison ». L'idée de faire avec lui tout le trajet du sud de Londres jusqu'à la pépinière dans la camionnette déglinguée sans savoir si je devrais parler ou me taire me fut insupportable. « Retardons encore un peu ce moment, me dis-je, un miracle arrivera peut-être. » Et puis, je n'avais pas envie de quitter mes vêtements d'emprunt.

— Je vais passer la nuit ici, je crois. Je rentrerai demain en train.

Silence au bout du fil. Il me téléphonait sans doute de la cabine au fond du couloir du service ; je l'imaginai, le visage tendu de désapprobation contenue.

— Tu es sûre ?

Le combiné coincé entre l'oreille et l'épaule, je m'appuyai au dossier de la chaise.

— Bien sûr, sinon je ne te le dirais pas, répliquai-je dans un soupir.

— Comment ?

— Je-rentrerai-demain ! articulai-je.

— Jane..., fit-il. Oh, à quoi bon !

Sur ce, la ligne fut coupée.

Je restai deux minutes près de l'appareil, au cas où il essaierait de me recontacter. En vain. « Maintenant, pensai-je, verte de jalousie, il va décrocher, composer le numéro de Dinah, et lui dire qu'ils sont libres pour ce soir encore. »

Il y eut une sonnerie stridente. Je me précipitai vers le téléphone.

— Non, c'est la porte d'entrée, me précisa Oliver. J'y vais.

Il alla décrocher l'interphone.

— Oui, Faith, bien sûr. Je vous attendais. Montez. Deuxième étage.

Mon malaise habituel à l'idée de voir ma mère céda la place à un sentiment de curiosité un peu craintive. Après les révélations de John, le contexte ne serait plus jamais le même. Notre mésentente pouvait en partie s'estomper et, qui sait, peut-être éprouverions-nous un début d'affection l'une pour l'autre ?

Elle entra. Je l'observai attentivement pendant qu'Oliver la débarrassait de son manteau. J'imaginais sans difficulté la femme plus jeune aux cheveux sombres dans la salle d'audience du tribunal, prononçant les mots qui expédieraient en prison pour plus de vingt-cinq ans l'homme qu'elle avait un jour aimé. De même que je la savais capable de sacrifier sa carrière pour protéger la vie privée de ses enfants. Je l'avais toujours vue comme une femme ayant été belle, mais à présent, sachant ce qu'elle avait traversé, j'entrevoyais de quoi elle aurait l'air en vieillissant.

Oliver et elle s'embrassèrent comme du bon pain. Normal, tous les personnages de ce drame se connaissaient depuis des années, mais j'en fus choquée, moi qui avais été tenue à l'écart.

Après lui avoir préparé un grand whisky, Oliver lui proposa de rester dîner. Elle le remercia gracieusement mais déclina son offre : le « pauvre » Éric

353

attendait en bas dans la voiture, elle ne pouvait s'attarder. Sa hâte me remit sur la défensive.

— Pourquoi être venue si tu es si pressée ? demandai-je. John m'a déjà tout raconté.

Elle se lança, sans tourner autour du pot, je le reconnais.

— Tu es contrariée, j'imagine, commença-t-elle en s'asseyant sur une petite chaise et en croisant ses belles jambes. Tu trouves qu'on aurait dû te révéler tout cela depuis longtemps.

Oliver glissa qu'il nous laissait parler tranquillement avant de s'éclipser dans la cuisine.

— Vois-tu, reprit-elle d'une voix mielleuse, j'ai été tentée de le faire à plusieurs reprises, mais chaque fois cela m'a semblé au-dessus de mes forces. On essaie d'oublier certaines choses. Enfin, maintenant, tu es au courant.

— Oui.

— Mais tu ignores encore quelque chose. Tu te demandes sans doute pourquoi cet homme – Rex – voulait te voir au point d'agresser la pauvre Esme parce qu'elle refusait de l'aider.

— Il voulait me connaître, non ?

— Il en voulait à ton argent.

Pour la première fois depuis des lustres, me sembla-t-il, j'éclatai de rire.

— Mon argent ?

— Oui.

— Mais quel argent ? Les allocations familiales ? D'où tenait-il que j'avais de l'argent ?

— Mais tu en as, du moins tu vas en avoir, une fois les formalités accomplies. Oh, ne te fais pas d'illusions, il ne s'agit pas d'une fortune, mais il se serait très certainement débrouillé pour t'en soutirer une grande partie. Sa mère est morte il y a deux mois, vois-tu. Elle était gaga de son fils – a-t-on idée ! – et une condamnation pour meurtre n'y changeait rien. Son mari, ton grand-père, mort il y a une dizaine d'années, avait fait en sorte qu'elle ne puisse pas hériter, et la majeure partie de son argent est allée à son neveu. Mais il y en avait un peu pour toi aussi.

— C'est ce que tu m'as donné quand Owen et moi nous sommes mariés ?

— Oui. J'ai trouvé plus simple de prétendre que c'était une police d'assurance. Je pensais que c'était tout ce qu'il y avait, mais il s'avère que la mère de Rex disposait elle-même d'un petit capital.

— Comment sais-tu tout cela ?

— Je suis toujours restée, disons… en contact avec mes beaux-parents, via leurs avocats. Ils payaient les études de Lucien, et en échange, je leur envoyais de temps en temps ses notes, sans leur dire où il était. C'était convenu entre nous. Ils n'ont jamais eu vent de ton existence. Je leur en ai parlé, là encore via les avocats, après la mort de Lucien. J'avais, je pense, pitié de cette pauvre femme ; il me semblait inhumain de lui taire qu'elle avait une petite-fille. Elle a décidé de te léguer son argent.

— Quand l'as-tu appris ?

Ma mère s'était jusqu'alors exprimée du ton efficace et dénué d'émotion qu'elle aurait employé pour discuter avec un comptable. À cet instant, pour la première fois, elle sembla gênée.

— Je ne me rappelle pas la date exacte, répondit-elle d'un air vague. Il y a deux mois, peut-être… ?

Plutôt quatre, pensai-je, car visiblement elle me racontait des histoires.

— Je t'en aurais parlé plus tôt, mais…

— Mais quoi ? Pourquoi ne l'as-tu pas fait ?

Elle finit son whisky, décroisa et recroisa ses jambes, et me regarda d'un air que je ne lui connaissais pas. On aurait dit du défi.

— Pour être tout à fait franche, Jane, j'attendais qu'Owen et toi repreniez vos esprits en ce qui concerne cette ridicule entreprise de jardinerie. Vous aviez déjà dilapidé l'argent de ton grand-père ; si vous aviez su qu'une nouvelle manne allait vous tomber du ciel, vous l'auriez jetée par la fenêtre aussi.

— Mais nous n'avons pas dilapidé cet argent ! Nous l'avons investi, nom d'une pipe ! Et pendant ce temps, toi, tu étais là, attendant que nous fassions faillite ! C'est à peine croyable !

— Ne prends pas cet air scandalisé, Jane. Je vous ai toujours épaulés, Owen et toi, nul ne peut affirmer le contraire. Mais encourager une entreprise condamnée dès le début aurait été irresponsable de ma part.

Mon démon furieux tendait à se manifester, mais au prix d'un effort surhumain je parvins à le maîtriser.

— Tu savais mieux qu'Owen et moi ce que nous devions faire de notre vie ? C'est cela ?

— Jane… tu viens de vivre une journée éprouvante, j'en suis consciente, mais tu ne peux me reprocher de m'être mêlée de votre vie.

— Nous cacher l'existence de cet argent, ce n'était pas mettre ton nez dans nos affaires ?

— Mon intention n'était pas d'en cacher l'existence ! Franchement, tu as l'air de croire que je ne voulais pas t'en parler... J'espère simplement que vous l'utiliserez à bon escient.

— Combien y a-t-il ?

— Je te l'ai dit, ce n'est pas une fortune. Et puis, il y a les droits de succession, bien sûr...

— Combien ?

— Tous frais déduits, environ 25 000 livres.

Je sentis le sang me monter au visage, mais ce n'était pas de plaisir. J'étais exaspérée. À mon avis, Faith avait connu l'existence de cet argent au début de l'été, précisément à l'époque où notre affaire avait pris un sérieux coup dans l'aile, avec la faillite de notre principal client. Je fis un rapide calcul mental. 25 000 livres nous auraient permis de rembourser la banque, d'acheter une camionnette en état de marche – peut-être même avec le nom de la pépinière sur le côté. Nous aurions pu faire imprimer une brochure publicitaire et envisager sérieusement la vente par correspondance, installer le chauffage dans la grande serre, élargir notre choix de produits, réduire de moitié notre emprunt logement, que sais-je encore ?... Seulement, aujourd'hui, il était trop tard. Cet argent allait nous servir, bien sûr, mais pour payer notre divorce – sortir du rêve qu'Owen et moi avions fait ensemble...

Je regardai Faith dans les yeux.

— Tu aurais dû m'en informer immédiatement.

— Mais je t'en parle maintenant ! Tu connais les avocats. Et deux mois ne font pas une grande différence, franchement ! Je pensais que tu serais contente, Jane. Au lieu de quoi, Seigneur, tu montes sur tes grands chevaux ! Tu es vraiment impossible !

— Non, je ne suis pas impossible, dis-je d'une voix triste en détachant bien mes mots. Simplement, je tâtonne dans le noir depuis si longtemps... cette révélation soudaine est un peu mirobolante. Mais je comprends mieux, à présent...

Faith me regarda sans bien comprendre, avant de répondre vaguement :

— J'en suis ravie.

— ... je lui ressemble, n'est-ce pas ?

Elle détourna prestement les yeux.

— C'était ton père, ma chérie. Vous vous ressemblez, c'est normal.

— Ce n'est pas du tout ce que je veux dire.

— Je ne vois pas...

— Je te le rappelle, n'est-ce pas ? Aujourd'hui encore... ?

Hiératique, évitant de me faire face, elle se mit à passer en revue les titres des livres alignés dans le coin de la pièce, comme pour y chercher l'inspiration, ou la fuite. « Regarde-moi, l'adjurai-je intérieurement, aide-moi à abattre le mur dressé depuis toujours entre toi et moi. »

— J'ai toujours été une bonne mère, affirma-t-elle.

— Oui, je sais, mais...

D'un geste décidé, elle posa son verre sur une petite table.

— Nous devrons parler sérieusement de tout cela un jour, mais aujourd'hui ce n'est ni l'endroit ni le moment. Nous avons toutes les deux eu une

358

journée très fatigante, et le pauvre Éric doit se morfondre.

Exténuée, je me laissai tomber dans le canapé. Il n'y aurait pas d'autre fois, c'était évident. Oui, elle avait été une bonne mère, mais la cicatrice sous son oreille lui avait constamment rappelé les circonstances dans lesquelles elle m'avait conçue, et m'aimer lui avait été un effort, même si elle avait fait de son mieux pour y parvenir. En revanche, elle avait aimé Lucien tout naturellement... J'étais contente d'avoir enfin compris certaines choses, mais celles-ci ouvraient en moi un nouveau chagrin.

Elle se leva, visiblement soulagée de partir.

— Une dernière question, Faith, dis-je. Lucien a-t-il jamais su, au sujet du meurtre ?

— Nous en avons parlé, mais une fois seulement.

— Quand ?

— Il est rentré d'Oxford un week-end. Éric était absent. Nous avons passé la soirée à boire. Il avait deviné, je ne sais comment, et donc je lui ai raconté.

— Mais plus jeune, du temps de Glory Cottage, il était déjà au courant, tu ne crois pas ?

— Certainement pas ! s'exclama-t-elle, outrée. J'ai passé presque toute ma vie à vous protéger des conséquences de l'acte de cet homme !

— Lucien savait, j'en suis sûre, insistai-je.

— C'est impossible ! Il m'en aurait parlé : il me confiait toutes ses pensées, contrairement à toi, ma chérie. Bien. Je dois vraiment y aller, Éric m'attend.

Elle se trompait. Pour une fois, j'en étais si convaincue que j'en éprouvai presque de l'affection pour elle. Je revis Lucien cet été-là, revenant sans cesse sur les mêmes questions étranges : de combien de façons peut-on tuer quelqu'un ? Les assassins sont-ils des gens différents, ou un être normal peut-il commettre un meurtre s'il y est vraiment poussé ? Il était fasciné par l'hérédité. Il avait déniché un vieil ouvrage de phrénologie, et avait passé deux jours à nous faire tâter nos crânes pour voir si nous avions « la bosse du meurtre ». Et puis Rob, même s'il ne pouvait expliquer pourquoi, pensait que, sous son courage apparent, Lucien avait peur. Je me souvins de sa fureur, le jour où j'avais inventé mon « secret » sur la mort héroïque de notre père. Le secret de Lucien n'avait-il pas, tout compte fait, été l'histoire de notre père ? Je n'en saurais jamais rien. Mon frère avait porté seul cette histoire honteuse. Si seulement lui et moi avions pu partager le poids de notre hérédité. Ce « si seulement » me poursuivrait toute ma vie. J'eus envie de hurler de chagrin.

Faith enfilait son manteau. Oliver, qui était sorti de la cuisine où il s'était discrètement occupé, nous regarda nous dire au revoir.

— Tout est réglé, Dieu merci, déclara ma mère en souriant d'un air soulagé, comme si le fait de me parler avait été une véritable corvée. Mon cher Oliver, c'est si gentil à vous d'héberger Jane ! Ne la laissez pas vous importuner.

Allait-elle me dire d'aider à faire la vaisselle ? Non, elle se contenta de m'embrasser sur la joue avant de nous laisser seuls dans l'entrée.

— C'est une femme remarquable, observa Oliver au bout d'un moment.

— Assez incroyable, oui…

— Mais une mère un peu difficile, peut-être… ?
Je lui aurais sauté au cou.

Malgré les émotions de ces dernières vingt-
quatre heures, j'avais une faim de loup et je fis
honneur au repas concocté par Oliver : un mélange
de soupe d'avocats glacée et d'œufs brouillés aux
anchois, suivi d'un plateau de fromages et de fruits.
Quant au vin, même le pointilleux Rob n'y aurait
rien trouvé à redire.

— Vous avez connu mon frère ? lui demandai-je
en découpant une figue sèche.

— Indirectement, par Jonty. Je l'ai vu une fois
seulement – comme vous tous, d'ailleurs –, juste
après la naissance des jumeaux. Vous séjourniez
dans ce cottage…

— Oui, Glory Cottage. Quelle impression vous a
fait Lucien ?

— C'était un gamin remarquable. Très intelligent, vif, espiègle, bourré d'énergie ; le genre
d'enfant dont on dit : Celui-ci deviendra quelqu'un.
Cependant…

Il se tut et entreprit de peler un minuscule grain
de raisin.

— Cependant ?

— Comment dire ? Je me revois très bien rentrer
à Londres en retournant tout cela dans ma tête.
Lucien, si sûr de lui, et vous cinq, très, très heureux
dans votre petit monde, mais… (Il s'interrompit à
nouveau et se mit à peler un grain de raisin quasiment microscopique.) malgré toute son exubérance,
il semblait lui *manquer* quelque chose… Dire qu'il

avait l'air perdu serait sans doute exagéré, mais…
Jonty, avec qui j'en ai discuté un jour, m'a confié
avoir le même sentiment. En fait, à ses yeux, cette
remarque valait pour chacun de vous. La vie de
famille d'Esme était tout sauf idéale, il en était
conscient ; Rob et Owen n'en avaient à première
vue aucune ; quant à vous et votre frère, vous aviez
un père mais il était devenu un « non-être », comme
s'il avait disparu lors d'une purge.

— Lucien était au courant, je pense.

— Concernant Rex ? Pourquoi le croyez-vous ?

— À cause de tas de petits détails incompréhen-
sibles à l'époque. Il disait des choses qui n'ont de
sens aujourd'hui que si l'on admet qu'il essayait
d'accepter ce qu'il savait : son père était un
assassin.

— Vous avez peut-être raison. Mais vous n'en
aurez probablement jamais la certitude.

Je réfléchis.

— Nous donnions l'impression d'être perdus, à
Glory Cottage, dites-vous… C'est bizarre, car ces
étés ont été précisément nos seuls moments de
bien-être.

— Les plaisirs passagers sont souvent empreints
de nostalgie…

— Très profond ! plaisantai-je.

Sa remarque sur l'enfance d'Esme m'incita à lui
poser une question :

— Et ici, c'est l'appartement où John vivait
pendant la semaine ? Si Esme et Clare n'y sont
jamais venues, c'était à cause de vous ?

— Oui. Effectivement, il vivait chez moi, et je n'avais aucune attirance particulière pour sa famille.

— Clare était au courant ? Vous concernant, j'entends…

Il fronça rapidement les sourcils.

— Elle a décidé de ne pas savoir, je pense. Du moment que Jonty respectait les apparences, elle fermait les yeux.

— Lucien était fasciné par le mystérieux pied-à-terre de John et inventait des histoires superbes. Il imaginait un endroit somptueux, baroque, tout en velours rouge et chaises dorées. Une vie de plaisirs sensuels, des femmes aux poitrines généreuses couchées un peu partout…

— Concernant ces dernières, il faisait un peu fausse route…

— Ainsi, le rôle de Clare était de protéger la réputation de John ?

— Un avocat doit être au-dessus de tout soupçon.

— C'est extrêmement hypocrite, non ?

— Si, bien sûr. Mais il ne faut pas lui en vouloir. La société nous oblige à faire semblant. Et puis, maintenant, la pauvre femme est morte et je ne suis pas loin de penser que Jonty a toujours été très attaché à elle. À sa façon.

Un peu plus tard dans la soirée, John nous rejoignit. Je craignis d'avoir à lui céder la deuxième chambre et de passer la nuit sur le canapé, mais il rentrait à Martin's Court avec les jumeaux. Il était juste passé nous prévenir, pour m'éviter d'être choquée, que le journal de vingt heures allait sans doute mentionner la mort de Rex et la remise en liberté de l'homme pris à tort pour l'agresseur d'Esme.

— Merci, lui dis-je. Vous êtes pressé, je sais, ajoutai-je en hésitant, mais je voudrais avoir votre avis là-dessus : est-il plausible, selon vous, que Lucien, enfant, ait été au courant concernant Rex ?

— Oh oui, répondit John après un instant de réflexion. Votre frère a toujours su. Il avait quatre ans au moment du procès, et il était très intelligent. Il a enregistré beaucoup de choses ; il ne les comprenait pas toutes à l'époque mais il les a gardées en mémoire. Et il a très vite compris qu'il ne devait jamais en informer Faith.

— Comment pouvez-vous être aussi affirmatif ?

— Il est venu me voir un jour. C'était juste après la dispute entre Faith et Clare, il devait donc avoir une quinzaine d'années. J'ai tout de suite su pourquoi il était là et j'ai fait mon possible pour le ménager. Il était très excité. Il avait effectué des recherches dans la presse de l'année du procès et trouvé la confirmation de ce qu'il avait deviné. Je me suis contenté de lui donner les précisions qui lui manquaient. J'avais beaucoup de peine pour lui, mais il aurait détesté être plaint. J'ai été très impressionné par son courage et sa dignité. Il m'a demandé de ne jamais révéler notre conversation à Faith. Tout cela, a-t-il précisé, rendait encore plus poignant le débat sur l'inné et l'acquis. En lui disant au revoir, j'ai senti que son souci était de parvenir à surmonter cette blessure originelle.

Pauvre Lucien, la pression pour réussir et réparer était trop forte, pas étonnant qu'il ait craqué.

Après le départ de John, Oliver et moi convînmes dans un premier temps de ne pas regarder la télévision, mais notre curiosité fut finalement la plus forte. Il y fut brièvement mentionné la mort accidentelle de Rex Turner, détenu depuis peu libéré après avoir purgé une peine de vingt-cinq ans de prison pour le célèbre meurtre de Dawn Lacey. Le jeune homme sur la photo accompagnant l'information n'avait, à part le menton balafré, rien à voir avec l'individu qui m'avait agrippé le bras dans la rue. Mais je nous trouvai beaucoup de ressemblances dans le nez, les yeux, les pommettes, la mâchoire...

Je n'eus pas le temps de m'y attarder car le présentateur du journal changea de sujet. Concernant la tentative de meurtre sur la personne d'Esme Drummond, dit-il, un complément d'information avait abouti à la remise en liberté du jeune occupant de Branden House. Alors – j'aurais dû m'y attendre, mais j'en fus choquée –, plus beau, plus sûr de lui que jamais, Rob apparut à l'écran. Une erreur judiciaire de plus avait été évitée de justesse..., déclara-t-il. À sa vue, diverses pensées m'assaillirent. En abandonnant Lucien sur le bord de la falaise, il avait contribué à sa mort – mais était-il pour autant l'assassin de mon frère ? En traversant la rue pour échapper à mon père au lieu de lui faire face, je l'avais mené à sa mort, mais l'avais-je tué ? Personne ne pouvait raisonnablement répondre par l'affirmative à de telles questions. Si Faith avait expliqué à Esme qui était Rex, celle-ci ne l'aurait pas laissé entrer chez elle... Que de « si » ! Il y avait de quoi devenir fou, à force de s'accuser de tout – c'est bien ce qui avait failli arriver à Rob. Mais on pouvait aussi assumer le présent, comme Rob essayait de le faire. J'étais partagée entre l'envie de lancer une injure à l'adresse de ce visage arrogant et celle de féliciter Rob pour son courage.

Avant de partir pour le Berkshire avec ses fils, John m'avait tendu une enveloppe aux coins écornés.

— Vous vous interrogez au sujet de votre frère. Lisez donc ceci. Je l'ai trouvé chez Rob quand nous avons fouillé dans les affaires d'Esme, à la recherche d'indices sur son agresseur. Elle ne vous en voudra certainement pas d'en avoir pris connaissance. Laissez ensuite cette enveloppe à Oliver ; je demanderai à Rob de la remettre à sa place avant le retour d'Esme.

Une fois couchée, j'examinai l'enveloppe, tout en appréciant pour la première fois depuis longtemps le luxe de draps et d'un lit chaud. Elle portait l'adresse d'Esme, rédigée de l'écriture microscopique de Lucien. Il devait l'avoir postée la veille du jour où Rob et lui s'étaient retrouvés dans le Dorset. Leur histoire devait se terminer, commençait-il par expliquer sans ambages. Il avait l'intention de l'annoncer à Rob le lendemain. Je lus le dernier paragraphe.

Quand nous nous sommes disputés, mardi, tu m'as dit, avec plus de perspicacité que tu ne l'imaginais, chère Esme, que selon toi, mon problème a toujours été d'être insatisfait ; que je ne sais pas me détendre et apprécier la vie. Tu n'y es pour rien, sois-en persuadée. Le seul responsable, c'est moi. Tu m'as demandé si j'avais jamais été heureux. Je me pose la question depuis deux jours et, sans hésiter, je réponds : Oui. Il me suffit de repenser à ces étés dans le cottage de ton père. Le monde n'était alors que plénitude et bonheur. Il est bien décevant depuis. Parler des paradis perdus est un cliché, mais parfois Glory Cottage me semble proche du paradis. Quand tu m'auras pardonné pour ce qui s'est passé ces derniers mois, peut-être pourrons-nous recouvrer un peu de cette magie d'antan.

Je relus plusieurs fois ces quelques phrases avant de me décider à éteindre. J'entendais Lucien les prononcer, mais sa voix possédait à présent une intonation dont elle était dénuée dans mon souvenir. Il parlait avec son cœur – il exprimait des émotions qu'il s'était toujours efforcé de cacher, même à moi. De son vivant, je nous avais toujours crus proches ; en fait, je ne le connaissais pas du tout. C'était maintenant, alors qu'il n'était plus et que mes souvenirs de lui s'estompaient peu à peu, que je commençais à avoir une idée de ce qu'il avait vraiment été. Ce paradoxe me dépassait.

17

Le train avançait en tanguant et cliquetant dans le soleil du matin. J'appréciais dorénavant l'intemporalité du voyage, cette fabuleuse impression de n'appartenir à aucun lieu en particulier. Il m'aurait cependant fallu plus de temps que ne m'en laissait ce court trajet pour me faire aux incroyables révélations de ces derniers jours. Je me sentais un peu comme un serpent étriqué dans sa peau d'origine, prêt à abandonner celle-ci pour arborer son nouvel habit tout brillant. J'aurais, certes, préféré me voir en papillon tentant de se libérer de sa chrysalide, mais serpent – plus grand, plus sage, plus proche aussi d'un des milliers d'« êtres visqueux » du *Dit du Vieux Marin* – était tout compte fait plus réaliste.

Ces chamboulements affectaient mon entourage en général et personne ne s'en sortirait indemne. Je commençais à comprendre pourquoi les proches d'un assassin paient d'une façon ou d'une autre pour son crime. Faith et moi ne serions jamais très liées, mais ce qu'elle avait fait forçait mon respect. Qu'elle ait ou non eu raison de nous épargner la vérité ne diminuait en rien l'ampleur de son sacrifice. Celui-ci expliquait sans doute pourquoi elle avait toujours miné ma créativité : il lui était difficile d'accepter que j'aie du plaisir à faire ce dont elle-même avait été privée.

J'avais un père. Je lui aurais préféré le doux John Drummond – ou, pourquoi pas ? le coureur automobile de mes fantasmes dont l'évocation avait fait sortir Lucien de ses gonds –, mais je n'avais de toute évidence pas eu le choix et devrais faire en sorte d'assumer la réalité.

Derrière la vitre, le paysage urbain cédait maintenant la place aux champs et aux petites villes de banlieue. Lentement, je me laissai aller à une réflexion sur la nouvelle géographie de mon passé. C'était par bien des côtés troublant, mais combien plus rassurant que ce qui m'attendait...

Forte de me savoir bientôt riche, j'avais emprunté 30 livres à Oliver et pus ainsi pour la première fois m'offrir le luxe et l'ineffable plaisir d'un taxi de la gare à la pépinière. Comme la voiture approchait de la barrière, mon appréhension croissante me poussa à retarder les choses et je demandai au chauffeur de me déposer à l'entrée.

Je longeai lentement l'allée bordée de pots vers la petite maison. Le soleil brillait encore dans un ciel bleu sans nuages, et je revis pendant quelques secondes le jardin dans la lumière où nous l'avions découvert, au temps où il avait encore l'étrange et mélancolique beauté que seuls possèdent les jardins abandonnés. Je repensai alors à ce qu'Owen et moi avions envisagé de créer ensemble : l'étang bordé de primevères, d'iris et de soucis, l'emplacement ombragé réservé aux variétés boisées, et la serre victorienne restaurée abritant les plantes tropicales. Qu'était-il advenu de ce rêve ?

En ouvrant la porte de derrière, je fus surprise par le calme inhabituel de la maison. Pas d'enfants, pas d'Owen, aucun mot d'explication sur la table de la cuisine... Même le chat avait disparu. Je jetai un coup d'œil à l'extérieur : la camionnette n'était pas là non plus...

J'avais imaginé des scènes, des discussions horribles sur les modalités de notre séparation, mais jamais je n'aurais soupçonné Owen de disparaître purement et simplement avec les enfants, me laissant seule, complètement démunie – cela dépassait toutes mes craintes. Je fus prise de panique.

« Dinah, pensai-je. Cette chère Dinah, elle, évidemment, doit savoir où sont passés mon mari et mes enfants ! » Je n'avais aucune envie de m'abaisser à le lui demander, mais je n'avais pas le choix.

Soudain me parvint un bruit de verre cassé.

Me précipitant dans l'allée, je contournai le mur. La rage me donnait des ailes. Nos jeunes agresseurs allaient faire les frais de ma colère et de mon chagrin !

Mais l'allée était vide.

Je jurai. Cette fois-ci, je ne me contenterais sûrement pas de rentrer à la pépinière pour y attendre l'attaque suivante. J'avais ma petite idée sur les coupables ; j'irais leur dire deux mots, ainsi qu'à leurs parents…

À nouveau un bruit de verre cassé.

Je me mis à trembler. Avaient-ils compris que la maison était vide, et sauté le mur pour satisfaire leur soif de détruire ? Toujours furieuse, je parvins néanmoins à me maîtriser, ressortis dans le jardin et m'approchai de la grande serre.

Ce que je vis alors du pas de la porte me cloua sur place.

Debout au milieu de la serre et, me tournant le dos, Owen, faisait face aux rangées de minuscules laitues s'étendant devant lui en lignes vertes pointillées. Il avait quelque chose dans la main. Très lentement, d'un geste parfaitement délibéré, il leva le bras et lança la pierre de toutes ses forces. Une vitre explosa au fond de la serre.

Il poussa un petit grognement de satisfaction, et se mit en quête d'une autre pierre en écartant les semis d'un pied impatient. Les yeux baissés, il tourna un peu la tête et je découvris son expression dure, ses yeux noirs d'amertume et de colère et ses joues rouges. Il m'aperçut. Sa bouche se tordit dans un rictus que je ne lui avais jamais vu.

— Alors, dit-il, la voix teintée de haine tout en saisissant un nouveau projectile, tu t'es finalement décidée à rentrer ?

— Owen… mais que fais-tu ? m'exclamai-je en avançant d'un pas vers lui.

— Ça ne te paraît pas évident ?

— Owen… Arrête !

— Pourquoi ? répliqua-t-il tandis qu'une autre vitre se brisait.

— Mais qu'est-ce qui t'arrive ? Tu as perdu la tête ?

— Probablement.

— Où sont Laura et Billy ?

— Chez Dinah.

— Pourquoi ?

— C'est là qu'ils voulaient aller. Personne ne se plaît, ici, tu n'as pas remarqué ? En plus, un des gamins du nouveau lotissement a balancé la moitié d'une brique par-dessus le mur ce matin, et Laura a reçu un morceau de verre sur la joue... Oh, ne t'en fais pas, ajouta-t-il comme s'il ne croyait pas un instant à mon air inquiet, c'est une simple égratignure. Je l'ai emmenée chez le médecin.

— Mon Dieu, mais c'est horrible !

— Mais non. Dinah – cette bonne vieille Dinah – a reconnu les gamins au moment où ils décampaient ; la police s'est enfin décidée à venir constater les faits et a averti leurs familles. Laura et Billy ont eu plus de peur que de mal ; Dinah a proposé de les garder ce matin. J'avais à faire en ville, de toute façon.

Je m'apprêtais à m'en prendre à Dinah – comment osait-elle s'occuper des enfants quand c'était de moi qu'ils avaient besoin ? –, mais je me retins à temps : c'était ma faute, pas la sienne.

— Pauvre Laura.

Owen m'observa d'un air hostile avant de remarquer :

— Dommage que tu n'aies pas été là pour la police, tu te serais amusée.

372

Que répondre à cela ? Mon cœur battait à se rompre. Je ne reconnaissais plus Owen et ne savais pas du tout comment le prendre.

— Dieu merci, dis-je au bout d'un moment, les policiers se sont enfin bougés.

Il faisait sauter une autre pierre d'une main dans l'autre.

— Oui, grommela-t-il. Mais de justesse. Pourquoi, nom d'une pipe, attendent-ils que quelqu'un soit blessé pour agir ? Laura aurait pu se faire tuer.

— C'est pour cela que tu démolis la serre ? m'enquis-je en frissonnant.

— Pourquoi pas ?

Du bout de sa botte, il écrasa une demi-douzaine de laitues. Le voir détruire son propre travail me révulsait. C'était un peu comme s'il s'en prenait aux enfants.

— De toute façon, tout ceci ne sert à rien – nous ne serons pas là pour la récolte.

Il lança la pierre mais, son geste manquant de conviction, elle tomba par terre sans rien atteindre.

— Repose en paix, ô pépinière… Quelle fichue perte de temps !

— Tout n'est pas perdu, affirmai-je.

— Mais si. Et puis, à quoi bon ? Tu détestes la pépinière, tu l'as dit toi-même. Et maintenant, c'est trop tard

— Pourquoi ?

— Il s'est passé autre chose. Tu as bien fait de ne pas rentrer avec moi hier soir : la camionnette nous a lâchés. D'après le garagiste, la réparer serait jeter l'argent par les fenêtres. De toute façon, nous sommes à sec. J'ai appelé la banque : le découvert autorisé est dépassé et un prêt est hors de question.

— Les sagouins !

— Mais non, ils ont raison. Si ça n'avait pas été la voiture, ç'aurait été autre chose. J'ai fait les comptes il y a deux jours. Nous allons avoir du mal à joindre les deux bouts jusqu'à la prochaine rentrée d'argent au printemps.

— D'où ton air si peu enthousiaste quand Angela nous a souhaité bonne chance hier ?

Il hocha la tête.

— J'aurais dû le prendre à la rigolade mais j'ai manqué d'humour… Au fait, j'y pense, j'ai reçu une drôle de lettre d'Armand Baer, ce matin. Il me suggère d'aller voir un psychiatre pour vérifier l'état mental d'Angela ; je me demande bien pourquoi.

J'en fus d'abord étonnée, mais je me souvins de l'histoire échafaudée par Angela – son problème de drogue, la communauté de lesbiennes… Je mis Owen au courant, mais la pépinière l'accablait tant qu'il m'écouta à peine.

— J'ai toujours pensé que je serais soulagé quand tout s'écroulerait. Apparemment, j'avais tort.

— Tout peut encore s'arranger…, commençai-je, tentée de mentionner l'héritage de ma grand-mère.

— Depuis la faillite de ces crétins de clients, continuait Owen, inconsolable, nous n'avions aucune chance de nous en sortir, c'était évident, mais j'étais trop obsédé par le travail pour m'en rendre compte. Quel imbécile ! Pourquoi prends-tu cet air d'enterrement ? Tu devrais être contente. Si nous récupérons ce que nous avons mis dans l'affaire, nous devrions nous en tirer. Tu attends cela depuis longtemps, non ?

Vraiment ? J'avais détesté l'angoisse, le froid et l'impression de stagner ; mais non, jamais je n'avais souhaité cela.

— Que fait-on, alors ?

— Je n'en sais rien, répondit-il.

Il avait trouvé une autre pierre.

— On t'a dit ce qui s'est passé hier ? demandai-je, autant pour l'empêcher de l'envoyer que pour toute autre raison.

Il se tourna à demi vers moi.

— J'étais là, Jane, mais tu ne t'en es peut-être pas rendu compte ? J'ai parlé à Esme, à Rob…

Il leva le bras.

— Il s'agit d'autre chose, déclarai-je très vite. On t'a parlé de mon père ? On t'a dit que c'était un assassin ?

— Éric ? s'exclama-t-il en lâchant la pierre.

Je pris sur moi pour ne pas éclater de rire. Ce n'était vraiment pas le moment.

— Mon père était un certain Rex Turner. Il était en prison depuis vingt-cinq ans pour le meurtre d'une femme du nom de Dawn Lacey. Un jour, il a essayé de tuer Faith. C'est lui qui n'arrêtait pas d'appeler. Il essayait de me joindre. Il voulait me parler. Il m'a suivie quand je suis sortie de l'hôpital. Et puis il s'est fait renverser par une voiture, il a été projeté en l'air et quand l'ambulance est arrivé, il était mort.

— Oh, mon Dieu…, balbutia Owen.

Son visage avait perdu son expression dure et il devint soudain très pâle. Il fit un petit pas vers moi, comme pour me consoler par habitude, mais il se détourna et s'assit sur une pile de plateaux.

— Tu es sûre de cela ?

— John m'a tout raconté.

J'étais prise de violents tremblements, provoqués non par le froid, mais par le trop-plein d'émotions. Je me souvenais confusément de toutes les fois où, après la mort de Lucien, Owen m'avait prise dans ses bras et bercée comme une enfant. À présent, nous souffrions tous les deux, mais il était trop tard : nous ne pouvions plus rien l'un pour l'autre. Le trou noir dont j'avais peur depuis toujours, c'était cela. Je me dirigeai en trébuchant vers le fond, tout en continuant de parler pour faire taire ma peur.

— C'est très compliqué, mais je commence à comprendre, je crois. John était l'avocat de mon père – Faith et lui sont devenus amis par la suite. C'est son témoignage à elle qui a fait basculer le procès. D'après John, elle a été formidable. Elle a changé de nom, a abandonné sa carrière. Elle voulait nous donner une enfance normale. Elle a essayé de m'aimer – mais je lui rappelais trop mon père, je pense.

Owen m'écoutait, les yeux fixés sur le bout de terre entre ses pieds. Je distinguais mal son expression.

— C'était donc cela, tous ces chuchotements, hier, dans la chambre d'Esme…, remarqua-t-il. Tout le monde discutait par groupes de deux. Je croyais qu'il était question d'Esme et de Rob.

— C'était un peu le cas puisque Rex Turner, mon père, était l'agresseur d'Esme. Elle a refusé de lui dire où je me trouvais, il a insisté et…

Les mots du journal d'Esme sur la nécessité d'apprendre à dire « non » me revinrent en mémoire. « Elle l'a fait et a failli en mourir », pensai-je.

Sans me jeter un regard, Owen se leva, enfonça les mains dans ses poches, puis se dirigea vers le côté de la serre où il se mit à contempler les minuscules plants de laitue.

— J'ai toujours senti planer un mystère, déclara-t-il.

— Moi aussi, mais je n'ai jamais songé à un meurtre. Lucien, lui, savait. D'où, à mon avis, sa peur d'échouer, son besoin de se prouver quelque chose.

— Peut-être.

Il resta un instant silencieux.

— Mais nous avions tous peur, chacun à sa façon, reprit-il d'un air pensif. Rob, Esme, toi, moi, Lucien, tous, nous avions vaguement le sentiment de ne pas savoir où nous poser. D'où notre besoin de Glory Cottage. Là-bas, nous nous construisions un monde à nous, et nous en étions tout naturellement le centre. C'est ce que j'ai essayé de retrouver ici, je crois. En grandissant, je m'étais promis de donner une vraie famille à mes enfants, pour leur éviter de se sentir comme des invités abusant de l'hospitalité des autres. Laura et Billy auraient mieux que cela. Mais voilà, j'ai échoué, comme pour le reste.

— Ne dis pas cela.

— À mes yeux, continua-t-il en m'ignorant, il suffisait pour y parvenir de toujours habiter la même maison, de travailler dur et d'éviter de se disputer. Surtout ne pas se disputer. Quand Angela commençait à faire des scènes, il fallait partir et recommencer de zéro. (Il serra les poings.) Je m'étais juré que cela n'arriverait jamais chez nous.

Je repensai à toutes les fois où sa maîtrise de soi m'avait mise en colère. Pourquoi réalise-t-on ce genre de choses quand il est trop tard ? À présent, Owen considérait tristement le produit de notre travail. Le fossé qui nous séparait était trop grand pour être jamais comblé – le pire étant de savoir que cette séparation glauque n'était pas nécessaire. Owen « n'a jamais aimé que Jane, mais elle était trop en colère et trop bouchée pour s'en rendre compte »... Esme disait-elle vrai ? Je m'étais toujours trompée sur tout le monde, je pouvais tout à fait m'être fourvoyée sur Owen. Et, dans mon ignorance, j'avais usé son amour jusqu'à la corde. Comment avais-je pu être aussi aveugle ?

Et si j'avais été aussi aveugle et stupide dans le passé, se pouvait-il que je le sois pareillement en ce moment ?

Pour la dernière fois peut-être, je réentendis la voix haut perchée de Lucien, son ton clair et soutenu d'écolier. Je le vis soudain distinctement, debout sur le bateau, son regard sombre et envoûtant vibrant d'angoisse et d'excitation. Ce petit garçon intelligent et fragile s'était débattu presque toute sa vie sous le poids d'un énorme fardeau qu'il était condamné à porter seul – un fardeau dont je venais d'hériter.

À l'instant même, j'eus licence de prier ;
Et de mon cou enfin d'un lourd faix délivré,
Le corps de l'Albatros chut, et il s'enfonça
Comme s'il eût été tout de plomb dans la mer[1].

Je ne priais pas en cet instant ; en tout cas, mes pensées ne ressemblaient pas à une prière – sauf si le fait d'écouter une voix intérieure trop longtemps ignorée en est une...

Depuis ce dernier été à Glory Cottage, j'étais persuadée que, si je connaissais le secret de Lucien, je tiendrais le fil sacré seul susceptible de me guider, de m'indiquer comment me sortir des problèmes de la vie d'adulte. Mais, malgré tout ce que je venais d'apprendre, je n'avais toujours pas la clef de ce monde.

Se pouvait-il que celle-ci ait été à portée de ma main sans que je le sache ?

Je pris le temps de regarder Owen : son profil délicat, l'expression obstinée de sa bouche, ses mèches de cheveux blonds dégageant son front. Obsédée par mes propres besoins depuis des années, je n'avais pas vu les siens...

— Owen..., murmurai-je, Dinah et toi – c'est sérieux ?

Il me lança un regard mauvais et se détourna.

— Il faut voir, dit-il. Elle n'est pas pressée d'y mettre un terme. Apparemment, Aidan et elle ont toujours été très libres. Mais avec Duncan, et ceci, et cela, Aidan a jusque-là été le seul bénéficiaire de

1. S.T. Coleridge, *op. cit. (N.d.T.)*

cette liberté. Elle n'est pas mécontente d'en profiter à son tour. Et Rob ? Tu étais avec lui, n'est-ce pas ?

Je confirmai d'un signe de tête.

— C'est bien ce que je craignais. Quand nos plus grandes peurs se réalisent, ça fait bizarre. J'ai toujours pensé que tu préférais Rob... Moi, j'étais là pour remplir un vide.

Je le regardai, hébétée.

— Mais non ! m'écriai-je. Entre Rob et moi, c'est fini depuis dix ans. J'avais besoin de conclure, c'est tout.

— Ça n'a plus d'importance, maintenant.

À ces paroles sombres et sans appel, lourdes comme une condamnation à mort, je sentis monter en moi ma vieille colère rassurante, mais je parvins à me maîtriser. Je n'avais que les mots pour tenter de défaire la nuit qui nous enveloppait.

— Est-ce que tu m'as jamais aimée, Owen ? Je veux dire... vraiment aimée ?

— À quoi joues-tu, Jane ? répliqua-t-il, impassible. Ce n'est plus le moment de plaisanter.

Le chagrin et la douleur perçaient dans sa voix où, une semaine auparavant, je n'aurais perçu que de l'hostilité.

— Je ne plaisante pas. Il va nous falloir prendre une décision... J'ai besoin de savoir, Owen : tu avais pitié de moi ? À cause de Lucien ?

— Lucien ? Mais que vient-il faire là ?

— Je croyais... tu vois, j'ai toujours cru... j'ai toujours cru que tu m'avais épousée par gentillesse.

Il tomba visiblement des nues.

— Par gentillesse ? répéta-t-il, furieux. Mais, nom d'une pipe, pourquoi aurais-je eu envie d'être gentil ? Cesse de dire des bêtises, Jane !

— Je suis bête, oui, c'était bien l'avis d'Esme.

— Esme ?

— Aucune importance... Mais pourquoi m'as-tu épousée ?

— Non, mais tu choisis vraiment ton moment ! Je ne t'ai pas épousée par hasard, j'imagine. Je pensais sans doute t'aimer, tout simplement.

— Pourquoi ?

— D'accord, là, tout de suite, cela peut sembler impensable, mais à l'époque, j'avais des raisons, dit-il en me regardant bien en face. Tu veux vraiment savoir ? Pourquoi, Jane ? Pour partir satisfaite de toi ?

— Non...

Il s'écarta et eut un rire amer.

— Oui, ça me revient à présent. Aussi ridicule que cela puisse paraître, je crois, oui, que j'aimais ton énergie. Et ta colère. Comparés à toi, les autres m'ont toujours paru apathiques. Barbants. Mais depuis peu, j'ai besoin de m'ennuyer un peu...

— Owen – tais-toi.

Je ne voulais pour rien au monde le laisser prononcer les mots qui nous auraient menés au point de non-retour.

— Owen, repris-je. Écoute, je me suis trompée, je crois... Mon Dieu, je ne sais pas dire ces choses...

Quel euphémisme ! J'étais censée, ici et maintenant, lui demander pardon pour tant de choses, d'échecs, de mésententes... J'avais beau vouloir faire amende honorable, je n'y parvenais pas.

— Écoute, on baisse les bras un peu vite, peut-être ? Pourquoi devrions-nous nous séparer à cause de quelques malentendus ? La pépinière peut marcher, je le sais. Et tu le sais aussi : si tu ne l'as pas dit cent fois, tu ne l'as jamais dit. Il suffit de le vouloir. Nos erreurs peuvent nous servir de leçon...

— Ça, pour les erreurs, on est les rois.

— Mais si je mettais vraiment la main à la pâte ?

Toujours sans me regarder, il passait un doigt le long d'un des supports en bois de la serre.

— Et nous ? dit-il d'une voix tendue d'émotion contenue.

Je pris ma respiration.

— Essayons encore. J'ai envie que ça marche.

— Je vois.

Du jardin nous parvinrent des voix d'enfants. Les joues roses, le bonnet de laine de travers sur la tête, Billy courait devant. Laura, le lapin blanc dans les bras, suivait d'un pas plus posé à côté de Dinah. Cette dernière, pimpante avec son ciré et sa casquette guillerette, semblait porter un plateau recouvert d'un torchon à carreaux.

— Oh, non..., grommela Owen. Encore un de ses plats surgelés...

J'entrevis là une lueur d'espoir.

— On peut y arriver, j'en suis sûre, affirmai-je.

— Mais pourquoi ce changement soudain ? À cause des enfants ?

Je réfléchis à cette question en voyant ces derniers s'arrêter un instant. Billy s'était accroupi et examinait un pétard usé, sans doute atterri la veille au soir. J'aimais tant nos deux enfants que j'en avais presque mal. Il m'aurait été si facile de me réfugier derrière l'alibi de la vie familiale.

— Non, dis-je. Je voudrais que ça marche pour moi. Pour nous.

Il se tourna enfin vers moi, le visage toujours assombri par ses sourcils froncés.

— Pourquoi ?

— Parce que…, bredouillai-je en désespoir de cause. Parce que c'est important, tiens ! Parce que je ne veux pas nous perdre. Nous nous connaissons depuis si longtemps, nous avons traversé tant de choses… Nous séparer aujourd'hui serait un tel gâchis, et… oh, Owen, et aussi parce que je t'aime, enfin ! Je t'aime depuis toujours, du plus profond de moi. Seulement, je n'ai pas su le montrer… Voilà ! Même si tout est fichu, même s'il est trop tard, sache-le : je t'aime.

Au temps pour le trou noir et la nuit étouffante !

Les larmes me montèrent aux yeux. C'est tout juste si je n'imaginais pas Lucien applaudissant cet accès de courage inespéré. « Peut-être est-ce mon "cinquième secret" ? me dis-je. Peut-être avons-nous tous un secret : Lucien portait l'histoire de notre père, Faith avait fait une croix sur ce qu'elle avait été, John, Esme… tout le monde. Mme Wicks elle-même cache peut-être un mystère autrement plus grave que ses prétendus pieds palmés – le seul et trivial mystère resté non élucidé, en fin de compte. » Mais je m'en fichais. Seul comptait à présent mon secret à moi : je souhaitais par-dessus tout rester avec cet homme qui m'avait un jour offert son amour.

— Je t'aime, Owen, répétai-je.

Les enfants surexcités firent irruption dans la serre. Laura se débattait avec le lapin qui tentait frénétiquement de se libérer. Billy agitait le pétard usé d'un air triomphant. Mais, devant mon visage rouge et dégoulinant de larmes auxquelles ils n'étaient pas habitués, ils s'arrêtèrent net. Sans le faire exprès, Billy piqua le lapin avec le pétard et, ainsi poussé à accomplir un dernier effort, celui-ci parvint à sauter des bras de Laura.

— Tu es sûre de cela, Jane ? demanda Owen, à peine conscient de cette invasion. Ce n'est pas seulement une réaction, un choc à retardement, après ce que tu as découvert au sujet de ton père ?

— Absolument sûre… Il n'est pas trop tard, dis ?

Arrivée assez près de nous pour entendre nos paroles, Dinah eut un air déçu qui me ravit. Quant à Laura et Billy, peut-être conscients de la gravité du moment, ils nous observaient attentivement.

Owen eut un froncement de sourcils.

— Je ne sais pas…, commença-t-il en passant la main dans ses cheveux, qui restèrent dressés en pointes sur sa tête.

Le dos toujours voûté, il me regardait cependant comme s'il s'apprêtait à rentrer d'un très long voyage, et son visage s'éclaira peu à peu d'un léger sourire.

— Essayons, alors, murmura-t-il enfin en m'ouvrant timidement ses bras.

IMPRIMERIE BUSSIÈRE À SAINT-AMAND (SEPTEMBRE 2004)
DÉPÔT LÉGAL : SEPTEMBRE 2004. N° 44111.